灯塔守望者的女儿

[加拿大]珍·E. 潘德兹沃尔　著
苑欣芳　译

中信出版集团 | 北京

图书在版编目（CIP）数据

灯塔守望者的女儿 /（加）珍 · E. 潘德兹沃尔著；
苑欣芳译 . -- 北京：中信出版社，2019.3
书名原文：The Lightkeeper's Daughters
ISBN 978-7-5086-9240-1

Ⅰ . ①灯…　Ⅱ . ①珍…　②苑…　Ⅲ . ①长篇小说 – 加
拿大 – 现代　Ⅳ . ① I711.45

中国版本图书馆 CIP 数据核字（2018）第 160151 号

灯塔守望者的女儿

著　　者：［加拿大］珍 · E. 潘德兹沃尔
译　　者：苑欣芳
出版发行：中信出版集团股份有限公司
（北京市朝阳区惠新东街甲 4 号富盛大厦 2 座　邮编　100029）
承 印 者：中国电影出版社印刷厂

开　　本：880mm × 1230mm　1/32　　印　　张：10.25　　字　　数：207 千字
版　　次：2019 年 3 月第 1 版　　印　　次：2019 年 3 月第 1 次印刷
京权图字：01–2017–5731　　广告经营许可证：京朝工商广字第 8087 号
书　　号：ISBN 978–7–5086–9240–1
定　　价：48.00 元

献给理查德

如此可爱是那湖的孤寂，
凄凉的湖，湖畔黑岩嶙峋，
湖边还有苍松高耸入云。

——《湖》

埃德加·爱伦·坡

（1809—1849）

目录

第一部分

结尾与开端

1

阿尼·理查森

黑狗拉布老了。它得了关节炎，在这条老路上吃力地摸索着前进。拉布小心地跨过树根，它肥胖的身子从云杉和白杨树干之间蹭过去。它的嘴边有灰色的斑点，鼻子时不时贴着地面，追寻主人留下的气味。

每天早晨，拉布和它的主人都会从锡尔弗岛上的小屋出发，穿过树林来到米德勃朗湾。起初，拉布还是条四肢细长的小狗。但是，即便在那个时候，在那么多年以前，它的主人就已经一头白发，胡子斑白，眼角爬满了鱼尾纹。现在这个男人和拉布都放缓了脚步，他们十分小心地挑选着落脚的地方，生怕僵硬的关节再次受苦。每天清晨，迎接他们的是破晓的第一缕淡橘色阳光。他们在朝阳下碰面，一种平淡的愉悦萦绕心头。他们知道，新的一天又要以这样的方式度过了。

拉布的主人惬意地倚在手杖上，那是一段多节松木。当初它只是一根漂在苏必利尔湖上的木头，波浪将它打磨得十分光滑。在上完漆之后，这根手杖在他的作坊里散发着光泽。在上坡之前，他都不需要这根手杖；但到了快要上坡的地方，他会紧紧握住它，于是，这段木头便成了他身体必不可少的一部分。他在山顶休息了一会儿，两条小路在这里会合，刚刚走过的路会入了一条更宽阔、更常有人走的大路。这条大路是沉睡巨人省立公园[①]中的一条登山路径。现在，这座公园一片寂静。

这是一个神秘的地方，这座半岛伸进了苏必利尔湖。风、雨和时光，它们仿佛拥有魔法，将峭壁雕刻得轮廓分明，将山脊摩挲成现在的模样。浮出水面的陆地被冰冷的苍灰色湖水包围，看起来就像一个在摇篮中打盹的巨人。传说奥吉布瓦族[②]的神灵纳尼比约曾躺在桑德湾口，他庞大的身躯逐渐石化，最后便一直留在这里守护着丰富的银矿。这个故事可能只是神话，但银矿却是真实存在的。为了获得这些财富，人们在苏必利尔湖地区建了许多深井，矿工们冒着湖水渗进来的危险奋力采矿。银矿不断发展，一座城镇随之而起，说是城镇，其实比村庄也大不了多少——城镇中有一些木屋、一家铁器店，还有一个商铺。但是，突然有一天，这面湖淹没了银矿，于是这个城镇中的一切都随之废弃了。几年后，这些房子的主人回到这里，他们抹去地板和桌上的灰

---

① 沉睡巨人省立公园位于加拿大安大略省，它的形状就像一个躺着的巨人，因此得名。——编者注

② 奥吉布瓦族，北美原住民族之一。——编者注

尘，擦亮窗户，把松了的木瓦装回原处，锡尔弗岛重获生机。每年都有一季是如此景象。现在，拉布主人一家世世代代已经在其中的一个房子里度过了许多个夏天。在冬天，如果天气好的话，他们也会来这里度过几天甚至几周的时间。所以拉布的主人在很小的时候就开始走这条路了。

拉布和它的主人开始走下坡路了，他们的目的地是岸边。拉布的尾巴在身后画着半圆，那个男人的手杖每隔一步就会在潮湿的地面上敲击一下，小路渐渐向湖湾蜿蜒，他的手杖落点也渐渐变成了坚硬的岩石。苏必利尔湖慢慢醒过来了，它抖落如裹尸布一般整夜覆盖在身上的薄雾。特罗布里奇和波菲利灯塔的雾号已然沉寂，它们在黎明前响了好几个小时，提醒那些被雾掩盖的船只注意前进的方向。伴着雾号声，那些船小心地穿过桑德湾，驶过沉睡巨人的脚，朝着皇家岛方向前进，然后进入苏必利尔湖的航线。逐渐升起的太阳和苏醒的风驱散了剩下的缕缕雾气，不祥的雾号警报被鸟鸣取代，这是鸟儿在为他们鸣曲。

然而，更适合当伴奏的可能还是警报声。

拉布的步伐加快了，因为它感觉到湖水离自己越来越近。它疲惫不堪，视线模糊，但它是拉布，湖水在向它发出召唤。它经过主人身边，在米德勃朗湾的岸上大步而缓慢地跑步前进，它从被湖水冲上来的杂物中叼起一根棍子。在最近的那次风暴中，浪花把一些杂物冲到了湖岸线以上，风暴过后，它们便留在那里。拉布沿着湖岸前行，沙上留下的爪印形成了一条小径，不过这条小径很快便被湖水拭去了。

拉布的主人并没有落在很后面，但他们之间的距离也不算近；在他还没有踏上沙滩的时候，拉布就发现了那艘船。尽管拉布看得不大清楚，但是可以感觉到船的存在，将它与岩石、树木、沙滩、波浪区分开来。拉布站在水中叫着，嘴里的棍子掉进水里，随波飘摇。

那是一艘长约八米的船，木质的船体裂开了，左舷有缺口，帆脚杆随着湖水的起伏来回摇摆。湖水的波动先是让这艘船离开了布满岩石的水底，继而伴随着一阵战栗重重落下，循环往复。船的主帆还在，不过已经十分破旧了，正在不停地晃动。船底也漏了，湖水流进了船里。拉布的主人不用看就知道，刷在船尾的那几个花体字是“风之舞者”。

他奔向那艘船，沙滩拖拽着他的双脚；那串脚印不时被手杖底部的圆头打断，看起来就像是莫尔斯电码。湖湾很浅，但是远处礁石环绕，那艘船就停在那里。拉布不停地叫唤，他不予理睬，只是对着船大声呼喊，看看是否还有人在上面。他踏进冰冷的水中，朝着那艘船跌跌撞撞地走去，麻木的感觉顺着他的腿一点一点向上蔓延，仿佛要控制住他，但是他不在乎。他继续越过礁石向船走去，终于，他打着哆嗦费力地爬上了船。

他以前从来没有登上过“风之舞者号”，但是当他看到那破损的船舵和断裂的升降索时，记忆的洪流无情地将他淹没。他想起了小时候他们俩一起用浮木搭建的堡垒；他仿佛感受到了，在沃克尔深湾钓鱼时钓竿那头的鱼用力把他往水里拉的那股劲儿，那是他们俩第一次单独驾驶那艘挂着斜桁帆的“甜豌豆号”小型帆船；他好像还尝到了啤酒的味道，他们俩曾经从一个野餐篮里偷出啤酒，然后拿到波菲利岛另一边的黑火山岩沙滩上一起喝了个精光。他听到两个名字：伊丽莎白和埃米莉。

“该死！查理！”他大声叫道，仰望着桅杆和破烂的船帆。他看到两只海鸥在天空中翱翔。“你到底做了什么？”

六十年了，他们已经有六十年没说过话了，波菲利岛着火那件事也过去六十年了。他见过“风之舞者号”很多次，听说过船长的故事，伊丽莎白的故事，还有埃米莉的故事。但是他和查理早就不说话了，这本来是一种解脱。虽然他们当时并没有恶意，但那件事让他一辈子都无法释怀。这么多年来，他没有一天不被它困扰。

这位老人抓着桅杆上的系缆墩保持平衡，他透过舱梯向下面的船舱看去。水面上浮着一个坐垫和一顶棒球帽。海图桌上堆了一摞书，包裹它的帆布松了，绑书用的绳子搭在一边。

他坐在舵手的位子上。拉布终于安静了下来。天空中偶尔传来几声鸟鸣，打断了他的思绪，除此之外，还有风和湖水的低语，以及这艘船嘎吱嘎吱的抱怨声。查理·利文斯通不在船上。

“风之舞者号”现在毫无生机，只有一盏煤油灯还在坚强地闪烁着微光。这盏灯被绑在帆脚杆上，像一座灯塔那样闪耀着。

2

摩　根

真是浪费时间。一群自以为在做善事的人坐在一起凭空设想愚蠢的政策。“我们正在探索……”他们把这叫什么来着？“恢复性改造。”他们会说自己已经努力了，已经满怀怜悯地慰问了一些地位低下的穷人——看啊，我们多么伟大，多么有远见。这些人沉醉于自己的小世界里，他们的孩子彬彬有礼——上学，做作业，不吃垃圾食品，呼吁人们解决非洲的饥饿问题，加入篮球队，在每周六晚回家的时候绝不会喝得神志不清。他们会拍着彼此的后背说：“看啊，我们是多么称职的父母。看啊，我们是多么优秀的公民。”真希望他们有自知之明。

就让他们将伤口缝合，引导我走上正途吧。我会道歉，然后装装样子，假装接受他们的同情和怜悯。真的，这不是我的错。这个社会让我失望透顶。

真是浪费时间。

他们搜了我的背包。在去麦当劳之前我就应该把它丢掉，或者至少丢掉那些喷漆罐。怎么为自己辩解也没用了。“不是的，警官。我没去过博雷尔养老院。不，警官。涂鸦跟我没关系。那些罐子不是我的。它们是我朋友的，我只是帮他拿一下。哪一个朋友？哦，嗯……他不在这里。”

浑蛋。没有一个人帮我说话。他们都低垂着眼睛，用吸管喝着健怡可乐，脸上也挂着他们父母特有的那种居高临下的表情。“真可怜。你忍心责怪她吗？”

他们显然可以。

他们把我带回家的时候，我敢说劳丽气坏了。她把我教训了一顿，说她非常“失望”之类的话，我边听边翻白眼。大概一年多以前，我搬到这里与她和比尔一起住。他们表现得好像非常关心我一样，然而我一点儿也不感动。他们不是我的父母，我也没兴趣假装他们是。我不会在这里待很久。他们的房子里住过不少孩子，我只是其中之一罢了。

公共汽车摇摇晃晃地朝一栋不规则建筑物前的车站开去，车还没停稳，我便在博雷尔养老院前下了车。我独自一人站在街上。街道很安静，路两边种满了行道树，阵阵冷风朝我袭来。一团团落叶在路边翻转。我跟着它们在人行道上走着，一直走到了门口。

上帝啊，我讨厌秋天。

* * *

门是锁着的，我用力拉了好几下才发现门边有一部对讲机。这里的门当然得锁起来了。这里面住的可都是有钱的老人，他们请得起私人护士、全职厨师，住得起河边的房子。他们好像很厉害似的，其实可能连早上吃了什么都不记得。我按下了对讲机上的呼叫按钮，机器那头传来了嘈杂的声音。我完全听不懂对讲机那边的人在说什么鬼东西，但我猜他们是在问我的姓名。

“我是摩根。摩根 · 弗莱彻。”

过了好一阵子，门发出了嗡嗡的声音，门锁“咔嗒”一声开了。

我找到行政办公室，在门前站了一会儿，然后抬起手在没关严的门上敲了几下。一位中年女子坐在办公桌后面，随意地翻着文件夹。

她眼皮都懒得抬一下，说：“坐下吧，摩根。”

于是我挨着椅子边坐下，等待。桌上的那些文件几乎要把她的名牌给淹没了，那张名牌上写着：安妮 · 坎贝尔，注册护士，执行理事。我猜她马上就要对我进行“恢复性改造”了。

“好了。”坎贝尔女士叹了口气，打开了手中的文件夹，“你是摩根 · 弗莱彻。”她把眼镜拿掉，放到桌上，“我明白了。”

我知道她明白什么了。她只是明白她想明白的，看到她想看到的东西而已。她看到我的黑色的直发，我的头发在染过以后就像午夜的颜色。她看到我灰色眼睛周围的深色眼影，我身上的紧身牛仔裤和黑色长靴，还有我耳垂边缘的那排银色耳钉。她看到我原本就白的脸被我抹得更加苍白，还有我鲜红色的嘴唇。但是她看不到我可能有那么一丝恐惧。我不会让她看出来的。

我懒散地靠在椅子上，双腿交叉。就是这样。很好。

坎贝尔女士打开文件夹。“好吧，摩根，当社区义工，对吧？这里说你已经答应在我们维修主管的指导下清除涂鸦并协助今后的维护工作。”她又看了我一眼，“接下来四周，你要在每周二和周四放学后来这里。”

“嗯。”我一边用脚尖轻轻踢着桌腿前端，一边打量着我的手指甲。它们被涂成了血红色，就像我的嘴唇一样。

“我明白了。”她又说了一遍。坎贝尔女士顿了一会儿，我知道她在研究我。我知道那个文件夹里是什么。我不需要她来评价我，更不需要她的怜悯。我把注意力转移到档案柜顶的那株吊兰上。她又叹了口气。“好吧，那么，我想现在最好让你认识一下马蒂。”她把那个文件夹留在桌上，那里面装着我的过去。我别无选择，跟着她来到走廊。

马蒂年纪很大了，但是还没有老到和住在这里的人一样。他让我想起了没有胡子的圣诞老人，因为他那圆滚滚的肚子，还有红色的吊裤带。他的眉毛雪白浓密，蜷成一团，又仿佛有生命一般，朝着各个方向生长。这些眉毛好像在努力弥补头发的不足。他的头顶秃了，头发很稀疏，但有一些乱糟糟的头发，从一只耳朵搭到了另一只耳朵。最引人注目的是他那两团眉毛下的眼睛：蓝得那么摄人心魄，那种蓝是寒冷冬季中天空的颜色。

马蒂坐在他的办公桌前，那是一张老旧的牌桌，有一边抵到了库房的墙上。桌子上放着一摞报纸和一本书，书的封面是一幅画，画上有几位舞者。我认出了这幅画的作者：德加。他是我非常喜欢的一位画家。我看过一本很旧的书，里面收集了所有印象派画家的画，但我最喜欢的还是德加。马蒂可能在用这些纸擦油漆刷。

坎贝尔女士说："这是摩根。"

他站了起来，调整一下吊裤带，用冰蓝色的眼睛注视着我，直到我承受不住他的目光，将视线转移到脚边的瓷砖。

他点点头说："摩根，我一直在期待你的到来。你最好穿上工作服。"

坎贝尔女士转身离开，没再说一个字。

我有一种感觉，在这个地方，跟马蒂接触的机会可能更多一些。

3

伊丽莎白

他们像从前一样准时地给我送来茶水。这也是我喜欢这个地方的原因之一。

我喜欢养成习惯，一切按照计划行事，这种性格可能是从小在灯塔形成的。这么多年来，我的生活一直被细化到小时和分钟，分割成工作和休息的碎片，我习惯在每一块时间碎片中做不同的事情：点灯、上发条、检查燃料是否充足……

现在这里开始有家的感觉了。这么多年过去了。多少年了呢？大概有三年了吧。日复一日，冬去春来，夏逝秋至，过去的时光被淹没在时间的长河中。能找到这个地方实在是幸运。在这里，我的独立空间不会受到过多打扰，如果需要帮助也可以获得照顾。除此之外，也是时候回来了，是时候离开位于托斯卡纳[1]

① 托斯卡纳，意大利中部大区。——编者注

的海边小别墅了，我们在那里躲了半个多世纪。我们选择那里，是因为它离水近，近得可以听到海鸥的鸣叫和浪花拍打海岸的声音。即便如此，我还是觉得利古里亚海与这座湖相去甚远，它不像这座湖那样变幻莫测，所以托斯卡纳只能算作一个替代住所。我们两个古怪的人当时欣喜万分，因为我们终于逃离了世人的窥视。我们留下了自己的印记，留下了各种各样的东西。当然我留下的东西没有那么有名，只有一些书，其中一部分仍在世界各地的礼品店和画廊里有售。

我坐在父亲的椅子上，膝盖上搭着埃米莉和我一起编织的毯子。我开着窗户，让习习秋风吹入我的房间。

喝茶的时候我必须得很小心才行，要不然就会烫到自己。我的手指在托盘上摸索，碰到了小茶壶，然后摸到了茶壶的把手。我的另一只手找到了杯子。我在倒茶时数着数。我知道，数到五的时候，杯子就满了。他们给了我一些糖，一般是两包，不过我只会用到其中一包的一部分。勺子没有放在平常放的地方，我慢慢摸着，最后在牛奶边上找到了它。一切准备就绪，我把杯子举到嘴边，轻轻吹了吹——与其说是因为茶太烫，不如说是一种习惯——然后小啜一口。我舒了一口气，紧紧地靠在父亲的椅子上。

我做过一个梦，梦里的我变年轻了，头发乌黑发亮，眼睛炯炯有神。梦里的我在跳舞。我回到了年轻时住的那座岛屿，在波菲利岛的黑火山岩沙滩上，湖水轻轻拍打着岸边，莎草迎风摇摆。我站在那里，采了一些橙黄色的山柳菊和金黄色的金凤花，把它们和原先就在我手里的那一束雏菊握在一起。埃米莉也在那里，安静的埃米莉，她的一只脚总是踏在梦想的世界里。我们的手紧紧握在一起，埃米莉和我是一个共同体，一起欢笑、跳舞、旋转，我们躺在温暖的大地上，气喘吁吁，看着夏日天空中的云朵你追我赶。

但是最近，我的梦里总会出现一匹狼。我看见它透过树木的间隙盯着我们。它在桦树和冷杉的树干之间穿梭，沿着岸边行走，冷黄色的眼睛在看我们跳舞。埃米莉不怕它，她反盯着它，直到它在沙滩边缘卧下，等待下一个时机。但是我被它吓到了。我知道它为什么在这里。现在还不是时候。不过我知道，它在一天一天慢慢地靠近我们，而且它越来越难老实下来。

这是促使我回到苏必利尔湖畔的原因之一。虽然这里承载着太多痛苦和回忆，但是它离我的家乡、离波菲利岛和灯塔是那么近。埃米莉会希望我做出这样的决定的。

我又啜了一口茶。茶已经不太热了。下午的阳光照进房间，比手中的茶更让我觉得温暖。我把杯子放在腿上小心翼翼地捧着，脸迎着阳光。

马蒂的声音从外面传来。我知道他是这里的核心人物。还有，天哪，他对艺术颇有了解，几乎快赶上我了。在我的视力衰退之前，他经常带着印着油画的书来找我，我们一起喝茶，他翻书给我看，我们会对那些油画和画家进行评价。他是一位很好的听众，听我说旅行见闻，还有我在画廊中研究大师作品时获得的有趣知识。在鉴赏雷诺阿的作品时，我说："画中的那个女人——她是画家的爱人。这幅画在大屠杀中被人从犹太人手里偷走，几十年后在意大利的一个阁楼里被找到。一个美国人买下了它，他说这幅画在战前属于他那位在荷兰生活的曾祖父。"马蒂和我都最喜欢印象派画家。"这位画家雇了三个人照料他的花园。花园非常大，到处都是池塘和小路，花园里的花各种各样，应有尽有。看看这些颜色……"我们原来去过那里，那是我很喜欢的一个地方。我们当时站在桥上，轻轻地抚摸着紫藤花。但是那里人太多了，摩肩接踵，于是我们很快离开了。

我早就该知道他会认出她的作品，简单的线条，对动作的捕捉，以及对色彩的运用。他的眼里充满疑问，我用眼神示意作答。在这个地方，我的过去只有他知道。他不怎么说话，但一直在倾听。这就够了。

马蒂也知道我的视力是从什么时候开始下降的。他一句话都没说。假装没有看见我跌跌撞撞的样子和踌躇的脚步，只是从那以后他再也不带书来了，他开始带磁带，肖邦、莫扎特、贝多芬。我们边喝茶边听音乐，音乐展现出了我再也看不见的那些画面。

我想他是明白的。我想他知道我有多为埃米莉难过。我的身上有伊丽莎白和埃米莉两个人的影子，我是这对双胞胎的结合，是灯塔看守人的女儿。我很难只是伊丽莎白一个人了。

我能感觉到有一朵云掠过，光线渐渐消失。一阵风吹过，百叶窗发出声响，我打了一个寒战，冷风钻过针织毯直击我冰冷的手指。秋天令我着迷，大师画作中的色彩染遍了整个世界。很多人惧怕秋天，他们看不见这个季节的光彩和浪漫，只将它看成通往终点的大门——通往死寂冬日的必经之路。但是秋天让我觉得充满活力。秋天是结尾，也是开端。

我不情愿地把脸扭过来，小心翼翼地把半空的茶杯放回托盘。我把毯子叠好，搭在椅子的扶手上。到点了。我熟练地起身走向房门，在门口稍作停留，一只手扶在门框上。我每天都会这样，虽然这个过程很短暂，但让我觉得心满意足。我踏进走廊，向这栋建筑的另一边走去。

那匹狼还得再等一会儿。

4

摩　根

“这些全是你一个人画的？”

马蒂问我，但他好像并不想问出什么结果。这是一个疑问句，仅此而已。

我们在他办公室的水槽里接了一桶温水。马蒂已经用另一只桶子装上了工具和刷子。

“是啊，当然了。”我回答道。我必须做他要求的事情，但我不需要像对警察招供那样跟他说那么多，我知道他不会相信那天夜里只有我一个人在这里。

“用了喷漆？”

“嗯。”

我们把桶子抬到花园里。这个花园在这样一个“老年监狱”里算是个挺不错的地方。这里有很多植物和小路，还有一大片搭着木头藤架的空地，藤架下摆着几把椅子和几张桌子。大部分花似乎都在开败后被剪掉了。不过还有一些紫色的花被留下来，它们有点儿像雏菊，但也不是特别像。围墙在后面将这个花园和河边的自行车道隔开。

马蒂穿着红格子法兰绒夹克，我穿着他的蓝色连体工作服。我们走了一圈，来到围墙的外边。他把桶放在草坪上，然后站起来，交叉双臂看着围墙。

他说："用水应该洗不掉。"

"还要你说。"我小声咕哝着，他应该刚好能听见。

马蒂还站在那儿，看着围墙。

"你用的是哪种漆？"

这人没在开玩笑吧？"喷！漆！"

"质量不怎么样啊。"

他说得没错。这玩意儿太劣质了，喷完以后会往下滴，效果跟我预想的不一样。我在野餐桌旁坐下，没有回答他。反正他会不停地问。

"没有完成吗？"

"什么？"

"你没有画完吗？"

我看了一眼我的作品。马蒂说得对，我的确没有完工。"没呢。因为有人把警察叫来了，所以我们……我就走了。"

这是我第一次画这么大幅的作品。我想要向他们证明我有资格成为他们中的一员，这是唯一的方法了。这幅涂鸦是我自己完成的，但是德里克也跑来陪着我。他过来是想给我盯梢，让我不被抓走。

德里克曾带我去过一个派对，我在那里遇到了他们。我们围坐在厨房的桌子边，当时我正在一个空比萨盒上随便画着，然后他们中有一个人开始注意我。这个图案我画过太多太多遍了，所以那一天我画得非常轻松，都不用思考下一笔应该落在哪里。我不知道自己当时为什么要画那幅画，但它一直是我很喜欢的一幅画，我也很喜欢时不时做出一点儿改动，让它完全具有我的风格。我看到那个人在看这幅画，就用手把它捂了起来，试图把盒子抽走。但他阻止了我，拿起比萨盒，开始研究那幅画。他说我画得很棒，然后问我有没有想过把这幅画放大画到墙上。我当时并不知道他在说什么。后来德里克告诉我，那个男人是涂鸦帮里的。他把他们在街上的一些涂鸦指给我看，要命，实在是太棒了。

几周后，我们又遇见了他们。我们都喝了点儿啤酒，然后他们邀请德里克和我去火车调度站。我希望他们这样做是因为喜欢我的画，但我知道要不是因为德里克，他们永远不会邀请我。我反正也不在乎，只是很高兴被他们当成自己人。我四处张望，和他们一起，在停靠在废弃谷仓附近的火车旁边慢慢移动，我的心怦怦直跳，手心直冒汗。天啊，这太刺激了。把自己的灵魂挥洒在一面墙或者一节车厢上，再后退一步欣赏自己的恐惧、希望、梦想、瑕疵。当其他人也在这座城市中行走时，便会看见你留下的印迹。它们可以证明你曾经到过那个地方，证明你活过。我想成为他们中的一员。我从加拿大轮胎公司[①]旗下的商店里偷了一些涂料，开始设计自己的签名，思考关于作品的事情。我到处画一些小东西，觉得自己是班克西[②]。

马蒂端详着围墙，好像在欣赏画廊里的一幅作品。我等着他开口。

结果，他就吐出来了一个“啊”。

除了我喷过的地方，其他地方的油漆已经开始剥落了。在这里涂鸦太蠢了，我现在明白了。马蒂走向围墙，用手指甲碰了碰剥落的地方，让碎屑落到地上。似乎在我拿着喷漆罐靠近这堵围墙很久之前，它就需要一件新衣服了。

“需要先把这些刮掉。”他递给我一把刮刀，“两面都要刮，然后用钢丝刷清洗一遍。”

他吹着口哨，转身走向门口。

* * *

德里克给我买了音乐播放器和耳机。他老是给我买东西。嗯，可能也没那么频繁。但是他有时候不知道从哪里冒出来，随口说

---

① 加拿大轮胎公司，加拿大的一家大型零售公司，旗下的商店出售包括轮胎在内的各种商品。——编者注

② 班克西（Banksy），一位匿名的英国涂鸦艺术家、社会运动活跃分子，被誉为当今世界上最有才气的街头艺术家之一。——译者注

道："嘿，我有东西要给你。"而且每一样东西都很好。我们也很好。其他时候，我可能一连几天都没有他的音讯。

我放着音乐，时间过得飞快。刮了几个小时以后，那面围墙看起来就像是灾难现场。没被我用鲜艳的喷漆喷到的围墙表面很容易就刮掉了，地面上、花园里很快就堆积了许多白色、紫色、蓝色的碎屑。

马蒂终于回来了。在他把刮刀给我之后我就没见过他，但我不会上当。我知道他一直在看着我。我确信那位注册护士兼执行理事安妮·坎贝尔女士也一定在某扇窗户后面偷偷看着我。

马蒂这回吐出来一句："这是个开始。"

他拎起桶，把水浇到灌木丛里就回去了。我拿上其他工具，跟着他往回走。我把那身工作服脱下并挂起来，这才发现我的靴子上全都是剥落的油漆碎屑。

"下次你可能会想穿双别的鞋。"马蒂背对着我，把他的格子夹克挂到工作服旁边的钩子上。他没有转身看我，只说了句："周四见。"

真是浪费时间。

5

伊丽莎白

我请一位护工用轮椅把我推到户外。今天的天气太好了，躲在混凝土墙后面实在可惜，窗玻璃会把一部分阳光过滤掉。我需要新鲜空气和阳光来滋养我虚弱的身体，让我可以撑过即将到来的漫漫冬季。

我觉得自己坐轮椅出来问题也不大，但是我的视力越来越差，眼前一片朦胧，就像有一群幽灵在我面前跳舞。它们拒绝回到原先属于自己的边边框框中安静下来，所以我想要自己出门变得越来越难了。为了御寒，我穿着保暖的羊毛夹克，腿上紧紧地裹着一条羊毛毯。我戴着马蒂夏天给我的太阳镜，现在我的眼睛对风和光线十分敏感。这真讽刺。

护工把我推到了藤架下，然后问道："利文斯通女士，这样可以吗？"我能根据她的声音分辨出来，她很年轻。但是她刚来不久，我无法把她的声音和记忆中的某张脸对上。我需要的帮助并不多，但若是在我需要帮忙的时候有人来问我，我会觉得非常开心。

我回答说："如果你不介意的话，再推一小段吧，推到可以晒到太阳的地方。"她照我说的做了。

昨天夜里，我坐卧不安，时梦时醒。我在梦境中游走，意识溜进虚幻的故事中。这一次，那只狼不再缓慢移动，但是我冰冷干燥的皮肤分明感受到了它湿热的气息。我拼命寻找着埃米莉，呼喊她的名字，但我的声音立刻被浪花拍打波菲利岛峭壁的声音淹没。我的手心沁出了汗珠，我用力撕扯着树枝，它们挂在那里，就像罩在森林上的深色帘幕。我猛然惊醒，心脏怦怦直跳。

天还没亮。

我在床上躺了一会儿，除了呼吸之外，什么都不做。我爬下床，完全不需要开灯，我对这个房间了如指掌。单人床上盖着埃米莉和我多年前一起缝的被子，那些碎布是我们从破布箱里搜集出来或者从旧裙子上剪下来的。远处墙边立着一个小梳妆台，那两个抽屉里装着我一辈子的回忆。父亲在读报时坐的那把椅子是留存下来的唯一一把椅子，在我们离开岛屿的时候，它也被带离了灯塔看守人的房子。埃米莉和我去了世界各地，与此同时，这把椅子在玛伊吉利斯的阁楼里藏了将近六十年。有时候，我觉得自己仍然可以闻到破旧布料上的烟味。

我穿了一件棉睡衣，光着脚穿过房间。打开窗户，清凉潮湿的风立刻向我拂来。我的头发现在白得像雪鸮，凌乱地贴在我的额头上。我放松地坐在父亲的椅子上，风吹过我的身旁，将梦境清除干净。铁路道口和变道的火车发出了咣当咣当的声音，火车的柴油引擎在吃力地抱怨着。一声警报响起，是救护车。有人正经历着惨剧。汽车不是很多。现在一定很晚了，或者很早。无风，树木安静无声，它们没有交流。突然，我听到了那个声音。是它，非常微弱，但真实存在。

一声雾号。

我坐在那里打了一会儿瞌睡，薄睡袍渐渐抵御不住阵阵寒气，于是我回到床上盖好被子，等待走廊上响起清晨的声音。

下午三点左右，太阳烤干了空气中的所有湿气，肥沃的土地是如此温暖，散发出独特的味道。马蒂在劳动，他对花朵的堆肥、护根这类事情颇为在行。他就像他珍藏的那本书中的画家一样，是一位色彩行家。紫菀现在一定正在盛放：边缘的花瓣呈淡紫色，中间是明黄色的。秋牡丹估计还活着。菊花肯定没有凋谢。

我听见麻雀在野餐桌下觅食的声音。还有一种声音，有人在刮东西，还有微弱的嗡嗡声，远处传来了音乐的节拍，奇怪，是莫扎特的曲子，很经典。啊，对了。马蒂跟我说过这件事。他说，一个叫摩根的小姑娘几周前破坏了围墙。大家对此议论纷纷，说现在的年轻人无所事事，粗鲁莽撞。但是马蒂没有这样。他简单地提了一句，说摩根的画引起了他的兴趣。但是让我感兴趣的却是莫扎特。

有人向我走来，我被脚步声吵醒，这才意识到自己刚才睡着了。我猜是护工要来把我推回房间。我现在真是一个老太婆了，睡在轮椅上不说，还像个婴儿一样把自己包在毛毯里。我是不是返老还童了？

现在一共有三种脚步声。是谁呢？麻雀继续叽叽喳喳地叫，但是围墙后那一成不变、充满韵律的刮擦声却突然消失了。

“利文斯通女士，”这是坎贝尔女士的声音，“这两位警官想和您谈谈。我可以推您进去吗？”

我早该听出他们穿的那种鞋子的声音。他们的鞋应该是黑色的，皮很硬，擦得锃亮。“不。不用了，谢谢你，安妮。我相信他们可以在这里说。请坐。”我朝着野餐桌的方向点了点头。

“那么，好的。我就在办公室，需要我的话可以来找我。”坎贝尔女士的脚步声渐渐变弱。

“利文斯通女士，我是警员肯·巴里。这位是我的搭档，谢里尔·库姆斯。”

我没有伸手。我不想当一个没教养的人，但是我的经验告诉我，这些执法的人一般不会带来什么好消息。

“我们刚刚和海岸警卫队的人开了个会，那个……”巴里警官像是在寻找一种合适的说法，“有一艘帆船被冲到岸上，船上没有人，船已经毁了，就在锡尔弗岛附近的米德勃朗湾那里。帆船的名字是‘风之舞者’。这船是注册在查尔斯·利文斯通名下的。

您的兄弟查尔斯·利文斯通。”

我听见了麻雀的叫声。它们好像在吵架。

“利文斯通女士，他可能逃回了岸上，不过这种可能性较小。发现这艘船的人叫阿尼·理查森，他说他认识您，他想办法蹚进水里，爬上了船。可能利文斯通先生已经安全地离开了船。”他顿了顿，“是有这种可能，但是很不幸这种可能性太小了。如果我们知道他为什么会在这个时候出现在那里，知道他可能要去哪儿的话，这可能会有很大的帮助，我们的搜寻工作就会更有重点。您能想到什么对我们有帮助的信息吗？”

麻雀的数量一定不止十只。听上去它们像是在围墙另一侧的绣球花丛里等着回到庭院。

其中一位警官在桌上放了点儿东西。“这些是在船上发现的，看起来像是以前住在波菲利岛的人写的日记。我们觉得可能是您父亲写的。阿尼·理查森觉得它们应该归您所有。他之前听说您搬回了桑德湾，跟我们说可以来这儿找您。”

麻雀又开始动了。它们扑棱着翅膀，飞到丁香枝头，歇了一会儿。一只乌鸦“哇哇”叫着，在它们旁边找了个空隙落脚。我累了。到下午茶时间了。马蒂给过我一罐饼干，我把它放在油灯旁边。这个看起来像电灯的玩意儿过去总是放在波菲利岛灯塔看守人助手的屋子里。要是给麻雀来点儿饼干的话，它们一定会很喜欢的。如果明天天气好，我还可以出来坐坐，到时候一定要记得带一两块饼干来。

但是他们在等待，他们在等我说点儿什么。他们已经和阿尼·理查森谈过了。他们想了解关于查理的事情。他们想搞清楚他乘“风之舞者号”出去的原因。他们想知道他要去哪儿。他们没有意识到他和我已经成了陌生人。但是即便如此，我也知道他去了哪里。他只可能去那里。

“波菲利岛。他要去的地方是波菲利岛。”

6

摩　根

我又拾起了刮刀，开始刮围墙的另一部分。这一次我穿着凯莱布的工作靴，这双靴子对我来说实在太大了。他在劳丽和比尔家待的时间比我长，但他就是个懒得要命的废物，以后可能根本就不会念他们的好。我穿着这双靴子和马蒂的蓝色工作服，看起来就像个卡通人物。我就是个笑话。

警察走了，但是那个老太太还坐在她的轮椅上。天啊，她戴着那副飞行员眼镜，看起来真滑稽。她的头发又长又直，垂在肩膀下方，简直比雪还要白。她至少得有一百岁了吧。我无法想象活那么老是什么感觉。那种没有盼头的感觉究竟是什么样呢？而且你的记忆可能都没了，那么你也就等于没有了过去。你什么都不剩，只能苟延残喘。

我深吸了一口气，差点儿忘了她有多怪异。

“是摩根吗？”

她在跟我说话。她知道我的名字。

“他们在屋里可能有些忙。我相信围墙的工作可以暂时放一会儿，你把我推回房间吧。那围墙都快被你刮穿了。它的表面只有那么一点儿油漆。”

她不在看我，但是我却无法不理她。“我觉得我不应该，呃……和住在这里的人……打交道。”

“你总是做你应该做的事情吗？”这句话听起来不像是一个问句。她把身子坐直，抬起下巴，双手戴着手套交叠在腿上。我希望我能看到藏在那副蠢眼镜后面的眼睛。

“好吧。”我把刮刀扔到装着其他工具的桶里，“但是这件事得算在你头上，跟我没关系。”

“那个包裹。”她举起一只手朝桌子的方向指了指，“他们留下来的那个包裹。把它拿给我。”

我照她说的把包裹拿了过来。那个包裹用一块褪色的白帆布包着，闻起来有股泥土和霉菌的味道。包裹上系着一根细绳，绳结已经松了，透过松开的帆布，我可以看到包裹里装着什么——看起来像一整套书，皮革封面，书页微卷。我把包裹放到这位老太太的腿上。

我以前从来没有推过轮椅，所以把它推进门委实费了我一些力气。

“左边第三个房间。”

经过马蒂办公室的时候，我听见他在吹口哨。我没有朝他的方向看，一直在走，眼睛平视前方，脚上拖着那双借来的靴子在瓷砖地上摩擦。

老人们的房间跟我想的完全不一样。这些房间看起来就像一居室的公寓。我在推轮椅进门时快速地扫了一眼四周。这间房里有一张小餐桌、一张床、一个摆着几幅画的梳妆台和一把看起来很舒适的椅子。床上盖着一条被子，上面的布片都褪色了，看得出这条被子是手工缝制的，可能是个古董吧。家具也很老了，就像她一样。最吸引我的是那盏灯。我们家原来也有一盏这样的灯——红色的，点亮之后玻璃会被烟熏黑，我以前会用旧抹布把它擦亮。

老太太叹了口气："好了，摩根。谢谢你。"

"嗯。"我转身离开。

她的手在包裹上摸索。她拿起包裹，将它放到桌上，然后开始叠裹在腿上的毯子。她突然问道："你当时觉得警察是冲着你来的吗？"

我在门口停下。"什么？"

"你为什么要躲？"

我转过身，看着她。"我没有躲。警察知道我在这里。"

老太太把轮椅锁好，小心翼翼地站起来，把毯子放在床尾。她一只手沿着梳妆台摸过去，身体慢慢靠近那把旧椅子，转了个身坐下。她将太阳镜拿掉放到包裹边，手在那摞书上放了一会儿。

"伊丽莎白。伊丽莎白·利文斯通。"

我望向她深棕色的眼睛，她的眼神犀利、傲慢，同时也空洞得令人不安。

这位老太太是个盲人。

那双茫然的眼睛令我有些不自在，不过没过多久，这种感觉便消失得无影无踪了。太蠢了。我根本不在乎她是谁，也没兴趣和她说话。于是我就应付了一下。

“嗯。”我转身向大厅走去，靴子在地上笨重地拖着。

7

伊丽莎白

我并不感到惊讶，也不觉得受到了冒犯，但是我的确为此叹了一口气。恐惧居然可以如此之快地变成愤怒：她害怕生活给予她的一切，并因此对这个世界怒目而视。

我心不在焉地卷着指间的防水油布。布的边缘很破了，松松垮垮的结从布上滑落下来。只需轻轻一拉，绳结就解开了，发霉的包装便自己摊开来，露出日记的皮革封面。我用手指轻轻抚摸这些日记，想辨认出最上面那一卷的封面文字。过了一会儿，我摸到了封面中心凹凸不平的纹路——那是凸起的字母“A.L.”，安德鲁·利文斯通的姓名缩写。

安德鲁·利文斯通。我的父亲。

我上一次碰这些日记的时候，查理刚回到岛上，火灾还没有发生。那时候我就意识到，我所认识的这个兄弟已经被充满战火、偏见和戾气的世界改变了，他不会再和我一起保护埃米莉。我早该看明白这一点，早该知道他有背叛她的可能。他在活着的时候会为自己的所作所为感到后悔吗？我总是想象他会后悔。可能我永远也不会知道了。

他们说发现那艘船的人是阿尼·理查森。他觉得我应该拥有这些日记。阿尼·理查森，这个名字听起来恍若隔世。他曾经寄过一封信。我们在这封信寄出很多年之后才收到，它追着我们满世界跑，最终被我们的经纪人收进了一个包裹中，除了这封信，包裹里还有关于书籍、稿酬的信件，还有那些我们没参与的活动的邀请函。他在信上说，大火发生的几周之后，他又回到岛上，回到波菲利灯塔，尽最大可能从这座已经被熏黑的建筑中寻找没被烧完的物品。他说，如果我们有一天回家，会在玛伊吉利斯的阁楼里发现一些被抢救出来的东西。我没有给他回信。这么久过去了，回不回又有什么区别呢？一切已然是过眼云烟。生活仍在继续。不过，他竟然知道我会回来，关于这一点其实我也并不惊讶。虽然我们隐居起来了，但他估计也听说了他给我们留的东西已经被拿走了。玛伊吉利斯多年前去世了，不过她的女儿很愉快地把东西寄到了博雷尔养老院。

这么多年里，我从来没有想起过这些日记，但是我没有忘记见到它们的最后一刻。那是一个初春，埃米莉要去柴棚取一些引火柴。她去了太久，那段时间，她一离我太远，我就觉得心慌。我在看守人助手的房子里找到了她。她时常会去那里，也许我那时候也是这样。她坐在父亲的椅子上，防水油布的外包装有些松了，她的腿上放着摊开的日记。我对那些日记有印象。我记得父亲坐在桌前写东西，收音机中飘出音乐，柴火炉噼啪作响。他去世的时候，这些东西都不见了，但我几乎没有思考过这个问题。埃米莉不会阅读，但我看见她的手划过书页，她在感受那些字母，听父亲的声音，我也渴望做相同的事情，这种感觉让我无力反抗。我拿起其中一本日记，手抚过封面，就像现在这样，我的手指摸到了深色皮革封面上凸起的“A.L.”。

厨房推车的轮子“吱吱”地滚过走廊，这声音传递的消息是：下午茶时间到。一阵敲门声将我从沉思中唤醒。

“来点儿茶吗，利文斯通女士？”护工问道。我每天都会在这个时候喝茶。她把托盘放在桌上。“需要我帮您倒茶吗？”

“不。不用了，谢谢你。”我用拇指拨着日记里的纸张，“我自己可以倒。不过，如果你不介意的话，能不能请你把装饼干的罐子递给我，就在那盏灯边上。”

她把饼干罐放到我的手上。“还有什么需要我帮您拿的东西吗？”

金属质地的饼干罐摸上去很凉。我又回到了看守人助手的房子里，另外一只手里拿着我父亲的日记。埃米莉把其他日记摞在身旁的桌子上，然后拿起一个金属饼干罐。她把饼干罐捧到我们俩中间，在我的手快碰到饼干时，查理的影子突然遮住了大门的缝隙。他只沉默了一小会儿，喘口气的工夫，他便将屋子扫视了一遍——我、日记、埃米莉还有饼干罐。“你们以为自己在干什么？”这不是一个问句。他听起来很生气，大步走过来。他揪起埃米莉，把她拉下父亲的椅子，推着她从我身边经过，然后出了门。饼干罐从我手里掉落，弹到了椅子的扶手上，盖子被弹开，里面的东西掉了出来，就像一个打碎了的鸡蛋。时间静止了。我动弹不得。地球仿佛已经停止转动。查理以前从来没有对埃米莉大吼大叫过。他从来没有生过埃米莉的气。从来没有。

我的手里仍然抓着父亲的日记。他从我手中夺走日记，我躲开了这个我不认识的人。

“滚出去！这里跟你没关系！”

埃米莉没有看见饼干罐掉下去，她的脸被按在门框上，只能看着门外。我知道她想弄清楚到底发生了什么，自己到底做错了什么。她没注意到破旧白布中的那道银光。她没听见那柔和的碰撞声。但我注意到了，哦，太短暂了，然后查理又将它塞回罐子里。

几天后，我又自己回去了一趟。我四处都翻遍了也没有找到那个饼干罐。我再也没碰过那些日记。

直到现在。

“利文斯通女士？您还好吗？”

我的手有点儿抖，我把装着饼干的罐子放到了日记上。“还好，没事。”我挤出一个微笑，“谢谢你。”

哦，查理，这么多年来，你向我隐瞒了什么秘密？这些秘密被我们的父亲——波菲利岛的灯塔看守人安德鲁·利文斯通记录了下来。它们难道真的可怕到让你对埃米莉的爱消失殆尽的地步吗？

8

摩　根

午夜已经过了。我从床下拿出小提琴盒。它看起来就像在地狱里走过一遭，盒子把手被黏糊糊的黑胶带粘在一起。我有好几个月都没有打开它了，但我了解它的每一个细节——琴身的每一处曲线，每一个琴栓的位置，甚至有多少根弓毛，我全都知道。

我把小提琴放在身边，拽出藏在琴盒内衬中的几张纸，它们是我在几年前找到的。纸上是鸟和昆虫的彩铅素描，它们看起来太逼真了，好像下一秒就可以从纸里飞出来。它们与我之前看过的画都不一样。这些画我研究过、画过，也梦到过，然后接着画，不过我从来没有给别人展示过。它们是我的。我喜欢在孤独的时候欣赏它们。

我把它们放在床上，围着我摆了一圈，其中一幅乌鸦吸引了我。这只乌鸦站在一只正在腐烂的动物身上，大概是一头鹿吧，那头鹿可能被一群狼杀死了。这是一幅徘徊于生死之间的画作。

我拨了拨琴弦，决定往干燥的弓毛上抹点松香，好久没有管它了。今晚有些不同。小提琴在呼唤我。我叹了口气，作为对它的回应，然后用下巴夹住它，开始调音。我举起弓，随后让它落到弦上。琴弓开始舞蹈了。

就像回忆中的旋律一样，这首曲子一开始节奏很慢，但是渐渐地，旋律从我的内心深处流淌出来，而非局限于弓与弦。我不需要琴谱就可以拉好这首曲子。我学它的时候十分用心，我们经常一起演奏这一首。我站在他起居室里的那把椅子旁，手里拿着小小的提琴，睁大眼睛看他如何拿弓，如何随着节奏摇摆。我手里的这把小提琴就是他当时用的那把，声音如此美妙。

“摩根，你是个有天赋的孩子。”他朝我微笑，笑容是那么清澈，“音乐已经选择了你。”

天啊，我想他了！已经六年了。感觉已经不止六年。

我换了一首里尔舞曲。这种乐曲听起来更轻快。他让我学习巴赫和莫扎特的曲子，但是他最喜欢民间小调，我也是。有一次在我练完音阶、指法和强弱音后，我们俩开始斗琴。他的脚在地板上打着节奏，节奏越来越快，直到我实在跟不上，只能看他演奏。我看得见他的眼神，在我想要模仿他的时候，他的眼中泛起了笑意。

有他就足够了。我们俩不再需要别人。我们吃土豆，还有他在尼皮贡河里抓的鱼，喝罐头汤。在黑漆漆的冬夜里，我们靠着火炉坐下，他给我说苏必利尔湖里船只遇难的故事，还跟我说那些年他在布莱克湾和好朋友吉姆一起捕鱼的故事。有时候，风会穿过墙上的裂缝，把冰雪吹向窗户，他便会往那个有缺口的旧杯子里倒上一点儿威士忌，边喝酒边谈论我的母亲。“她是爱你的，摩根。”他对我说，他喝得越多，嗓音就越低沉，“她有时候会让我想起你的外婆。她像风一样。不可捉摸。自由不羁。你永远看不透她。你不能束缚住风，摩根。风在自己喜欢的地方跳舞。”接着，他会用力地咽下一大口酒，跟我说，我的母亲挣扎过。她没有畏惧，但还是不够强大，风把她带走了。她去世的时候，我还是一个婴儿。

我对她没什么印象了，我也不思念她。至少那个时候我不想她。有他就足够了。

直到有一天，我放学回家，发现他坐在他的那把椅子上，眼睛睁着，盯着电视上播放的《危险边缘》，水壶在炉子上烧干了，房子里弥漫着一股滚烫金属和令人窒息的阴霾混合在一起的味道。

在那之后的一段时间里，我只拉小提琴，别的什么都不做。不说话。不吃东西。我寄宿的第一个家庭里的小孩捉弄我，他们抢走我的琴弓，在我周围乱跳，边跳边唱：“摩根不会说话！摩根不会说话！”直到家里的女主人让他们停下。我心想，随便他们怎么说，我都不在乎。我能在音乐里听见他和我说话。这就是我所在乎的全部。

我在那里住了三年。帮助我的社工找了个门路让我上音乐课，每周我都会去音乐中心找一位胖胖的修女。她总是穿同一件有着汗渍的黑裙子，身上散发出一种甘草的味道。她让我拉莫扎特的乐曲，但我只想拉他教给我的那些曲子。“你是个有天赋的孩子。”她说。不过她对我好像越来越失望，汗渍也变得越来越大，颜色越来越深。“你有责任好好学！你必须好好练习！集中注意力！”

但是这把小提琴似乎最喜欢他的曲子。这些旋律像是寄生在木质的琴身上一样，在我的心中回响。如果回忆实在太过痛苦，我就会停止演奏。有时候，我又找回了自己的声音，这经常给我带来麻烦。开始上高中的时候，我搬去和另一家人住，那一对夫妻收养的是年龄比我大的小孩。只是暂时的，他们说，他们会一直为我寻找更合适的家庭。我比他们更懂行。我知道这个系统是如何运作的。在这里，没有适合我的家庭。几年后，我来到这里——劳丽和比尔家。只是暂时的。我明白。

我想起了博雷尔养老院的那位老太太。她坐在椅子中的样子。她的白发，她饱经风霜的皮肤，还有那双眼睛。那双看不见的眼睛，但我仍然觉得她正在看着我。在那双眼睛中，有一种东西让我不想忘记。

门开了，“咯嗒”一声，灯被打开了。

“你到底在干什么啊，白痴！我们过几个小时就要起床了。你刚刚是在这里杀猫吗？我拜托你啊，给我安静点儿，要不然我摔烂你的破琴！”

他是凯莱布。即使动听的音乐就在耳边，他也不懂得欣赏。

“滚蛋！”我抓起梳子朝他扔过去，没砸到他，却把梳妆台上的台灯打翻了。他对我竖了竖中指，摔门而出。

“浑蛋。”

咒语失效了。我把小提琴塞进琴盒里，盖上盖子，用力地扣上开关。我的眼睛感到一阵灼痛。

门又开了，就在我准备向凯莱布发飙的时候，我突然意识到这次进来的是劳丽。她站在门口，身上裹着那件蓝色的睡衣，腰带系得十分讲究，好像这样能使她自我感觉良好。

她说：“他们跟我说你会拉琴。”

我看了看那个破旧的琴盒，把它推到床下。这是我的过去，不是我的现在。而且，在我的未来里，也很难有它的位置。我没有回答她。我什么都没说。

“很美妙。”她说，“这音乐……真的很美妙。”

我们俩之间只剩沉默，但我仍然可以听见那首曲子，它在房间里回响。时间仿佛静止了。终于，她说了晚安，关上灯，然后安静地关上了身后的门。

我忘了把图片收起来，于是小心翼翼地爬上床，这样就不会妨碍到它们。我睡在了那些纸的下面，它们盖着我，就像一条被子。

* * *

马蒂看着我，我穿的那双工作靴在地板上滴了不少水。“今天湿度太大，不适合刷油漆。”

真啰唆。

我把小提琴也带来了。我现在去哪里都要带着它；如果放在家里，凯莱布那个浑蛋肯定会乱动我的琴。马蒂指了指架子，让我把东西放在那里，然后从那几个大拖把中拿出一个给我。“去把走廊的各个角落仔细拖一遍。扫过地以后一定要拖干净。”

在博雷尔养老院的那几天，我并没有在室内待很久。这里跟我想象中的不大一样，不像一个医院或什么公共机构。我猜对于那些只买最好东西的有钱老头老太太来说，这里应该可以算是他们的归宿了吧。养老院的建筑呈 Y 字形，Y 字的那一竖是大门和一个休息区。Y 的一个斜边里有很多办公室，其中有一个就属于我们的注册护士兼执行理事安妮 · 坎贝尔，另一个斜边有一个就餐区，我可以听见厨房的声音。马蒂的办公室在靠近厨房的一个小走廊上，那里离所有的机械设备都很近，比如锅炉和空调系统。几天前我把那位老太太推回房间，她的房间在 Y 字左边的那条斜边上。居住在那里的老年人基本上都可以照顾自己的起居，但是需要别人帮忙做饭打扫。在走廊的最尽头是另一个休息区，那里有几扇大窗户对着外面的院子。

但是 Y 的另一边就大不相同了。入口是锁着的，就像大门一样。马蒂将开门密码告诉我了。在里面有一个柜台，护士在那里工作，通往房间的门是开着的。他们也很好，但是我看得出来，那里的老人需要更多帮助。他们被关在里面，就像蹲监狱一样。

我输入了另一边的密码，从远处的日光室开始拖走廊的地板，推着灰尘往前走。在我快拖到一半的时候，突然有什么声响透过耳机传到我的耳朵里，我脖子后面的头发都立了起来。我拔掉耳机。窗外雷雨交加，然后我又听到了那个声音——没有内容，就像是一头受惊的猛兽在哀号，绝望而心碎。我以前听到过这种声音，那是很多年以前了，一个黑头发的小女孩跪在一把旧椅子边，水壶烧干了，电视上传来亚历克斯·特里贝克主持的《危险边缘》的声音。

走廊迅速热闹起来，穿着粉色和橘色衣服的护理人员如离弦之箭般离开柜台，急匆匆地打开其中一个房间的门跑了进去。我应该继续打扫，但我动不了了。我隐形了。我站在这儿，护工和护士全都看不见我，他们分成两拨绕过我，然后又合到一起。终于，号叫声减弱了，只剩下雨声。

过了几分钟，我才开始拖地。走廊又恢复了常态，但是我依然把耳机挂在脖子上，音乐从耳机里隐约传来。我转着拖把向护士的柜台走去。在我经过刚刚护士冲进去的那扇门时，一位护工把门打开了，我忍不住朝里望去。我认出了那位老太太白色的长发，在她转过来看我之前我移开了视线。我把注意力放到拖把上，放到那堆灰尘上，放到音乐上。但我可以感觉到她。我可以感觉到她站在那里。我可以感觉到她在看着我。我知道她看不见了。但是如果我不知道的话，我会打赌伊丽莎白·利文斯通正在直直地看着我。

我在大家眼里是隐形的，只有这个盲人看得见我。

* * *

我溜出去，想抽根烟。我站在湿淋淋的藤架下，打着那个冰冷的打火机，终于，它吐出火焰把香烟给点着了。我“咔嗒”一声把打火机关上，塞回口袋。我深深地吸了一口烟，让烟雾填满我的肺。巨大的雨滴掉落到我的头发里，然后流到头皮上，再顺着我的后脖颈流下去，我打了个寒战。云朵很低，很暗，看来短时间内还不会飘走。

从这里可以看见我清理的那片围墙。大多数剥落的油漆都被刮掉了，基本上可以上底漆了。裸露的木头因为雨水而颜色变深，这样我更容易看到那幅涂鸦里明亮的色彩。它与藏在小提琴盒子里的那些画不一样。那些画是只属于我一个人的，是它们给了我灵感。

德里克不同于涂鸦帮的其他成员。如果他被抓住了，等着他的可不是什么蠢透了的“恢复性改造”。警察对他比对我那幅无聊的画感兴趣多了，感兴趣太多了。

我仔细看着围墙上的那幅作品，眼神又一次停留在我的蜻蜓上。我喜欢那个用简单线条勾勒出来的形状。它很独特，与众不同。

我又一次想到了那位老太太。我不知道为什么会允许她接近我，但她就是有这种魔力。可能是因为她让我记起了一些事情。比如说那盏灯，还有那些画。回忆是痛苦的。

哦，天啊！那些画。

我用鞋跟踢灭香烟，冲了回去。我悄悄溜过马蒂的办公室，顺着走廊来到伊丽莎白·利文斯通的房间。我在房间门口停下，门虚掩着，我顺势推开门。她回来了，正坐在那把椅子上。她闭着眼，睡着了，双手叠放在腿上。我蹑手蹑脚地走了进去，没有将她吵醒。

那一天我在这里的时候一定也见过这些画，但当时我并没有注意，我一直在想那盏灯。梳妆台上的画框里总共有三幅画：鸟、昆虫和一株植物。画家的风格独特，画风简洁，但同时也很注重细节。我应该在什么地方见过它们。我拿起那幅蜻蜓，仔细观察着蜻蜓的翅膀、眼睛和尾端的轮廓。

“你好，摩根。”

我没抓稳，那幅画“哗啦”一声掉到了梳妆台上。我试着将它摆正，但它怎么都立不起来，还把另外两个画框也撞倒了，发出了一些噪声。我转身面对那位老太太，她还坐在椅子上，那双看不见的眼睛睁开了。

我嘟囔了两句，然后事情变得更糟了。

安妮·坎贝尔站在走廊上。

“摩根？”她看起来很惊讶。她的确应该觉得惊讶。“我还以为马蒂今天给了你一些别的工作。”她走进房间，扶正梳妆台上的画框，“你在这里做什么？”

她在质问我。我后退了几步，看着地面。我身上的水在往下滴。水顺着我的马尾辫滑到背上，我的脸上也都是水。我把手插进口袋里，摸到了点烟的打火机。真讨厌！我抬起头，直视着她的眼睛。

“我请她来帮忙看看我父亲留下的日记。”利文斯通女士在我开口前说道。我转身看着她，如释重负的同时困惑不解，本来准备对安妮·坎贝尔说的刻薄话被我咽了下去。“我的眼睛不比从前了。马蒂正忙着修补他的那个锅炉。占用摩根一个小时而已，我相信他不会介意的。这走廊用不着再打扫了。如果你打算找点儿工作给这姑娘做，也找点儿有意义的活儿吧。”

我闭嘴了。

安妮·坎贝尔完全不吃这一套。我觉得她不是在跟我较劲，而是在跟这位老太太。远处传来滚雷声。

终于，她说话了：“我知道了。”

难道她对所有问题都这么回答吗？

“是这样的。”我觉得我还是说点儿什么好，“我刚刚——”

“她刚刚正打算换下她的湿靴子，然后在从马蒂办公室过来的路上给我带一杯茶。”老太太打断我说，“现在去吧，别忘了拿奶和糖。”

我答应了，轻手轻脚地从安妮·坎贝尔身边走过去，然后匆匆跑到走廊上。

9

伊丽莎白

我不确定她会回来，但是一开始就有什么东西将她引到了我的房间。也许我说她来帮我读父亲的日记有些欠考虑，但是我越想越喜欢这个主意。马蒂一直都很忙，父亲的文字又让我十分心痛。我对日记里可能藏着的秘密很有兴趣。那些秘密竟然让查理在这个季节那么晚的时候，乘他那艘破船去湖上寻找那些被埋藏起来的文字。从我们离开那座岛起，这些秘密就沉寂了。

我又开始抚摸最上面那本日记的封面，摸着上面的字母“A”和“L”。

没过多久，我听见她穿过房间走过来。我感觉到她的影子在梳妆台前停下，然后她坐在桌前的一把木头椅子上。

“嗯。谢谢。”她小声说，“我，啊……”她试图说句道歉的话，却又难以启齿，所以我帮她省了这个麻烦。

“你能阅读手稿吗？”

她回答的语气有些刻薄。抱歉的样子在她身上还真是待不久。“不能，我就是个蠢蛋。”她觉得这样说一定会让我震惊。

“省省吧，摩根。不要把那种固执己见的态度用在我身上。我的意思是手稿不好认，不是怀疑你不识字。现在很多孩子都不会认手写体了，如果你也不会的话就不要浪费我们俩的时间了。”我没让她继续说话，“如果你会读，你可以帮我。如果不能，我也欢迎你离开。但是请你以后，别再过问我的事，也别碰我的东西。”

她不说话了，雨水击打着窗户，除此之外房间里只剩沉默。最后她拿起那摞日记摆在面前。“嗯，我会读手稿。”她开始解绳子，“你明明看不见，怎么会知道在房间里的人是我？”

这个问题很简单。“你是这里唯一一个穿着不合脚的靴子的人。”我接着说，“我的茶呢？”

10

摩　根

我小心翼翼地拿起最上面的那本日记，生怕一打开，里面那些脆弱的纸张就碎成了渣。幸好没有。书的内页泛黄了，字也褪色了，但是大部分我还是看得懂的。扉页最顶端赫然写着“安德鲁·利文斯通”，接着是：

日记

1917年4月22日

非政府文件

“安德鲁·利文斯通是谁？”我问老太太。她仍然坐在椅子上，手里拿着一杯茶。

“我的父亲。”

“啊。”有意思。我扫了一眼这页纸，试着读懂那些黑色的斜体字。“你以前没见过它们？”

“我见过，但我没有读过。”

而现在她想读也读不了了。除非有人帮她。“第一本从1917年开始写到1920年。还有几本是在其他年份写的。它们也被标记为私人物品，他说这些不是政府文件。”

老太太点了点头，解释说：“我的父亲是看守灯塔的。1917年他被安排到巴特尔岛的灯塔工作。他只在那里待了一年，政府就让他去波菲利岛灯塔了。灯塔看守人的工作内容里，有一项是保存官方的工作日志，在日志上记录灯塔什么时候点亮、早上什么时候熄灭、天气状况怎么样这样的信息。所以他必须标明这些是他的私人日记。”

我小心地翻了几页纸，终于看到这位灯塔看守人的第一篇日记。“年份写在了顶端，每一页都有几个条目。”我的手滑过纸张，努力破译着被墨渍覆盖的字母，将它们转化为词语和句子。“左边这一列只有一些字母：W，NW，N，NNW……”

“那是风向。你能读一下他写的正文吗？”

她看起来似乎急着想知道我能不能阅读手写稿。我很好奇她究竟想要听到什么。

4月23日，星期一——我到巴特尔岛灯塔所在地了，我要以助手的身份在这里度过这段时间。威尔逊和我已经工作两周了，现在正值通航季节，航运繁忙。我正在雾号站学习操纵低音雾号——这机器有些粗糙，但有人跟我说它已经比原来的那种手动泵系统好用很多了。

5月25日，星期五——今年春天十分凉爽湿润。昨天我乘平底船去渔场捕鱼，捕到了三条白鲑鱼、一条湖红点鲑和一条亚口鱼，我把亚口鱼给放了。我收到了丽尔的信，给她回信让她在下次约翰逊船长停靠麦凯港时，顺便搭乘“红狐狸号”来找我玩儿几个礼拜。我相信这个瑞典人是不会介意把她和信件、补给品什么的一起扔在这儿的。我订了一点儿补给品，下一次他们来这儿撒网的时候就会带来，估计得一个月以后了。我才知道许多人会在这个季节让家人来和自己一起住一阵子——这样会使工作更快乐，生活不那么单调乏味，心里也不那么孤独。我相信丽尔在这里会像我一样开心的。如果说有什么区别的话，估计就是她能比我更适应这里的生活，虽然我这辈子一直与这片土地和湖泊紧密相连。

我抬头看了看日记作者的女儿。“丽尔是你的母亲吗？”

“是的。我的父亲1914年从苏格兰移民到加拿大。他离开原来工作的家庭农场后，有一段时间找不到工作。他来到加拿大，本来准备像他的那些同胞一样在西部定居，但在从纽约过来的路上，他爱上了这面湖。最后，他找到一份邮船上的工作，经常往返于科灵伍德和阿瑟港。”

她开始给我灌输她的家族史。我读或者她说——对我来说这都无所谓。于是我就闭嘴听她说了。

“第二年冬天，他决定试试皮草生意，于是搬到了麦凯港附近，或者说是罗斯波特附近。他住在一座老房子里，以布陷阱打猎谋生。在那里，他遇到了我的母亲，他们俩在1915年结婚。我的外公也是苏格兰人，而且也是个猎人。但他非常严厉，父亲是这么说的，他对自己的孩子非常严格。我的外婆是奥吉布瓦族人，她教给我母亲一些传统技艺。我母亲学着把蹄筋牢牢地扎在木框上做雪地鞋，学着给落入陷阱里的动物剥皮鞣革，学着在森林里寻找食物和药材。我想，她的心中应该一直都挺矛盾的，混血的天性不会让她轻易安分下来过单一的生活，她一直有一种高傲与耻辱并存的感觉。”

她顿了顿，接着说：“父亲到巴特尔岛当看守人助手的时候，我的哥哥彼得已经出生了。他们到波菲利岛之后才有了查理、我和埃米莉。”

我继续朗读。这有一点儿像故事书，日记里也开始出现人物的名字了。

它让我回想起一些事情。我想起了我的过去、我的家庭，在冬夜的火炉前，我坐在他的腿上，听他谈论湖泊、撒网，风暴把船逼进港里，他们只能在那里等天气变好，然后把捕到的鱼带回去加工。

12月10日，星期二——风平浪静。我被告知，明年春

天我就要调到波菲利岛的灯塔了。那里的灯塔更老，不像巴特尔岛上的设备，至少有一些还改良过，但是那里离爱德华岛很近，离布莱克湾的入口也很近，到阿瑟港只要一天的航程。因为战争的原因，虽然博登[①]实行征兵，但是看守灯塔被称为一项至关重要的工作，因此下个季度我就要去波菲利岛上岗，我要为我的国家服务。

我抬头看了看老太太。她看起来有些疲惫。老太太依然扶着放在腿上的杯子，但是这杯茶已经被主人遗忘了。她的头靠在椅背上，尽管如此，她看起来并不轻松。她紧紧抿着嘴唇，眉头微蹙。看来她想得到的消息并非发生于1917年。

如果我想弄清楚那些画的情况，我需要做的可就不光是读日记了。

① 此处指罗伯特·莱尔德·博登，时任加拿大总理。他于1917年对法裔魁北克人实行强制征兵。——译者注

11

伊丽莎白

我听她读着。那些话就像窗外落下的雨滴，一个接一个，不断填平那些沟壑，直到回忆汇集起来将我淹没。我仿佛看见父亲在灯塔里繁忙工作的样子，他还是年轻的样貌，那些文字让他复活了。这是他选择的生活方式，一种十分适合他的生活方式。虽然读日记的是这个女孩，但我也可以听见父亲的声音。他的声音慢慢浮现，飘荡在四周，深沉，温暖，充满磁性。

我发现摩根停下来了。

“你读到结尾了吗？”我一边问，一边把茶杯放到身旁的桌上。

“只读了第一年的。”我听见她稍微动了动，把日记的封面轻轻盖上，“他死了吗？”

“我父亲？”我有点儿难以置信地回答，“天啊，孩子！他早死了。如果他还活着，现在都已经一百多岁了。”

“不，”她说，“我是问你兄弟。警察那天在这里说他们没在船上找到他。他们跟你说话的时候我不小心听到的。”

“你躲起来的时候？”

“我没有躲。”

“摩根，你在怕什么？”

“你在转移话题。”

“你开始多管闲事了。”

“你也是。”

我的脸上扬起一丝微笑。她真是容易生气啊。我站了起来。坐太久了，手脚都僵了。我穿过房间走到床边，坐了下去，弯腰脱鞋。

“我想是吧。不过还是那句话，是你偷偷溜到不属于你的地方的。”

“我只是在看那些画。”

是的，那些画。总共有三幅画，我现在仍然可以看见它们，就好像我的视力没有变差一样。它们是很久以前的作品了，年代久远，那时候这个世界还没有爱上繁复的线条和浓烈的色彩。我把鞋子扔到地板上，靠到床上休息。

“为什么？”

她犹豫了片刻，时间之短让人几乎察觉不到，我甚至有点儿怀疑这一切是不是我自己想象出来的。她回答说：“我喜欢它们。它们让我想到了一个人。你是从哪里弄到这些画的？”

“它们一直在我的身边。”

“一直？”

“是的，它们是很多年前画的了。”

“所以它们是很古老的东西喽？”

“相当古老。现在又是谁在转移话题了？”

她叹了一口气。“你的兄弟，他怎么了？”

我也希望自己知道他怎么了。离开波菲利岛后，我对他的情况知之甚少。在我准备好去找他的时候，他已经消失得无影无踪。后来，我听人说他搬到了苏圣玛丽，在阿尔戈马钢铁公司找了份工作。埃米莉和我出去周游世界的几年以后，他就搬回来了。他干了好几份工作，总没法在一个地方待长。他给造纸厂伐木，去建造房子，甚至在帕特森蒸汽船上干甲板水手的工作。他自己建造了“风之舞者号”，一个人乘着这艘船在湖上漂泊了好几个月。他太了解那艘船了。他也很了解这面湖。我从来没想过他竟然……不过他的年纪还是太大了，一个人在苏必利尔湖上恐怕真的不行。

“我不知道，摩根。”我的声音柔和了下来，“查理是一名优秀的水手，但他也是一位老人，这湖喜怒无常。他一定是有什么特别的理由才会在夜晚去波菲利岛找这些尘封多年的日记。”

“你们俩的关系好吗？”

这真是一个难以回答的问题。我的声音又变得有些冷淡了。“查理和我有六十多年没有说过话了。”

“看来你恨他。”这就是年轻人的天真之处，凡事非黑即白，非对即错，非爱即恨。

“不，根本就不是那样。我爱过……我爱他，我非常爱他。说来话长了。”

12

摩　根

她在床上靠着，腿上盖着毯子。她的白发扎成了一个马尾，耳后留了几缕散发。她躺下了。我的视线回到了梳妆台上的那些画上。它们的线条让我觉得似曾相识，我想知道这是为什么。

外面仍是瓢泼大雨，雨水冲刷着窗户玻璃。我没什么地方可去。她闭上了眼，好像这样可以通过回想那些文字看见她父亲的影像。

“那么就跟我说说吧。”我想让她接着说。

“我们三个人总是一起行动，埃米莉和我跟在任性的查理身后，心甘情愿地在他的探险中当他的同伴。我们的感情甚至比这更深。我们崇拜他。我父亲的生活并不传统，所以我们的生活也充满冒险。但是我们不了解这种生活以外的世界。我们觉得，像我们这样住在苏必利尔湖里的一座隐蔽岛屿上，整日与灯塔为伴才是正常的生活。灯塔对着黑暗中经过的船只一闪一闪。我们经常在树林里玩儿，或者坐着小船在湖边探索。我们会捉兔子，采野生浆果。那真是一个完美的童年。”

“查理比你大吗？”

“是的，他比我大四岁。埃米莉和我是最小的。我们生在岛屿上，能活下来就是一个奇迹。母亲没想到会生一对双胞胎。她的分娩提前了一个多月。波菲利岛和阿瑟港之间距离不短，没有哪艘船能即刻就到，好在她的身体已经很熟悉分娩的节奏了，毕竟她已经生过两个孩子了。没有时间烧水，也没有时间让父亲赶过来，但是母亲懂得医术，她也知道如何照顾我们。我们俩刚出生的那几个月是在一个木箱里度过的，木箱放在火炉边，我们喝着她的奶水一天天长大。埃米莉和我——我们俩形影不离，父亲跟我说，我们是一个整体的两部分。离开了彼此，我们甚至都无法呼吸。查理呢，他负责照看我们。”

老太太说到这里，停了一下。“不，摩根，我不恨他。有一段时间，我们非常亲密。但是后来发生了一些事情，它所造成的裂痕从来没有消失过。”

我重新拿起日记。我发出的动静把她的思绪又拽回这个房间。

“我们还没有读到那里吧，对吗？我已经开始超前说故事了。你还没读到什么关于查理的事呢。继续吧。”

我再一次打开这本日记，翻过已经读过的那些内容。“1918年。”

4 月 3 日，星期三——本季我们一家人——丽尔、彼得和我一起来了。我们乘坐“詹姆斯·惠伦号”拖船来到波菲利岛。灯塔非常棒，但是我们的住处和花园亟待整修。上一任灯塔看守人艾伯特·肖退休后和女儿一起去威廉堡了。有人跟我说他已经七十三岁了。他的女儿这么多年来一直当他的助手。这里的灯塔与巴特尔岛的不一样，它与住处相连，看守人和助手住在同一个屋檐下。那盏灯有一个直径 9 英尺①的反光镜，装有四个圆形的带有 20 英寸②反射镜的一号灯。灯塔本身有 36 英尺高，坐落于这个岛的最西边，有点儿靠近悬崖，距离水面 56 英尺。天气好的时候，在 16 到 18 英里③之外都可以看见灯塔。所有建筑都需要重新粉刷。我已经发出申请，要求把地板更换为松木板，希望“詹姆斯·惠伦号”拖船能把松木板和其他供给品一起运过来。丽尔和彼得正在收拾东西。

4 月 23 日，星期二——今天我在沃克尔深湾钓鱼的时候，发现一只母驯鹿和它的幼崽。它们在波菲利岛和爱德华岛之间的水域游泳。下次来我会把步枪带上。在这个岛的西北面，

① 1 英尺约合30.5厘米。——编者注

② 1 英寸约合2.5厘米。——编者注

③ 1 英里约合1.6千米。——编者注

不到深湾入口的地方有一个港口。其他灯塔的人都特别羡慕我们，因为波菲利岛上有这样一个天然庇护所，物资和人就可以在任何天气条件下登岛或离岛。穿过沼泽去灯塔那一段路有点儿像一场远足，不过这条路走多了，就习惯了。一般物资会被送到灯塔附近的沙滩上。岸边修了一座船库。总之，在天气不好的时候还有别的选择是很棒的。助手乔治·格雷森上周刚来。他从加拿大远征军军队退役已经有六个月了，参军的时候他参与了第三次伊普尔战役，也就是帕斯尚尔战役。他的身上、脸上、胳膊上都受了伤，敌人的芥子气让他身上起疱，就像有滚烫的煤油在身上燃烧，而这种火焰是看不见的，医生也没有办法让灼烧停止下来。光是看他一眼都会觉得很艰难。芥子气也渗入了他的肺部，他的声音刺耳嘶哑。他被派到这里工作，或多或少是考虑到这里洁净的空气对他的肺有好处，同时也算给他提供一个不错的就业机会。我们每人上 12 小时的班，然后轮岗，这成了我们的规矩。格雷森是个单身汉，他已经在东边的房间里收拾好了自己的小窝。我们有共享的公共区域。如果家庭人数再多一些，我们就需要提交申请要求专门为助手建造一座房子了，因为空间实在是太狭小了。

5 月 14 日，星期二——房屋的修缮工作大体完成。昨天鲍勃·理查森乘坐“玛格丽特号”从锡尔弗岛过来拜访我。

鲍勃是个房地产商，为政府工作，每年他们全家都会到一位老矿工的房子里去消夏，为了工作他得两头奔波。理查森正在修那座房子，这样的话，到了冬天他们也可以住在那里。他跟我说，除了看管人克罗斯一家和屈指可数的几个人之外，没有谁一年到头住在那里。他给我带来了报道欧洲前线战况的报纸。格雷森夜里有好几次都尖叫着惊醒，把我们吓坏了。丽尔和彼得都很怕他。我也怕他失去理智。他承受着这么多的折磨和伤痛，他的身上刻着战争的印记。他睡得很少，常常在岸边闲逛，只有月光陪着他，给他照亮前行的路。

5 月 24 日，星期五——下了一场倾盆大雨，向已故的伟大女王维多利亚致敬。四月的雨会浇开五月的花，而五月的雨会让蔬菜丰收。我们在沃克尔的老房子旁开垦了一块地，用来种马铃薯，还在灯塔附近的硬石地上造了个园子。我们往木框里填上土，撒上番茄、豌豆和其他豆类作物的种子。最近桑德湾的航运十分繁忙，不过没什么人来找我们。

8 月 19 日，星期一——“红狐狸号”到了，它带来面粉和猪肉，足够让我们撑到这个季度结束了，大约能到 12 月中旬吧，那时候“詹姆斯·惠伦号”又该来了。我仍然很担心格雷森，他已经消失好几天了。他不在这儿反倒让丽尔很高兴。他健壮的身材使他破相的脸和受尽折磨的眼睛更为骇人。我觉得他的心灵受到了严重的伤害，因此可以对他的不称职视而不见，但是有时候他居然划着小船去别处，万一突发紧急事件，我们便无船可用了。我已经给海洋与渔业部写了一封信，他们跟我说这个时候找不到替换的合适人选了。他们还建议说，这类职位一般就是分配给退伍老兵和战争受害者的，所以我应该想办法配合一点儿。但是我实在没法从灯塔的预算中再拨出一部分给他发工资了，他缺勤的时间比出现的时间更长。丽尔做的事情更多，她在格雷森不在的时候跟我轮班。没有他，我们工作得很好，也只能如此了。

10月10日，星期四——报纸上说盟军在比利时战胜了德国人。胜利在望了。这场战役了结了所有的战争。士兵们慢慢都回家了，有的人受伤了，不过还有很多人长眠于佛兰德斯地下，或者失踪了。这些失踪的人最后都在哪里长眠呢？没人知道，没人关注。我们的小据点静静地发展，船来得很少，访客更是少之又少，欧洲战场和我这种加燃料、点灯、擦镜片的单调工作离得越来越远了。我问过格雷森参军时发生的事情，但他没多说什么，只说过他在英国的训练情况。他提到他的战友，还提过在基地里跳舞。每当我问他关于战争的事情时，他的眼中就笼罩了一丝忧郁，我可以看到回忆给他带来的痛苦。我听说他是他们小队里少数几个在中了芥子气的毒后还能存活下来的人之一，他的好几位战友都在痛苦中死去了，他们煎熬了几天甚至几周的时间，最终撒手人寰。他们在死前因为灼烧而痛苦不堪地尖叫，水疱布满了他们的皮肤和肺，甚至剥夺了他们呼吸的权利。医生和护士站在一旁无计可施。我也听说过，有一场瘟疫跨越大西洋，这些愿意誓死捍卫自由的年轻人最后都患上了一种名叫“西班牙流感”的疾病。现在这种病正在疯狂传播，已经传播到苏必利尔湖畔了。

12月16日，星期一——“詹姆斯·惠伦号”今天来接格雷森回去过冬，但是格雷森不见了。我已经五天没见到他了。他不会走远的。那艘平底船在爱德华岛上找到了，但是别的什么也没找到，我怀疑他掉到湖里去了。我们甚至大老远跑到那口荒芜的矿井边，但也没有看到他的影子。丽尔、孩子们和我决定在这个岛上过冬。补给够我们用到冬天结束，而且有很多有趣的事情可以做。我有充足的子弹，丽尔会布陷阱，我们已经开始割柴火了，在这个漫长寒冷的冬天里保暖不成问题。城里没有灯塔看守人能做的工作，那些回家的士兵也在找工作，所以与其回去付租金，不如在这里住现成的好房子。如果这理由还不够的话，那么还有一条，越来越多的人得了流感死去。身体好的年轻人都难逃一劫，他们的肺里流进液体，他们渐渐不能呼吸。在这里我们是安全的，而且也不会冻死。万一格雷森回来了，我们也可以在城里人得到消息赶过来之前照顾他。

我觉得自己像是在读睡前故事，但是当我看向她的时候，她并没有打瞌睡，而是端坐着。我看不懂她脸上的表情。我停了一会儿，听见她小声地说：“哦，天啊。是他。这么多年了。格雷森。”她在喃喃自语。

“有什么问题吗，利文斯通女士？”她没有回答，只是略微将头倾向一边，陷入了沉思。

“父亲一直不知道格雷森身上发生了什么事，他再也没有见过格雷森。没人见过他。除了埃米莉和我。但她不会跟任何人提起这件事。我也没说过。”她往被子里坐了坐，“继续读吧。”

1月1日，星期三——庆祝新年！我们做了顿大餐，兔肉汤、煮牛肉、海绵蛋糕，以及大米布丁——这座岛上种了很多大米。气温持续下降。用不了多久，湖面就会冻得结结实实，到时候就可以走上去了，我们与外界的沟通也会简单很多。彼得和我每天都会花很长时间看书，我经常读书给他听。看得出来他很聪明。我虽然是贫穷农民家的孩子，但是在苏格兰的时候也接受了不少教育，对此我很感激。我要确保自己的儿子也能接受同样的教育，即便这意味着丽尔和我要在这座岛上给他上课。还是没有格雷森的消息。

2月27日，星期四——春天来了，阳光越来越暖了。理查森坐着狗拉雪橇从锡尔弗岛过来，湖面上的冰很坚固。他带来一些信件和新闻，还给我们带来备受欢迎的罐装牛奶，那些牛奶把储藏室塞得满满当当。他还把他其中两个儿子带了过来，孩子们在湖面上滑了好几个小时的冰。丽尔把咸鱼炖了，那顿饭十分丰盛。只有吃饱喝足了才不会让他们在回去的路上冻坏身子。

3月4日，星期二——湖面上的冰渐渐化了，它们即将从布莱克湾消失，风把浮冰吹向岸边。苏必利尔湖开始重焕生机，不过还得再过一个月才会通航，那时候才需要点亮灯塔。过去三天里，彼得一直觉得不舒服。我甚至从放燃料的小屋子里找出了那瓶威士忌，希望它能有点儿疗效，让他好受一点儿。丽尔看到后不同意我这么做，她很怀疑，我不得不坚持说这瓶酒是用于治疗的。她父亲禁止家里出现任何酒类，他严格的教育成果现在还可以从丽尔身上体现出来。她收集了一些杨树皮，泡出了一种非常浓的茶。我害怕西班牙流感已经悄无声息地传到了我们这座孤岛上，难不成是被那些在岸边滑冰、在我们家里吃饭的孩子无意间带过来的？

3月13日，星期四——彼得康复了。我才不管到底是威士忌还是草药发挥了作用，反正我们的儿子活下来了。但是，理查森一家却没能逃过一劫。我们收到消息说他的大儿子病死了。

我停了下来。口哨声从马蒂的办公室传到了走廊上。我听出他在吹肖邦的曲子，便开始顺着调子想下一个音是什么。我控制不住自己。这就是我的一部分——藏得很深的一部分，我想把这一部分永远埋藏起来，但是这音乐和我永远在一起。一直如此。

老太太静静地躺着，我以为她已经睡着了。突然，她说话了："谢谢你，摩根，今天到此为止吧。这么多回忆，足够让我的心脏承受一阵子的了。"

我合上日记的封面，放回那一摞本子里。我花了一点儿时间重新包好它们，系上细绳。我把包裹放在桌上，靠近床的那一边，转身向门口走去。

"麻烦你不要碰我的东西。"

我站住，看着这个坐在一堆枕头中间的白发女人，然后匆匆看了一眼那幅蜻蜓。我一句话都没说，向马蒂的办公室走去。

* * *

我从博雷尔养老院出来的时候，雨已经停了，但是空气中还弥漫着潮湿的寒意。街灯已经亮了。

德里克来了，他无精打采地坐在他那辆黑色本田思域的驾驶座上，我的心停跳了一拍。我好几天没见到他了，这几天我不是在刮围墙就是在家处理各种事情。劳丽觉得我应该心怀感激，毕竟我只需要接受所谓的改造。她说，惩罚本可能会更重的。她问了我很多关于涂鸦的事情，喷漆是从哪里来的，我在跟谁混。上帝啊，简直就像是在审犯人。我明白了，这是她的工作。她知道我在和德里克约会。有一天晚上我请他来看电影。我以为这是件好事，会让她不要再管我。德里克很懂和大人打交道的方式，他非常有礼貌，也乐于助人，他们都觉得他很优秀，但是劳丽不是其中之一。我看得出来她并不喜欢德里克，于是他再也没来过我家。无所谓。德里克看见我，便发动引擎。我爬到前排的座位上，他把车开出停车位，我们俩一句话都没有说。

我慢慢发现他有时候就是这个样子。我知道他不说话的时候是在思考事情。他总是在思考，计划些没用的玩意儿。他的想法太多了，数不胜数。

正是因为他开车离开，所以我不得不自己步行去麦当劳，结果半路被警察抓住了。我知道他有一大堆十万火急的事情需要处理，但我依然感到难受。我的内心深处是如此希望他能重视我，渴望有一个人能重视我，越渴望就越容易受伤。

至少他表现得很感激，他感激我没有出卖他，感激我什么都没说。他知道如果没有我，他那天晚上就完蛋了。只要我跟警察说我还有个同伙，警察就会搜他的身，搜他的车，他肯定就完蛋了。

他说他不吸毒，我相信了。我也不吸。我见过吸毒的人，见过他们是如何被毒品弄垮的。

德里克的客户清单上全是这个城市里被宠坏的小鬼，他讨厌他们“自大做作的样子”，不过他和他们在一起时从来不会说出来。他跟我说他只是在做生意，把客户想要的东西给他们。就算没有他，也有其他人卖这些东西，所以他心安理得地赚那些小鬼爸妈的钱。需求与供给。那些小鬼在学校里找他，或者给他发短信，然后他就开始准备货物。他们从不讨价还价，过几天继续当回头客。

那些涂鸦的人和他是怎么认识的，关于这一点我从没问过。他和他们一起出去玩儿，但他自己从来不涂鸦。我觉得他喜欢的就是那种紧张的感觉，那种身处边缘地带、离警察一步之遥、在黑夜里东奔西跑的感觉。正是这一点吸引到了我。天知道这是多久以来，我第一次有归属感。和他在一起的时候，我才感觉到自己是真正活着的一个人。和他在一起的时候，我才能感受到这个世界。

“嘿。”

他匆匆看了我一眼，扬起嘴角。“嘿。”他说，“在学校怎么样？”

“你知道的啊，老样子。”

他今天没来上学。他还在上高中，虽然去年就应该毕业了。他留级了，十二年级又重读了一遍。一般说来，运动员会选择重读一年，因为他们想再打一年橄榄球，而且可以通过重考挂掉的科目来拉高平均分。但是德里克有别的原因。他想离客户近一点，在走廊上与他们打个照面，在午饭时间与他们交谈，然后在停车场准备货物。这都是些不入流的交易。没什么大生意，也没什么危险。他从来不在学校里完成交易。他在这方面聪明得很。虽然他一半时间都不在学校，但他可以全科通过，不像我。德里克是那种不用很努力就可以获得成功的人。所有事情他都信手拈来。

“我今天在老太婆的房间里被抓到了。”我说。我没跟他说我为什么会在那里，没跟他说关于那些画的事情，也没说那幅画看起来很像我的蜻蜓。“为了弥补过错，我只能帮她读她父亲的日记。”

“不是吧？”他听起来有一点儿感兴趣，“为什么？”

“她看不见。没法自己读。”

我们在路上减速驶向滨水区。德里克咬着他的下嘴唇，皱着眉头。他在思考。

他过来碰碰我的腿，抓住我的手。

我们是去年在一个派对上认识的。他比我大两岁。我们上同一所学校，但是之前从来没有碰过面。我们俩的圈子不一样。至少那时候不一样。

我在九年级的时候认识了阿丽莎，开始和她一起出去玩。去年我换了寄养家庭，也必须要换学校了。我在新学校里只认识凯莱布，其他谁都不认识，但他就是个浑蛋。

然后，在一个周末，阿丽莎听说有一场派对，就在61号公路那里的采石场，于是她叫上了我。她给我们俩找了辆便车。阿丽莎在午夜之前出现在我家门口，手里拿着一些啤酒。我偷偷溜了出去，没告诉劳丽。在我来之前，她家一直有小孩住，但她很笨，不知道从卧室窗户爬出去有多容易。

到了凌晨两点，阿丽莎和我都喝多了，我已经坐到了德里克的腿上。又过了半个小时，警察出现了。德里克和我跑到采石场边上的灌木丛里，我们俩滑下路堤，躺在一起傻笑。手电筒的光晃来晃去，警察在草坪里到处寻找来开派对的那些不省人事的家伙。我们躺在那里，盯着天上的星星，地球在我们身下转动。直到警察离开，我们才溜回德里克的车里。德里克从车载冰箱里抓起一瓶啤酒，打开，喝了一口，然后递给我。

我喝了一口。啤酒已经不凉了，但我很渴。我们来来回回互相递了好几次啤酒。

“天啊，你真美。”他说。他摸着我的脸，手滑过我的眼睛、鼻子和下巴。“我以前怎么从来没有注意到你？”

我开始大笑。他一定是喝啤酒喝出了错觉。我不美，姑且就让他这么认为吧。他亲我的时候，嘴唇湿润，有一股温啤酒的味道。我不想笑了。他的手在我的夹克里摸来摸去，然后滑进我的衬衫里，顺着我的后背往下摸到我的牛仔裤。我打了个哆嗦。他解开我的内衣，手滑到粉色蕾丝下面，碰到了我的胸。我十分紧张，想要逃开，我看着他碧绿色的眼睛，在这辆黑漆漆的本田车里，那双眼睛几乎要隐没在夜色中。

“没事的。”他在我耳边低语，“相信我。”

他弯下腰，亲吻我的眼睛，直到它们渐渐合上。然后他又亲到了我的嘴。这一次，我的嘴巴不再紧闭。我没有阻止他。

德里克总是能得到他自己想要的东西。

我以为再也不会有他的音信了。但我就是想了解他的动态，这让我很生自己的气。一周后，他给我打了个电话，我们一起参加了那场派对，在那里我遇到了那些涂鸦的人。那是我第一次了解到他到底在做什么，我终于知道他是如何赚那么多钱买到本田汽车和高档牛仔裤的了，终于明白为什么他的酒总也喝不完。不过我不在乎。这些都不重要。对我来说，只有那些涂鸦是重要的。

汽车沿着沃特街飞奔，广播里大声放着垃圾的乡村音乐，我永远听不来这种音乐，但我什么都没说，也没有换台。

车顺着水边的路开进了一个车位，那里可以俯瞰港口和若隐若现的谷仓。风激起滚滚波涛，波浪冲向断壁。一艘抛锚的货船在水里摇摆。德里克熄了火，转过来看着我。

“我一直在想一个问题。”

他这么说。我不确定自己到底想不想知道他究竟在想什么。我拿出香烟，递给他一根，虽然我知道他不抽烟，他也不喜欢我在他车上抽烟。这算是一种挑衅吧。

“是吗？思考什么？”我用打火机把香烟点着，深吸了一口。

“你被抓了，在那个养老院里做社区义工，这可能是件好事。这是个机会。”

我真的不明白这怎么就成了一件好事。

“宝贝，那些老家伙成桶成桶地吃止痛药。那地方有一大堆我们可以卖的药，你想要什么就有什么，只需要动动手就行了。”

我差点被烟呛死。“德里克，你是不是脑子有问题？他们又不会把药瓶子摊在地上让我随便拿。”我看着他，盯着那双会施催眠术的眼睛，但他好像并不相信。“如果丢东西的话，你觉得他们会怎么办呢？他们第一个要找的人就是我！我的麻烦已经够多了。”

“想想你今天是怎么进那个老太婆房间的。我们找到了一条路。你和那些老家伙好好相处。还有工作人员。让他们相信你。”

他靠了过来，拔掉我指间的烟，从窗户缝扔了出去，俯下身来要亲我。

“你可以的，宝贝。为了我们俩，你可以试试看。我们以后一起好好过，我和你两个人。一切都会好的。”

我喜欢这声音。他的唇封住了我的嘴。他真该死。

13

伊丽莎白

我坐在轮椅上，把身体舒适地裹在毯子里。我戴着墨镜，在院子里静静地待着。能再一次来到户外真好。雨连续下了好几天，不过终于随云朵退散了。空气清冷潮湿，白天越来越短，冬天就要来了。我听见那个女孩还在围墙那里忙着。她又在听她的音乐了，从小小的扬声器里传来了微弱的节拍。很熟悉，但我忘了是在哪里听过这首曲子。

“你在听什么？”

刮围墙的声音暂停了。“音乐。”

“你不觉得自己自作聪明吗？”

“你不觉得自己好管闲事吗？”

“如果你能跟别人分享音乐的话，时间会过得飞快。”

沉默。除了刮围墙的声音，还有那隐隐约约的旋律。

“为什么你不学学汤姆·索亚，说服其他人帮你粉刷围墙呢？”

“谁是汤姆·索亚？”

我摇了摇头。“现在学校都在教些什么啊？”

“愚蠢的东西。全都是在浪费时间。”

我不知道究竟该大笑还是该叹气。她太天真了。尽管她总以坚硬的外壳示人，但我敢说，我对她的了解比她愿意承认的多很多。她的父母可能已经去世了，也可能抛弃了她，而她的家，不论是什么样，对她都没有什么吸引力。她用愤怒将自己的恐惧和孤独掩饰起来。她渴望获得归属感，于是做了一些愚蠢的决定，以为这就是爱。从她对警察的反应来看，我敢打赌她和一些品行不端的人有着来往，那些人可能会在遇到麻烦的第一时间就抛弃她。但是她又有些与众不同。

“看来你觉得这样打发时间挺好的？”

“除了粉刷围墙，我今天想不到有什么别的事要做。”她的语气略带讽刺，但我能感到她如此小心维护的东西其实是那么的脆弱。在我房间被抓之后，她需要重新塑造自己的形象。更何况她又被我这个老太婆救了，还是个瞎老太婆。

“我觉得这是我最不喜欢做的事情了。我不是说粉刷围墙，而是粉刷这件事。以前总是要粉刷。每年夏天，粉刷小屋，粉刷雾号站，还要粉刷灯塔。天啊，我讨厌粉刷。”

刮墙的声音还在继续。

“我在听 Epica[1] 的歌。”她说。

---

① Epica，荷兰交响金属乐队。——编者注

“我从没听说过这个人。”

“Epica 是一群人。”

原来如此。我靠着椅背，听着小提琴和大提琴的声音，还有歌声。这音乐让我回到了过去。那是一个冬天。埃米莉和我躺在炉子前面的地毯上，屋外的湖结了冰，湖面上一片寂静，漆黑的天空中布满了数不清的星星。父亲坐在他的椅子上，吸着烟斗。母亲在缝缝补补。我们的“真力时”牌收音机调到了美国全国广播公司在密歇根州的频道，信号跨越湖面来到我们这座孤岛上，让远在北方森林里只有十岁的我接触到了一个神奇的世界。我出神地坐着，仔细聆听。

音乐的风格变了，太突然了，我听到了鼓声和可能是电吉他的声音。至少可以这样说，这音乐非同一般。

“天啊，这是什么类型的音乐？”

“交响金属。”

“有意思。”我从没听过这样的音乐，它将古典乐与当代的某种噪声奇妙地结合到一起。我明白她为什么喜欢这种音乐了。

摩根把刮刀扔进桶里。她坐到野餐桌前，点了一根烟。我没有说话。她一定以为我要说点儿什么。

“关于你哥哥，你听说过他的什么事吗？”她问。

“没有。”

我整理了一下盖在腿上的毯子。这女孩激起了我的兴趣。

“是这样的，摩根。我跟你说我已经六十多年没见过我哥哥了，这也不是百分之百的真话。”她没有说话，继续抽着烟。“那一段时间里，他从来没有尝试过联系我，但是就在有人发现他的船被遗弃的两天前，他来到了这里。就在这花园里，我见到了他，但他一句话都没说。几分钟后，他就走了。”

烟味悬在空气中，潮湿，沉重。

“摩根，那些日记里可能有一些答案，可以回答我对过去的疑问。我不能阅读，但是你可以。如果我没有弄错的话，你也不是特别忙。”我相信马蒂最后也会读这些日记，我可以让他读，但我更想让摩根读给我听。“也许我们可以做一个交易？你继续帮我读日记，那些你很感兴趣的画，你就可以拿走一幅。”

我听见她用鞋跟踩着香烟，不过她还是不说话。她一定是拿掉了一只耳机，因为 Epica 的旋律更容易听到了，耳机里的声音、麻雀的叫声和微风吹过绣球花的沙沙声交织在一起。

“我能选拿走哪一幅吗？”

这个回答很有趣。总共有三幅画。一幅是蜻蜓，一幅是蜂鸟，还有一幅是野豌豆的特写。常见的主题，不同的角度。一些评论家说可以以同主题的一系列画为基础创建三维图像，就好像每一个作品都在添加一个视角略有不同的图层，它们能立刻联结彼此。即便是速写，它们也很值钱。但我不认为吸引她的是价钱。她在其中一幅画里到底看到了什么？

“可以。”

“那么，好吧。我们开始吧。”

14

摩　根

那位老太太建议我继续读她父亲的日记时，德里克的声音在我耳边响起。也许这正是我需要的机会。

但我们没有去她的房间。我们坐在走廊尽头的日光室里，看着窗外的院子和花园。连体工作服挂在马蒂的办公室，我把那双特大号的靴子也留在了那儿。我自己的靴子是黑色的，前面的带子几乎系到了膝盖上。穿着它们走在走廊的地板上要安静多了。我穿了一身黑，活像只乌鸦，只有劳丽在去年圣诞节送给我的那条钴蓝色银线围巾比较耀眼，它被我系到了牛仔裤的裤襻上。我听说乌鸦喜欢亮闪闪的东西，就像喜鹊一样。我得时刻保持警惕。

我将日记堆成一摞放在桌上，这些旧本子放在时尚的家具上显得很奇怪。我都有点儿害怕打开它们了——它们太易碎了。但我没有别的选择，我小心地翻着，一直翻到上次读到的地方。

“我们读到哪儿了？”我问道，快速浏览着那些文字，“你的父母搬到了苏必利尔湖某座小岛的灯塔里。很多人感染西班牙流感死了。有个叫格雷森的人突然掉到水里淹死了还是怎么了。”

“他没有淹死。”老太太回答道。

“那他怎么了？”

她在开口回答前犹豫了一阵。她坐在一把椅子上，头发梳成一个紧紧的辫子搭在肩膀上，她拿掉了墨镜。“我觉得，有时候在知道开头前最好不要知道结局。”

于是我继续读。

“好吧。1919年到1920年。”

6月13日，星期五——昨天夜里，一轮满月挂在天空。月光下，我带着彼得乘坐小船绕着我们的小岛环航。有时候这座湖像一位有礼貌的淑女，温文尔雅，品行端正。我几乎要被她骗了，但我在不断吸取教训。她喜怒无常，极易暴怒，动不动就来一场暴风雨，对我们大呼小叫，直到她的狂怒平息下来。我现在十分谨慎。

丽尔和我在住处附近种了一些蔬菜，我在沃克尔深湾的马铃薯田里也种了甜菜和萝卜。“红狐狸号”每隔几周就来一趟，它往返于阿瑟港和渔场之间，带来信件和报纸，我们和外面的世界依然能保持很好的联系。越来越多的人感染流感，我已经去城里好几趟了，但是丽尔坚持要和彼得待在灯塔这儿。她这样做也没什么错。

7月23日，星期三——丽尔的知识和技术继续让我惊叹。她在看守灯塔、照料花园之余教我关于这片土地的知识。我们的锅里经常有落入陷阱的“战利品”。她已经开始准备我们过冬的食物了——腌鱼、浆果蜜饯，还有脱水药草。我坐着尼米家的拖船出去了好几次，帮他们撒网捕鱼，他们把鱼带到肯普渔场进行加工。他们住在阿瑟港，但是夏天的捕鱼作业要在沃克尔深湾进行。看守灯塔不容易，所以我只在天气好的时候离开，只有那时丽尔可以独自应付灯塔的工作。我们没有申请让相关部门再分配给我们一个助手。丽尔和我两个人配合得很好，有关部门似乎对这样的安排也很满意。

日记里夏逝秋至，秋去冬来，我继续读着。很多内容都是重复的——来访的客人是谁、用了多少燃料、吃了多少食物，但我并不感到厌倦。真的。这比刮围墙好多了，而且看清他的笔迹对我来说越来越容易。我应该是习惯了。我拿起另外一本日记，从1921年开始读。

4月6日，星期二——“詹姆斯·惠伦号”今天来了，雾号站的建设工作开始了。我们在离灯塔主建筑几码[①]之外搭了个房子，还安装了一个低音雾号系统。全体船员在这里过夜，正好丽尔罕见地带着彼得去拜访亲戚，这位亲戚最近刚结婚，搬到了阿瑟港。时机正好，丽尔的预产期也快到了。

4月15日，星期四——“红狐狸号”今天来了，它还带来了关于丽尔的消息。她昨天生了一个男孩。我即将和船上的那个瑞典人回去短暂探望一下，萨瑟兰的侄子会看守灯塔。我给刚出生的儿子取名查尔斯。

“你的哥哥。”

我在脑子里做着算术。我的天啊，他都八十多岁了。那么晚一个人坐船出去，他一定是疯了。

“是的。”

我又读了一个小时。我在用一种不可思议的方式帮她回顾过去，其中一部分她可能从来都不知道。比如那个叫格雷森的家伙。她的哥哥以前一定读过这些日记。我知道她一定是想弄清楚为什么他要回去拿它们。为什么是现在。我们都想知道答案，但我连问题是什么都不知道。

天慢慢黑了，灯渐渐亮了。这些日记仿佛让我们听到了家里

① 1码约合0.9米。——编者注

的声响，我的声音召回了老太太出生前岛上发生的故事。

我一直读到了 1924 年末。“结束了。这本读完了。”

“你是不是累了，没法继续读了？”

“不是的。只是……”

我在整理这些日记，把它们摞到一起。

“下一本不在这里。”

老太太坐了起来。“什么叫下一本不在这里？”

“从 1925 年开始的那一本不在这里。有一本不见了。”

她靠回椅子上，叹了口气，她好像很痛苦，我知道她本想从这本日记里找到问题的答案。

“利文斯通女士，1925 年发生了什么？”

她喃喃地说：“埃米莉和我出生了。”

15

伊丽莎白

我的人生即将走到终点。我已经无法重新开始了，所经历的种种，皆成往事。这面湖想方设法不让我知道真相。湖泊和查理。那些破旧的本子没有对我的过去做出丝毫的解释。它们并没有告诉我，究竟我的哥哥做这一切的动机是什么，为什么他要乘船前往波菲利岛。他一定是注意到了什么。这么多年过去了，他仍然有控制我的力量。

我感觉到那个女孩在看我。她应该在等我的回答。

“下一本呢？”我尽量让声音保持平稳，不希望表现出我的情绪波动，“下一本是从哪一年开始的？”

“1930 年。你想让我读这一本吗？”

房间里出现了其他声音。安德罗斯基和他的家人来了。他的孙女在那里兴奋地叽叽喳喳。那女孩大概只有四五岁大。他们每周都会来看安德罗斯基，我观察了好几个月。我现在虽然看不见了，但脑子里依然可以重现这个场景：儿子推着父亲的轮椅去日光室，他们在咖啡桌前吃外卖，老头子开心地从那些年轻人身上获得无限的能量。那孩子在玩一盒薯条，在房间里到处跑，假装自己在和最近上映的那部电影里的角色玩耍：“尼莫[①]！别这样。爷爷需要轮椅，因为他的腿太累啦。快！躲到这堆水草后面，这样鲨鱼就抓不到我们咯！”他们每个星期都会给安德罗斯基带来一份巧克力奶昔，他总是开心地吸着吸管。小女孩的父亲在一老一小之间忙活着，他不厌其烦地让这个小女孩去吃马上就要凉了的鸡块，我知道那些鸡块一定都散在蜡纸上。他还会问老头子同样的问题，然后得到同样的回答。

“爸，这周过得怎么样？”

“还活着哪。我看啊，最重要的就是这条老命了。”

“食物怎么样？”

“也没什么可抱怨的。反正没人听。”

“您还需要什么东西吗？”

“要是能在这杯奶昔里加点儿威士忌就好了。”

诸如此类。他们在这里待半个小时左右就会走，然后鸡块会静静地躺在沙发边的垃圾桶里，最新的玩具会回到那个凯蒂猫的背包中，安德罗斯基被推回房间，吸光最后几口奶昔。我根本不把这个类似仪式的过场放在眼里，不过私底下还是会有

① 尼莫是美国2003年卡通电影《海底总动员》的主人公小丑鱼。——编者注

些忌妒。

没有家人来看我。每周连勉强可以下咽的快餐都没有。没有生日贺卡。没有人问我这周过得怎么样，需要什么东西。只有在安德罗斯基的生活边上徘徊的时候，我才会觉得自己缺失了一些什么。埃米莉曾是我的生命。是的，有一段时间还有查理。但是我和他之间出现了难以修复的裂痕。我不能原谅他那些错误的行为，也不指望他会道歉，他可能从来也没想过要道歉吧。我更不会对他无法原谅的事情心怀歉意。我们渐行渐远。之后他几乎没有在我和埃米莉的世界中出现过，却总像一片疑云，笼罩在我们上空。我们曾经那么亲近，我们三个人。他是我们的守护者，我们是他的追随者。但是黑暗吞噬了我们，在我不得不做出选择的时候，我选择了埃米莉。

查理，你拿走了 1925 年到 1929 年的日记。那几年里到底发生了什么，值得让你在这么多年后从树林里的小屋潜入我的新家？而你来了之后一句话也不说，只是站在角落里，默默无语。你可以回到湖边，回到波菲利岛。你可以向风浪倾诉，你可以面对在岩滩上飘荡的幽灵，去挖掘过去的秘密，去发现父亲缄口不言的那些故事。然而，你却不能跟我开口说话。

摩根打断了我的思绪。她一直在等我做一个决定。“你想让我继续读吗？”

“如果你无所谓的话，摩根，我觉得今天差不多了。”

我站起来。“安德罗斯基先生。”我朝着他所在的方向点了点头，脸上挤出了一个微笑。

“利文斯通女士。您不需要离开。这里空间很大，我想您应该不介意跟贝卡的新朋友尼莫打个招呼吧。”

“没关系，安德罗斯基先生，我们反正也要走了。您好好享受家人的探访吧。”

16

摩　根

她努力地抑制着情绪波动，但是缺失的日记的确让她很失落。我把日记重新堆成一摞，包好。那个小女孩爬到我旁边的椅子上。

“你要给我们读一个故事吗？”

“可能得下次了。”我收拾好那些日记，站起身来。

“你的奶奶想要一些薯条吗？”

我低头看了看这个小女孩。她纤细的棕发有一些已经从蝴蝶发卡里散了出来，在她的眼前晃悠。她跪在椅子上，一只手上拿着一条塑料的小丑鱼尼莫，另一只手上握着一根蔫了的薯条。

“我的奶奶？”

“对呀。爸爸说爷爷不能吃薯条。他的牙都掉了，现在他只能喝巧克力奶昔。也许你的奶奶想吃一点儿我的薯条呢？难道她的牙也掉光了吗？”

我看着利文斯通，她已经僵硬地走到了走廊上，一只手紧紧握着墙上的扶手。我看不出她脸上的表情。她将自己的失望掩藏起来，表情看起来很冷漠，但我知道她在想什么。我敢打赌她在年轻的时候一定很倔强。那时候，她的头发还没有变白，脸上还没有被岁月刻下皱纹，那双不安分的棕色眼睛还没有变混浊。

“她不是我的奶奶。”我说，“另外，她的牙还不错。实际上，”我俯身靠近这个小女孩，低声说道，“我认为她可能是条鲨鱼。嘴里全都是老尖牙。”我打了个哆嗦，“你最好赶紧把尼莫藏起来！”

她假装很害怕地大声尖叫起来，快速跑到爷爷的椅子后面。我跟上利文斯通，在她旁边安静地走着。她的嘴边挂着一丝笑意。她靠近我，小声说：“尼莫那么小，还不够我塞牙缝的，只能当我的开胃菜了。”

可恶，她什么都能听见。

虽然我并不希望这样，但是我觉得我开始有点儿喜欢她了。

17

伊丽莎白

“一个女人坐在沙滩椅上。她的脸藏在薄薄的面纱后面，看不清楚。风很大，吹起了她的裙角，吹出了白色的浪花，让地平线上的船鼓起了帆。她拿着一把遮阳伞。”

“她的遮阳伞是靠在肩膀上指向后面的，还是举在头顶的？”我问。

马蒂坐在我房间的桌子前，小口抿着咖啡。这是我们最近常玩的一个游戏，他要是得空可以暂时离开那些工具的话，就会来和我一起待一段时间，给我这个老太婆的灰蒙蒙的世界带来一些色彩。

“向后。”

“莫奈，1870 年。《特鲁维尔沙滩上的卡米尔》。”

他又翻了几页。

“一大群人。一对一对的情侣在户外跳舞。阳光从树缝里钻过来，形成了有趣的光影分布。这幅画的重点不是那一群人，而是一对跳舞的年轻情侣。你几乎能看到这个女人的裙摆在转动。”

“雷诺阿，1876 年。《煎饼磨坊的舞会》。”

“一个干草堆——”

“拜托，马蒂。”我没让他说完，“不要故意降低难度。”

“没有啊，怎么会呢。”他又往后翻了翻。我知道他的嘴边一定挂着微笑。“好，听这个。有韵律的旋涡花纹，蓝、靛、紫色的粗短笔触，一轮橙黄色的月亮由金银两色的圆形构成。在下面的山谷里有一个村庄，细长的教堂尖塔，白色。”

这是我最喜欢的画之一，原因有很多。通过他的描述，这幅画在我眼前清晰地呈现。“艺术天才与疯子只有一线之隔，这难道不是一种耻辱吗？”我回答，“马蒂，是不是只有扭曲的灵魂才能抓住美？才能看见和说出真相？”

我放空了一会儿，神游片刻。我们俩都坐着，静默。

我发现我们大多数人都只是生活的看客。那些让魔鬼占据自己生命的人——让魔鬼与他们同梦同醒，让魔鬼在他们耳边低语的人——他们才是筑造生活的人，是他们把世界塑造成现在的模样。但是，也许正因如此，他们踩在一根钢索上，一边是千夫所指，一边是万人景仰。他们何时才能从痛苦中涅槃重生，变得被人赏识、永垂不朽？究竟谁能决定这些？我们什么时候才会喜欢我们亲眼所见、亲耳所闻的东西呢？才华与癫狂，这两者究竟如何转换？

马蒂很有耐心，他不催我。他明白我的心魔，他也知道我对这幅画的了解。“凡·高，1889年。《星夜》。凡·高在圣保罗修道院休养时所画。”

他轻轻地合上书，说：“他觉得自己的病是一个礼物，伊丽莎白。想想这一点——你明白的。”

“也正是它夺走了他的生命。”

“是的，毫无疑问。但是你不能单看坏的那一点。他的病也成就了他。”

他收起了书和咖啡杯，向门口走去，正好摩根来了。他在门口停了一下，转过身来轻轻地对我说：“这也成就了她。你不能总是责备你自己。你做了你应该做的事。”然后他的声音又恢复了愉悦，他转向那个女孩，“你来得有一点儿早啊，嗯？”他并不想得到摩根的回答，也不需要听什么解释。他没再说话，向走廊走去，吹响口哨。

摩根往我的床上扔了堆东西，我猜是她的包，然后她把自己往床上一摔。“刚刚你们在干吗？”

“这是马蒂和我之间的一个游戏。”我避重就轻地回答。我不知道她听到多少对话内容，但我很难跟她谈论那些事情，尤其是现在——查理失踪了，我的回忆被这些日记拓展了。“这是对我视觉记忆的测验，他向我描述一些著名画家的艺术作品，然后我来猜是什么画。这对我来说，不过小菜一碟，他还从没难倒过我。”我在面前的桌子上摸索，直到找到想找的那个东西，“我让马蒂给你带了点儿东西。”

摩根从我手中接过一本书，她从头到尾翻了一遍。

“《汤姆·索亚历险记》？”

“我觉得你可能会从中获得一些完成围墙粉刷工作的灵感。”我想在我们俩之间开个小玩笑，但或许她不懂我的幽默。

“呃，谢谢？”

“不客气。”

书被扔到了那堆东西上面。

“那么……”她让这个词悬在我们俩之间的空气中，希望我接话。她来早了。我们今天没有读日记的计划，我很好奇是什么促使她来到这里。

“那么？”我接了她的话。

“显然我来早了。”

“显然是的。”

“那么我想我们可以从上次结束的地方开始。”

“是的，是的。我觉得可以这样。”根据我的推算，她现在应该在学校才对。可能这里有什么东西是她无法从砖墙里或者从那些挤在走廊和教室里的小孩中获得的，那些小孩还那么年轻，却为了未来给自己施加那么多压力。我可以这么想，不过也轮不到我来说什么。“下一本日记从哪一年开始？”

她已经放好了那一摞日记，正在把布拿掉。她把它们放到桌上靠近我的位置，拿起其中一本，踢掉靴子，靴子掉到地板上发出“砰砰”两声。然后，她坐到了我的床上。“1930年到1933年。”

我们又开始了。

1月25日，星期六——讨厌的风暴已经持续三天了，狂风从西南边吹过来。这面湖的南边是开放的，波浪继续在皇家岛和波菲利岛中间翻滚。彼得和查理正在努力地做功课，不过我们可能得过一阵子才能将他们送回阿瑟港的老师那里，希望不会耽误好几个星期。彼得天资聪颖。我比较担心查理，他总是心不在焉的，作业也做不完。不过他很会照顾那对双胞胎，对此我很感激。几年前席卷我们全家的那场病让丽尔留下了病根。她不再像过去那样为双胞胎的一举一动感到新鲜和开心。毕竟发生了这么多事，可以理解。我开始陪伊丽莎白读书，她似乎对语言很有天赋，虽然她还不到五岁。埃米莉则一直不说话，沉浸在自己的世界中。我真怕她永远都不会说话，更不要说阅读了。没关系，伊丽莎白是她永远的守护者。她似乎理解她的每一个细微的变化和每一个没说出口的想法。她们互通一种静默的语言，我们的小埃米莉似乎不需要学习什么语言了。

1月30日，星期四——上周的风变小了，我们现在进入了一个不那么紧张的阶段，气温偏低，天气晴朗。我清理了波菲利灯塔西北面的湖湾冰层，现在我们几乎天天在上面滑冰。

2月10日，星期一——理查森坐着狗拉雪橇从锡尔弗岛来了。他将和我们一起待几天，他要帮我们砍伐更多的木材。我们要到爱德华岛上伐木，并在沃克尔的老房子里住一阵子。彼得会和我们一起去，但是丽尔和其他孩子就得待在家里了。查理为此发了一通脾气，我觉得他去那里与其说是帮忙，不如说是添乱。另外，如果我把他带去了，谁来逗女孩们开心呢？当听我说我需要他在这段时间里担当一家之主的重任后，他获得了一点儿安慰。他鼓着小胸脯，像只鹧鸪，点了点头，接受了这项职责。

他的确很会逗我们开心。那时候是这样，后来也一直都是这样。他会把雪松木削成娃娃的形状给我们玩。他会用树皮做小船，我们在小船上堆满小树枝，假装是柴火，然后让小船“漂”过木地板，抵达我们在父亲的椅子下建造的小村子。他会给我们拉雪橇，还会给我们结结巴巴地读小说里的某个章节。埃米莉和我很喜欢有他陪在我们身边。我们那位做事务实、讲究效率的母亲却不怎么露面。

摩根和我又像以往那样开始静下来阅读。日复一日，月复一月，时间在纸页间转瞬即逝。父亲的语言流畅、连贯，简直像诗一样。这些文字和他曾经的样子形成了强烈的对比，掩盖了他在苏格兰卑微的过去，以及他决定在世界上最大的内陆湖度过一生和帮助过往船只导航的原因。过去究竟发生了什么让父亲决心扎根加拿大、娶一个拥有一半奥吉布瓦血统的女人？又是什么让他远离苏格兰，远离浸透古典文化的环境，远离奥斯汀和卡罗尔的小说，还有莫扎特和贝多芬的音乐？这种感情居然如此强烈，以至于让他继续向生活在加拿大松树林和广阔的苏必利尔湖畔的孩子们灌输？

3 月 21 日，星期五——今天是春分日，也是春季的第一天。我用一个还装着蜜饯的大罐头瓶和用来模拟太阳的煤油灯，向孩子们解释了春分这个概念。彼得开始运用数学法则计算到夏至还有多少天。他很聪明。我觉得他的前途一定非常光明，他会离开这个岛去更好的地方。

4月8日，星期二——第一次点灯。这个季度正式开始了。我带着查理和女孩们坐着“甜豌豆号”在小岛周围转悠。我们在爱德华岛的东岸发现了一头母猪，就在沃克尔深湾的入口处。它旁边还有三只小崽子。“詹姆斯·惠伦号”稍作停留，在前往十号灯塔和巴特尔岛的路上卸下部分补给品，带回返程的看守人。罗斯·萨瑟兰和他的妻子再一次驻守巴特尔岛。丽尔将继续在这里担任助手，萨瑟兰也为他的灯塔看守工作做了同样的安排。海洋与渔业部意识到灯塔看守人更愿意和自己的家人待在一起，一般说来他们的妻子担任助手会做得更好。这很合我的意。

5月5日，星期一——今天在爱德华岛东北岸发现了有人扎营的痕迹，就在矿井附近。松树的粗树枝堆在那儿，焦土说明之前生过营火，还有一堆兔子骨头，可能有人在这里设了陷阱。他们并没有停下来跟任何人打招呼，这很不寻常。尼米兄弟回到了波菲利岛北岸靠近沃克尔深湾的营地，开始撒网捕鱼。他们继续在肯普渔场帮忙，抓到了白鲑鱼、鲱鱼和鳟鱼。他们正在建一个芬兰式蒸汽浴室，希望有机会可以去试试。

6月27日，星期五——雾号响了两天，湖面上现在大雾弥漫，鸟都不知道该往哪儿飞了。彼得在我值夜班的时候一直陪着我，每隔两小时他就叫醒我上发条。这不是他的义务，但他不辞劳苦。

8月21日，星期四——今天获悉萨瑟兰死了。他是被淹死的，船翻之后他被冲上了岸。本季他的妻子将承担看守人的职责。

摩根打了个哈欠，伸展了一下胳膊和腿。“听起来那里是个挺危险的地方。”

“你不了解。”我回答。

“你有什么印象吗？”她问，“你那时候多大？四岁？”

“一些沉睡的记忆的确被唤醒了。”人名、地名和对生活的描述，它们是我的过去。我的青春。我的归属。

18
摩　根

我继续读日记，从 1930 年末读到了 1931 年，那一年灯塔罩烧了三次，结冰时间提前，新年在暴风雪中度过。那年夏天，查理要求去城里的学校上学。他的父亲拒绝了，理由是一个十一岁的男孩在家里仍有很多要学的。读到这里我很惊讶。

反正我坚信上学就是在浪费时间。那么多愚蠢的条条框框，老师也根本不在乎你。上学就是在一间闷死人的教室里闭一天的嘴，老师给你灌输事实、日期、人名，就像老鸟给雏鸟喂食一样令人讨厌。这些东西教会了我们什么？它们教会我们，不要管自己能成为怎样的人，而是要关注自己不能成为什么样的人。我知道后者的答案。我不需要学校每天都提醒我。

我觉得我可能更喜欢在一座岛上长大，尽情地享受自由，接触自然。外公死后我就再也没有这样生活过。要是在岛上，我一定会很开心的。

1932年，他们开始养鸡。这是查理的工作，灯塔看守人是这么写的，但是伊丽莎白和埃米莉也会帮忙。这对双胞胎总是和她们的哥哥在一起。那年夏天，他大多数时间都在修鸡笼。

我快读完了，老太太四年的童年时光都压缩在这一本日记里了。就在我翻页的时候，我发现了它。它在这里休眠，等待有一天可以飞走。它的线条十分简洁，我的手沿着线条游走，这些线条形成了一只昆虫的头、胸、腹、翅膀和眼睛。有人在这本日记的最后的空白页画了一幅画。

我忘记了呼吸。

这是我的蜻蜓。

“利文斯通女士？”一个穿着粉红护士服的女人过来敲了两声门便把门推开了，她看了看房间四周，又看了看我，看了看老太太。她看起来有些沮丧，甚至有些挫败。“我很抱歉。需要您过去一趟。我们已经竭尽全力了。您能来一下吗？”

老太太叹了口气，好像在应付一个小孩子，她已经很累了。“嗯，可以，当然可以。”她转向我，“看来我被召唤了，相信你的围墙也在召唤你了吧。”她慢慢站起来，向门口挪过去，但是好像又有什么拦住了她。她转过身来，头微微朝我这边歪了一下，“怎么了，摩根？有什么不对吗？”

我停顿了几秒钟。我知道她看不到我，但是我的心在狂跳，手依旧悬在日记里的那幅画的上空。“没什么，我很好。”我尽量让自己的声音平稳，不过可能还是有一些发颤。我滑下床，穿上靴子，头发落到我的脸上。我感觉到一股热流从我的脖子后面涌起，涌到了我的耳朵和脸颊。我不希望护士注意到我——她可能会问一堆问题——于是我低着头，拨弄着我的靴子。“马蒂现在应该准备好见我了。待会儿见。”

她转身和护士向走廊走去，一路上都抓着扶手。

我站起来，把日记摞到一起，堆在桌上。我应该用布把它们包起来，但我没有这么做。我不能。我看着它们，最顶上的那本日记里有我的蜻蜓，那幅蜻蜓关联着我的过去和回忆。那只用铅笔勾勒的蜻蜓像一片叶子一样藏在日记里，它一定承载着别人的回忆。同样的一只蜻蜓藏在小提琴盒的天鹅绒内衬里，不过它是用彩铅画的。然后，它又落在了老太太的梳妆台上，那是一幅水彩，颜料渗开形成蜻蜓的形状，它被困在棕色的木框里。我不能就这么把它推到一边。它在呼唤我。

我打开被我扔到床上的小提琴盒，视线却不在琴上，我把手伸进内衬，拿出藏在里面的画，将它们排列摆放在床上的毛毯上。我把安德鲁·利文斯通写于1930年至1933年的那本日记拿过来，翻到最后一页，放到了那些画的旁边。从某种程度上来说，它们是不同的：笔触的质感，线条比例，绘画材料……但是它们和老太太梳妆台上那幅画的作者明显是同一个人。它们的确有差异，但它们又有共同点。我开始研究那些水彩画，一幅一幅地拿起来看，研究底下潦草的签名。我看不懂签名写了什么，能确定的只有年份——“1956年”。

我瘫在利文斯通女士总坐的那张椅子上。

画这些画的人究竟是谁呢?

我心绪不宁地把日记放回去，仔细地将它们重新包好，放在桌上；并且小心翼翼地把梳妆台上的画摆好。就在我要离开房间的时候，我看到了镜子中的自己。一身黑衣，灰色的眼睛正看着镜子外的我。那双眼睛里有一些东西是我之前没有见过的。有那么一小会儿，我不确定自己究竟在看着谁。

我需要扶着点什么。

走廊很安静，平常这个点也是这样。我走进老太太的洗手间，在她的药柜里快速翻找。水池上方的架子、抽屉里都没有药，我回到卧室，翻了翻床头柜，只找到一管伯特小蜜蜂牌的润唇膏、一些护手霜，还有一堆CD。德里克根本就不懂这种地方的管理模式是什么样的。我完全想不通他怎么会以为我在这里能碰到麻醉剂。

走廊上传来脚步声，我要离开了。我关上门。利文斯通女士已经回来了吗？不是。不知道是谁，那人走得比利文斯通更快，更坚决。可能是位工作人员。我的心脏都快跳到嗓子眼儿了。我觉得他们应该不知道我在做什么，不知道我在抽屉和柜子里乱找一气。我在老太太的房间里，我是被邀请来的。谁管啊?

我又朝镜子里看了一眼。这一次，我看到了乌鸦。

我抓起小提琴，向马蒂的办公室走去，那双旧工作靴和溅上了涂料的工作服在等着我。注册护士兼执行理事安妮·坎贝尔在向另外一边走去。她停住脚步，看着我。

“刚才有人过来找利文斯通女士。”说完，我转身离开。我没有回头，径直往前走。

马蒂把油漆和刷子递给我。我觉得，我又刮又洗又用砂纸打磨并没有让围墙看起来好一些，反而越弄越糟。终于能粉刷了，感觉还不错。白色可以盖住所有破败不堪的部分，让它们看起来明快、光滑。一种成就感油然而生。

我一直在想藏在琴盒里的蜻蜓。总共有七幅画，那里的蜻蜓是我最喜欢的一幅。那幅画上有两只蜻蜓，一只大一点，一只小一点，就像老太太的那幅一样，我很喜欢这样的布局。刷子靠近我的作品时，我暂停了一下，手悬在半空，犹豫着。当时我只画了一只蜻蜓，而且没有画眼睛；主色调是蓝和紫，翅膀画得很简单，好像它还在学着飞行。我盯着它。我的蜻蜓可以飞，但是看不见。现在这幅画看起来不大完整，因为蜻蜓少了一个伴儿。它瞪着我，虽然没有眼睛，但我觉得它在向我倾诉。几秒之内，白色的漆就将它覆盖了。我把刷子扔进桶里，准备结束今天的工作。

* * *

德里克在等我。我把小提琴扔到后座，爬进了那辆本田，靠近他吻了一下，一个绵长的吻。他很开心。我坐回去的时候，他看着我，面露微笑。

“你今天心情不错啊。”他说。

我想要忘记。我不想思考与利文斯通、那些岛屿和穿越几十年来到我生命中的蜻蜓相关的任何事情。它们像幽灵一样时常在我的周围出没。

“我们去你家吧。”我说，“去玩 Xbox[①]，买一点儿比萨吃。”德里克是我的现在。我的现实。

他开着车，大拇指随着广播里的音乐在方向盘上打着节拍，“没问题。正好可以顺路办点儿事。”

他开到必胜客门口，给了我一些钱。“你进去买点儿吃的吧。我得打几个电话。”

我从必胜客里出来，拿出一块比萨，把剩下的放到小提琴边上。德里克还在打电话。

“是这样的，没问题，我听见你说什么了。”他的声音很平静，令人宽慰，甚至有些谦逊，“没什么可担心的。我以前做过这种生意。一切都会顺利的。”他向我挤眉弄眼，我知道这是他的客户。他听起来很真诚，但其实他认为这些人都是蠢蛋。

我被他逗笑了。

“一会儿见。”

他发动了引擎，把手机扔到中控台边的杯托上。车子经过了港湾路、班宁街，朝着市区的方向驶去。我们经过一个做了记号

① Xbox是由美国微软公司开发、于2001年发售的一款家用电视游戏机。——编者注

的邮箱。我现在都能注意到这些东西了。我本想看看这是谁的记号，但是没认出来。他把车停在路边，熄了火。

“在这里等着。”

他咬了一口我的比萨就走了，车门被猛地关上。德里克向人行道边上的一栋两层小楼走去。真是奇怪，他的客户一般不住在这样的地方。他环顾四周，打开门走进房子里。我瘫在座位上，一边看他，一边吃着我的焦皮夏威夷比萨。一只虎斑猫从破旧的混凝土台阶下爬了出来，沿着围墙轻快地移动，消失在角落那堆很高的草丛里。这栋房子的窗户很暗，全部被木板或者厚窗帘遮住了，只有一扇窗户比较特别，在拐角那里挂着一面枫叶旗。其中一扇木质百叶窗已经腐烂了，铰链松了，以致百叶窗整个都歪了。德里克没有把房子的门关紧，它被风推开，撞到了墙上。

正当我准备再拿一块比萨出来的时候，我突然发现门口的廊顶上有一个很难被发现的小监视器正对着前院。我这才明白我们在什么地方。这是毒品贩子的地盘。德里克以前从没带我来过他们接头的地方。

我看到一对年轻情侣在街上走，他们手牵手，看起来聊得很投机的样子，他们正慢慢朝我们这辆车走来。一辆黑色的车驶进了马路对面的私人车道，但是没人出来。我觉得很不自在，便向下坐了坐。我很容易瞎想。

德里克的手机响了。我又看到那只虎斑猫了。它在旁边那栋房前的草地上安静地走着，然后突然冲到了马路对面。手机又响了。那对情侣走过车边，继续往前走，随后在角落处拐了个弯走上了下坡的那条路，朝港湾路和阿尔戈马大街那边的商店和咖啡店走去。我看不到有人在马路对面的那辆车里，但我发誓没人出来过。德里克的手机又响了。

我看了一眼那个号码。私人来电。似乎这个人急着想联系上德里克。我不知道到底应不应该接电话。他不喜欢我接他的电话，但是他一般也不会把手机丢下。

“喂，这是德里克的电话。”

“听好，宝贝，时间不多了。在手套箱里有几个包。带上它们，离开车子。离开车子赶紧走。”

“德里克？”

“你听见我说的了吗，摩根？”他的声音听起来很平静。但我觉得他的心里并不平静。

“德里克，到底发生什么事了？”

“上帝啊，摩根，快点儿离开这辆车！”这下我确定他真的有点儿慌了。

我把手机扔到一边，打开手套箱，拿出几个白包，然后爬过座位，趴倒在车里。之后，我打开琴盒，把那些白包塞进去，然后关上。我向窗外瞥了一眼，那对情侣又回来了，他们还在聊天，不过这一次朝着另一个方向走去。他们再次从车边经过。等到他们背对着我的时候，我把另外一边的车门打开溜出去，蹲在车边，抓紧我的小提琴盒，关上门，不过没有关死，我不想让他们听见我发出的声响。他们仍然背对着我，我小心翼翼地站起来走开。起初我的步伐很慢，因为我不想被人发现。我极力克制着，不让自己跑起来，走到港湾路的那个拐角像是要花费我漫长的一生。终于可以拐弯走那条下坡路了，我不经意地向后瞥了一眼。路上空无一人。那对情侣不见了。黑色轿车边上一个人都没有。德里克也没有从那栋房子里出来。

我加快了步伐，双臂抱着小提琴盒，不敢向后面或者两边看，只是盯着地面。我走过了一个街区。两个街区。我不能跑。我不能往后看。离繁华的阿尔戈马大街只有一个街区了，马上就可以汇入到前往餐馆和商店的人流中了。我走到十字路口，按下信号灯变换按钮，等待着。

“嘿！”一个男人在我身后叫道。

难道最糟糕的情况出现了吗？我拎着小提琴，慢慢转身。

“嘿，你是利文斯通女士的孙女吧！最近怎么样？”

如果他不提利文斯通的名字，我一定认不出他是谁。安德罗斯基的儿子正在对我微笑，他的手上拿着一杯咖啡。“贝卡星期三的时候还问起你。我们没在养老院看见你。”他向我伸出一只手，“很抱歉，我忘记你的名字了。”

我的心脏在我的胸膛里狂跳不止，耳朵里开始回响心跳的声音。我换了个手拿琴盒，它们在颤抖。然后，我伸出手和他握了一下。“我是摩根。”

* * *

德里克半夜的时候出现在我家，他来拿那些东西。我溜出卧室，坐进他的车里，抽了一根烟，连窗户都懒得开。我什么都说不出来。整件事把我的魂都吓飞了。他过了好几个小时才给我打电话，跟我说到外面见他。这几个小时里，我一直在担心会不会有人来敲我的门，担心他有没有出什么事。

“嘿，我欠你一个人情。”他接过那几个包，把它们放回手套箱，“他们什么都没拿到。他们搜车了。”他笑了，“真见鬼！险些着了他们的道。”他好像无所谓。所有事都在他的掌控之中。他总是能得到自己想要的东西。

我觉得他越来越陌生了。

他把手伸过来搂着我。我还在发抖，还没有恢复常态。这不是小说。这跟在麦当劳停车场把一小包违禁品交给上高中的小孩不一样。我很生气，又惊又怕，也备感伤心。该死，我都不知道自己算什么。我无法假装一切正常。我下意识向后躲，这让他很反感。

“噢，拜托，摩根。什么事都没有。”

我抽着烟。

“你没事。我没事。没人被抓，我们什么都没丢。这就是双赢啊。”那是跟客户说话的语气。听上去很平静，很理所当然，但他的眼珠在转。这让我觉得自己很贱。我还以为自己对他很重要。

我想起了那些毒品，它们放在我的琴盒里，和我仅有的与过去有关的东西放在一起，那是我还能碰到的属于我家人的东西。现在就好像有人在我的这些宝贝上拉了屎。我想到了我画的蜻蜓，在借鉴之后做了一些改变，但仍然是那只蜻蜓，经由紫色的喷漆，它被束缚在已经剥落的木围墙上。这些都让我觉得恶心。我觉得自己正在失去什么，好像把自己的一部分交给了别人，而这一部分本来就不属于我。我之前都不知道自己有这样的一面——一个美好而珍贵的我。

我转过去看着他。他在滑动音乐播放器上的播放列表，一副漫不经心的样子。

“我不需要这些垃圾。”我终于寻回了自己的声音，“我不需要坐在什么破街上的烂车里，想着你能不能从该死的毒品贩子窝里活着出来，想着会不会有警察来敲我的门抓我进监狱。”我用发抖的手把烟送到嘴边，“天啊，你真是一个伪君子！你觉得自己高人一等。你觉得你比任何人都厉害。你不吸毒，不代表毒品不会控制你。”

他就坐在那儿，摆弄着他的音乐播放器。

我把烟掐灭。我知道自己过分了，但是这也让他注意到了我的感受。“德里克，我没有义务做这些。”

“你最近到底怎么了？”他终于把视线转向我，“你觉得你了不起吗，摩根？如果不是我，你什么都没有。你觉得你会有那个音乐播放器和手机吗？你以为那些东西都是从哪儿来的？”他把手伸了过来，从后面抓住我的脖子，把我拉了过去。我以前从来没见过他生气的样子，所以有一些害怕。“你以为你会被请去火车调度站吗？没有我你什么都不是。我就是这样的人，能不能习惯是你的事。你呢，你就是个该死的废物。”

我扇了他一巴掌。这样做很蠢，但是我控制不住自己。

他放开我，坐回他的座位。“我不记得我让你做过什么事。你想走就走吧。”

“我从来没想掺和进来，德里克。”我只想和他在一起，但我没有说出来。我不知道该怎么说出口。

“从我的车里滚出去。”德里克的眼神闪烁。我不敢相信他是认真的，但他越过我打开车门。“你的座位马上就会被别人坐上。”

他发动了引擎。我抓着我的东西下了车。

“蠢货。”

我坐在路边，看着那辆本田车红色的尾灯在街角消失。

19

伊丽莎白

我突然惊醒，睡意消失得无影无踪。黑暗中传来阵阵音乐声。上一次听这首曲子是很多年以前了，回忆催下了我的泪水。我又躺了下去，任凭这旋律向我涌来。

那时候，我们光着脚踩在湖边温暖的黑色火山沙上。湖面很平静，湖水在石间细语。本来那里只有埃米莉和我两个人。他拿着那把小提琴出现了，我则用海滨山黧豆的花朵编了一个花环。他站在那儿，棕色的头发被风吹得乱糟糟的，帆布长裤卷到了膝盖。他拉起小提琴，那声音听起来就像古希腊传说中塞壬[1]的歌声，不过那魔咒吸引的不是水手，而是灯塔看守人年轻的女儿。以前我从没听过如此悦耳、明快的音乐，那段旋律仿佛在沙滩上

---

① 塞壬，希腊神话中半人半鸟的女海妖，常用美妙歌声引诱水手，令船触礁沉没。——译者注

起舞，在树影中摇曳，在海浪中翻滚。我的脉搏随着每个小节拍快速地跳动。

“你喜欢吗？”他跳到我附近的沙滩上蹲下，把小提琴放在膝盖上，露出了笑容。

我看着埃米莉。她靠在岩石上，盯着一个小水洼，那水是从岩石缝里流出来的。白色的漆姑草迎风摇摆，它们紧紧依附在布满青苔的岩石表面，我自始至终都为它们的韧性感叹。我知道那个小水洼里一定有不少小虫子：孑孓、龙虱、水黾。埃米莉完全陶醉于自己的世界中，被那些小生物环绕着。

我转过头，在夕阳下眯着眼睛，看向他那被晒成棕褐色的脸。他眨着那双明亮而淘气的蓝眼睛。“嗯，我很喜欢。这是什么曲子？我以前从来没有听过。”

“这是首新曲子。我刚谱的。”他的目光从我的眼睛上移开。他凝望着水面，说：“我给它取名为《丽兹[①]之歌》。”

很久之前的事情了。太久太久了。炽热的眼泪从我的脸颊滑落，与枕头融为一体。多么荒谬啊。这么多年过去了，这段音乐还在被人演奏，它没有被这个光怪陆离的世界改变或吞噬，依然那么独特，自成一格。我爬下床，穿过房间打开窗户。音乐是从花园那边传来的。是这个旋律不会错。《丽兹之歌》——我的歌——同样的音调，同样的小节，同样的共鸣。这世上只有一个人可以

① 丽兹（Lizzy）是伊丽莎白（Elizabeth）的昵称。——译者注

演奏出这样的乐曲。

我光着脚在冰凉的地板上走，没有发出一点儿声音。顺着走廊的扶手，我来到通往院子的出口。被音乐牵引着，我推开门，踏上石板路，颤颤巍巍地走进了马蒂的花园。

20

摩　根

我站在野餐桌上。这是一个舞台。风吹散我的头发，就好像吹着冬天还挂在树上的那几片叶子。天啊，这里太冷了。我呼出的白气都悬在空中，握着琴弓的手指也冻僵了。我知道，但我感觉不到，因为我能做的只有演奏。在拉小提琴的时候，我除了音乐别的什么都感受不到。同样的曲子，一遍一遍又一遍。这是他最爱的曲子。

我不记得在德里克开车走人的时候周围有没有雾，反正现在起雾了。周围一片模糊。我的脸又热又湿，额头也有点儿潮湿。透过薄雾，我看到花园里有一个幽灵正向我走来。我被幽灵缠上了。那幽灵惨白惨白的，甚至是半透明的。我在思考自己究竟应不应该觉得害怕。我停了下来，琴弓悬在琴弦上空。也许是死神来找我了。长着白头发的死神。穿着睡袍的死神。光着脚走路的死神。跌跌撞撞的死神。

双目失明的死神。

我开始大笑，然后瘫坐在桌子上。我真是个傻到家的傻瓜。“我的天，利文斯通女士。你把我吓了一跳。”

那个人影停住了。“摩根？”

我跳下桌子，不过落地方式与我计划的不大一样——我的脚没站稳——但是即便脚下的地面会动，我也可以站得起来。我一手拿着小提琴，一手拿着琴弓，用力张开双臂，并且开始大笑。“利文斯通女士，我以为你是个幽灵！”我没办法克制住自己。我笑得十分用力，简直要喘不过气来了，之后我意识到自己不是在笑，而是在哭。我再也站不稳了，看到地面仿佛向我伸出了双臂，我拥抱住它，任由泪水决堤。“我以为你是一个幽灵……”

21

伊丽莎白

我伸出手，想摸摸这个倒在我脚边哭泣的女孩。我闻到了威士忌的味道，浓烈而刺激。我的身后传来混乱的声音——模糊的警报声、脚步声和工作人员的喊叫声。门开了，这些声音都被释放出来，但我没有放在心上。我的手先是摸到了小提琴，我犹豫了一会儿，只有那么一会儿，便摸到了那女孩的脸。我擦干她的泪水，将她脸上的碎发绕到耳后。她还在抽泣，我抱住她，让她的头靠在我的腿上。我小声地对她说："我也以为你是一个幽灵。"

* * *

马蒂的脚步声回响在走廊上，然后在我的门前停下，他圆胖的身子挡住了从门缝射进来的微弱光线。我坐在父亲的椅子上，腿上裹着毯子，肩膀上披着一件厚厚的羊毛衫。还有几个小时天才会亮，一定是他们提前把马蒂叫来了。他现在应该知道他是我除了血亲之外最亲的人了吧。他比任何人都了解我。我猜他们不知道该怎么说服我。我坚持不让他们赶走那个女孩，毕竟这是我的房间。虽然这里有保安和工作人员，但是我怎么说也是一个花了钱的房客，而不是囚犯。我不得不提醒他们注意这一点。我让他们把小提琴和那瓶威士忌一起放在马蒂的办公室。她号啕大哭。我猜，她应该从未允许自己这样失态吧。然后，她倒在了我的床上。她的呼吸声说明她已经睡着了。

“伊丽莎白，她不能待在这里。”

“她可以，而且她就要待在这儿。”

“她的家庭——”

“已经通知了。”

“发生了什么？”

我耸耸肩。“她喝醉了，在那里胡言乱语，应该就是小姑娘被甩了。”我不想提关于毒品、警察，还有那个一有风吹草动就销声匿迹，只留她一个人收拾烂摊子的“该死的人渣”的事。“年轻人被甩，喝多了又不是什么新鲜事儿。”

马蒂径直走进房间，从桌下拉出一把椅子坐下。他的移动产生的气流和地毯上的脚步声都在向我描述着他的动作：他跨坐在椅子上，身子前倾，就像以往一样。他的手上似乎拿着什么东西。是几张纸。

“不，我不是指她。我说的是你。”

我把羊毛衫往上拉了拉。看来工作人员已经把今晚发生的所有事都跟他说了。“我听见她在外面。”

这三年来，马蒂和我对彼此了如指掌。他知道我不是一个什么都说的人，不过他不逼我。我听见他在整理手里的那些纸。

“有两只蜻蜓，其中一只稍微大些。画画的人运用了多种色彩，还有回旋的粗线条，画面与众不同。背景用复杂的纹样表现水、岩石和树。蜻蜓的眼睛很吸引人。”

几分钟的沉寂，其间只有那个女孩轻柔的呼吸声。我的嘴巴越来越干，我能听见自己的心跳声。

“你从哪里弄来的？”我的声音打破了沉寂。

“在她的小提琴盒子里。另外还有很多张画。”

我身体向前倾，喃喃低语。我不想打破悬在房间里的咒语，那沉眠于音乐中的咒语，虽然那把小提琴现在安静地躺在那里。“埃米莉 · 利文斯通，1943 年。《飞行的姐妹》。”

22

摩　根

我醒来的时候天已经大亮。我的嘴巴干得要命，嘴里结了一层厚厚的舌苔，眼皮也在跳。我平躺着哼哼了两声，眯眼看着白色的天花板，昨天的记忆慢慢都回来了。德里克。警察。毒品。争吵。黑麦威士忌。小提琴。

小提琴。

我立刻坐起来，挣脱床单和被子跳到地上，我光着脚，感觉地板很凉。

“早上好。”

我循着她的声音望去，我想起来这是哪儿了。老太太坐在那把椅子上，面朝窗户，身上裹着毯子。我这才意识到我穿着一件法兰绒睡衣，是那种奶奶辈的人才会穿的睡衣。我的衣服被人叠好了放在床尾。

“搞什么？”

我重重地坐在床上。

“你睡得很香吧？”她问。

我用手抹了抹脸，擦擦双眼，然后用手指梳理头发，结果发现它是湿的。最后几片记忆拼图终于回到了原位：我在老太太的臂弯里痛哭，并且说个不停。威士忌可真棒，我昨天彻底管不住嘴。出大糗了。她在几个工作人员的帮助下把我带进来。我满面泪痕、痛哭流涕、大脑一片空白。她让我洗澡。我冲着热水，让它冲掉我花了的妆容，连同痛苦和孤独。然后，我在她的床上睡着了。

“呃，我对昨晚发生的事情非常抱歉。”我小声咕哝说，“我是个浑——我是说……”我抬起头来看她，“我太过分了。”我抓起我的那堆衣服，站起身来，朝洗手间走去，“我不会再烦你了。”

“摩根，你是谁？”

这句话让我停住了脚步。这究竟是什么问题？我笑了。过去两周发生的所有事情好像都在大声地问我这个问题：我是谁？我可以告诉你我的名字：摩根·弗莱彻。但是除此之外，我只是专属于我自己的一堆回忆而已。对于别人来说，我不过是夹在社工档案柜的文件夹里、条目清晰的几张履历表。我是个无父无母的孩子，没有人了解我。我是一个寄宿在别人家的不良少女，毒贩子的前女友。我宿醉，现在坐在一个老人的床上，身上穿着别人的睡袍。我是谁？就像德里克说的那样。

我什么都不是。

但我并没有这么说。“你什么意思？”

老太太叹了口气。“马蒂找到了这些画。”

我立刻就反应过来她说的是哪些画了，这让我很生气。我没有想到，我喝得烂醉然后把琴盒扔在那儿让别人任意窥探，这是我自己的错。但我就是很生气。我转过身面向她，把衣服捂在胸前，好像它们就是我的小提琴，我在保护它们。“你凭什么动我的东西？”

“你真的觉得自己有立场问这种话？”她哼了一声，“一个翻我东西的人居然觉得自己有权问这种问题。还翻了不止一次。”我猜她知道我翻过她的药柜，“看在上帝的分儿上，摩根，昨晚你给这一整栋楼的老人进行可怜的醉酒午夜表演时，那些画竟然没有被风给吹走，你应该觉得幸运。你到底在想些什么？”

“我不需要想什么。”我又坐回了床上，开始穿牛仔裤，“一整栋楼的老人——有的瞎，有的聋，大多数奄奄一息。我显然没在想什么。”

“废话少说，摩根。你来这里总有一个原因。”

“说话小心点儿，老太婆。”

“我可能比半瞎还惨，但这不意味着我看不见。死神正在悄悄向我走来，但我的双脚仍然稳稳地扎根于这个世界，我还在不断呼吸，我在生活。昨天夜里发生的事情并不是偶然，你不是过来怀念涂鸦现场的。你到这里来是有原因的。摩根，你在找什么？”

我继续用力地穿着衣服。

她的声音不那么咄咄逼人了。“那些画。那把小提琴。那首曲子。”她顿了顿，“谁教你拉那首曲子的？”

我停了下来，手里拿着一只黑靴子。这是他以前最喜欢的一首曲子。他从来没有教过我，但我听了太多遍就学会了，昨天我想起了它。他经常在夜里拉这段旋律，往锡质的杯子里倒上威士忌，风在小屋外咆哮，火炉噼啪作响。在我盖上被子以后，他以为我睡了，便会给小提琴调音，然后演奏。这首曲子的旋律轻松明快，但我仍然觉得它很悲伤。还有那些画，他把它们藏了很多年，从来没有提过。我在他活着的时候从没有见过它们。

“摩根，他是谁？”

我看着那些日记，它们还在桌上，还在我昨天放的地方，蜻蜓在泛黄的纸张中酣睡。

“我的外公。”

23

伊丽莎白

我闭上双眼靠在椅背上，椅背上的布已经磨破了。他有一个外孙女。

24

摩　根

我把靴子扔到地上，瘫倒在床。我用手捂着脸，又开始流泪了。止不住的泪水从我的指缝间流出去。这是一种发泄。但我依然想躲藏，我为自己如此脆弱感到羞耻。

“那些画是他画的吗？”我小声说。

利文斯通女士站起来，向梳妆台走去，她在梳妆台上摸索，直到摸到那些装在画框里的画。她拿出其中一幅——那幅蜻蜓。她转过来面向我。“不。”她走过来坐在床上，“不是的。它们是埃米莉画的。”

我用袖子擦了擦脸。“埃米莉画的？”我坐起来。埃米莉。这就解释了为什么蜻蜓会在日记里出现，也解释了为什么它们会出现在利文斯通女士的梳妆台上。但是这不能解释它们是怎么出现在琴盒的天鹅绒内衬里的，而且琴盒的主人还是个和外孙女一起住在破棚屋里的老渔夫。

埃米莉。埃米莉·利文斯通。

你是谁？

25

伊丽莎白

我用手擦拭着画框和玻璃。画面的每一个细节我都可以清楚地看见，就好像我的视力完好如初。我可以辨别出每一笔，每一画；我对每个色块和阴影都了如指掌。埃米莉的作品遍布全球的画廊、高档办公室和昂贵的顶楼寓所，但是在她所有的作品中，没有哪一幅像这两只蜻蜓一样对我有如此重大的意义。它们一只稍大，一只稍小，相互独立，却又通过背景上旋涡状的花纹联结在一起，微妙的光影处理使它们跃然纸上。我将埃米莉的所有作品都起了名字，这幅也不例外。我将它命名为《飞行的姐妹》。

那女孩下了床，抱着父亲的那堆日记回来，在其中找着什么。

“我发现了它们。”她说，“这里。”她抬起我的手，将它放到纸上。线条已经很难识别了，只能勉强摸出触到的图案是什么——也是那只天真的手画出来的画，是很久很久以前留下的痕迹。

我的埃米莉。我亲爱的埃米莉。

这个女孩是谁？她有他的小提琴和埃米莉的画。她演奏的是他创作的那首曲子，她的血管中流淌着他的血液吗？她知道日记中的故事对我们俩来说都至关重要吗？

我把手往外抽了抽，离开那些线条，却在女孩的手指边停了一会儿。我有些犹豫，充满疑问。"你想知道你的外公是怎么认识埃米莉的吗？"我安静地问道。

她沉默了，但我可以感受到手下的那只柔软的小手里分明握着一丝渴望。原来我们都爱着同一个男人。他在我们龟裂的心中都占据了一席之地。

"也许我们需要调整一下安排了。"我提议，"也许轮到我当讲故事的那个人了。"

我开始讲故事了，可我没有想到，她竟会在结尾公布很久之后发现一切的开端。

第二部分

幽灵

26

伊丽莎白

在很久以前，你外公踏上波菲利岛时，他和埃米莉的故事就开始了。你瞧，我的妹妹非常特别，她不能轻易融入这个社会。起初我没有发现这一点。对我来说，埃米莉就是埃米莉——美丽、优秀、安静的埃米莉，我的双胞胎妹妹，我的分身。直到有天夜里，我无意中听到父母的一段对话，我的生活彻底发生了变化。这就是这个故事的缘起。

那是 1935 年的 8 月末。此前发生的大萧条搅乱了整个世界，不过我们几乎没有注意到这场灾难，我们在遥远的苏必利尔湖灯塔下，住得好，吃得饱，很满足。我觉得那是岛上一年中最好的时间，我们正忙着为未来那几个漫长、寒冷而又与世隔绝的月份做准备。母亲腌了些花园里种的蔬菜。她一个人把菜采摘好，然后切碎、装罐、密封起来，再将那些装着西红柿的黄绿相间的罐子放到楼梯下地窖里的架子上。土豆挖出来以后，被堆在地上的筐里。我们买来面粉、肉制品罐头、燕麦、盐和糖，在那几个既没办法坐船出去又不能在冰上行走的月份里，只能靠它们维持生计了。

过几天，等约翰逊先生乘“红狐狸号”来岛上的时候，彼得和查理就会跟他一起回阿瑟港。那时候桑德湾还不是一个城市——而且几年之内都不会是—— 这个名字指的是锡布利半岛和陆地之间的那片广阔水域。在当时那片大地上，威廉堡和阿瑟港的社区如雨后春笋般涌现，彼此之间离得很近。

彼得已经在城里度过了好几个冬天，他和其他同龄人一起学习，现在查理也要加入他们了。他们会住在尼米家，尼米家的兄弟中有一个夏天在沃克尔深湾扎营捕鱼，冬天在希尔街上的一栋小蓝房子里住。

母亲觉得我也该去城里上学了，这很反常，因为她对社会生活一直抱着十分冷淡的态度。父亲不同意。他更希望在家教我知识，他觉得我还太小，不能离家太久。除此之外，还要为埃米莉考虑。父亲的每一个决定都会成为这个家里的规定，这次也不例外。我对这件事知情是因为在那个漆黑的夏夜里，我听见他们在小声地讨论这件事，房子里其他地方全都已经沉寂下来，灯塔里的工作和储藏食物等杂务已让他们十分疲惫。

我清楚地记得那段对话。对话里关于我上学的讨论没什么值得记住的。这段被我无意中听来的对话早就该忘了，我之所以还记得是因为母亲说了一些别的话，那些话深深地扎在我的心里，让我不禁瞪大了眼睛，甚至一生都因此而改变。父亲正在穿他的靴子，他要在睡前再干点儿活。在那之前，我刚用完放在房间角落里的便壶，爬上床盖好被子，和埃米莉贴在一起。他们俩的声音在静谧的夜里飘浮，湖泊在繁星密布的夏末天空下沉睡，它拒绝加入这场对话。“我们这几年把她教得还算不错。”父亲说，他说话的声音很轻柔，都快听不见了，“我不明白为什么现在不继续教下去。另外，只送一个去却不送另一个，这不大合适。而且，我们是不可能送另一个出岛的。”

灯塔的光扫过房子，然后照向了平静的黑色水面，我很困了，眼睛半睁半闭，母亲的影子经过门口。

我对谈话的内容并不关心。我不想离开那座岛，虽然为数不多的几次进城都让我很开心，我也很喜欢学校、同学和上课。但我更喜爱自由，喜爱湖水的声音，喜爱穿梭于林间的风。我还有埃米莉。我的思绪越飘越远，睡意涌来，把我和妹妹紧紧裹住。

我听见了母亲的笑声。那并不是一种开心、愉快、满意的声音，反而很悲伤，充满悔恨，其实是一声叹息。我想堵上我的耳朵，不再听下去，但我不能。我疲惫的双眼睁得大大的，耳朵也变得更加敏锐。我听见了壁炉架上的时钟发出的嘀嗒声，听见了木地板下老鼠发出的吱吱声，还有埃米莉发出的轻柔均匀的呼吸声。

“我们……你应该让她走。你早该让她死了。”母亲的声音是那么生硬刺耳，“你这样做有什么好处？只会把她们俩都毁了。埃米莉一辈子都不会正常的。”

时间静止了。时钟不再嘀嗒，老鼠也安静了。只有埃米莉的呼吸声还那么平稳，充满韵律，像灯塔一样。

“你早该让她死了。埃米莉一辈子都不会正常的。”

我冰冷的心脏似乎在胸膛里停止了跳动，它在等，它不敢打断他们的对话，害怕自己发出任何一点儿动静。我多希望自己什么都没听见。埃米莉的呼吸声填满了整个房间，然后从门口溢出去，把我和父母之间的这个空间塞得满满的。灯塔的光又一次扫过房间，经过门口，扫到哥哥们所在的另一张床上，然后迅速从窗户离开。我把手放到耳朵上。

父亲的声音很少这样尖锐，它很轻易就传到了被我蒙住的耳朵里。“最后一次了，丽尔。不许你再说这个。她是我们的女儿。我们要让她好好生活。永远都不要再提起这个了。”他向门口走去，“而且伊丽莎白也得留在岛上。”

我慢慢松了口气。砰的一声，纱门被重重关上，父亲向放燃料的小屋走去，他的脚底发出吱嘎吱嘎的声音。埃米莉没醒，她黑色的头发和我的很像，散在奶白色的枕头上。灯塔的光线又扫进来了，我仔细观察着妹妹平静的脸：黑色的眼睫毛，双眼轻合，眼皮下是灰色的眼珠，与我的眼睛很不一样。她从来没有说过话，似乎一直在守一个秘密。母亲的脚步声近了，我立刻闭上眼睛，假装已经睡着。她在我们的床边站了很久，久到我都睡着了，没有听见她离开的声音。

那时我意识到，是长期以来被我以为是埃米莉特质的那些东西让她无法轻易融入小岛外面的世界。我们一直是伊丽莎白和埃米莉。一对双胞胎。我们形影不离。我们是一个整体。我无法想象埃米莉在城里长大的样子，无法想象她坐在教室里的样子。我也无法想象这样的事情会发生在我自己身上。我的母亲想要把我和埃米莉分开，这简直不可想象。

秋天渐渐来了，埃米莉和我也帮着在灯塔和厨房里做些杂活，还帮着把园子里的蔬菜搬到储藏室。天气越来越湿冷，我们带着数学问题和语法书坐在厨房的桌子边，煤油灯闪着微弱的光，母亲却总是迟迟不来给我们上课。埃米莉一直没有学会阅读写字，也不会做加减法。她的时间都用来画铅笔画了——蝴蝶、小鸟……她不做算术题，也不标名词动词。母亲什么都不说，她紧紧地抿着嘴唇，把那些画收到父亲的一个书桌抽屉里。

母亲知道，未来几个月将会十分寒冷，光线也少。晚秋时节，天亮之后，气候温和，阳光和煦，她让我们去户外玩，把桌上的作业放到一边。我很怀念和查理聊天的时光，现在我们三人组只剩安静的埃米莉和我。但是我的妹妹和我用的是一种迥然不同的交流媒介：一种不需要文字、仅依赖于彼此亲密关系的语言。我们享受着岛上的静谧，享受着灯塔看守人的日常生活，还像两只海鸥一样，享受着随意飞翔的自由。

虽然男孩们走了，但有埃米莉和我帮忙，父亲似乎还是很满意的。他给我们俩抹布，教我们如何用一点点向外绕圈的方式擦亮透镜，这样就不会留下痕迹。我得在埃米莉擦完后再擦一遍，这样父亲就不会看见她留下来的痕迹了。母亲让我们把沙滩上的漂流木堆到柴棚里去，到了冬天就可以拿来点炉子用。埃米莉过去帮忙，她在沙滩上转悠，拾起木头，没走几步又放下。我试图教她用胳膊抱着木头。我让她把胳膊伸出来，把其中一只赤裸苍白的手臂叠到另一只上面，然后给了她一些较轻的木头。我们一起出发，但总是我一个人到达，她则在路上走走停停。有的蒲公英开花较晚，她会被花里蜜蜂嗡嗡的声音分散注意力；金翅雀向着温暖的南方迁徙，她会停下来看它们跳舞。而我必须确保柴棚里的柴火够用。

我永远都忘不了母亲的话。波浪冲刷着雾号站附近的峭壁，我听见整面湖都在回荡着这样的声音：你早该让她死了。埃米莉一辈子都不会正常的。

有一次我发现她在看埃米莉，但她没有发现我在看她。埃米莉又在发呆了，她抬头看着天，张开嘴，发出让人无法理解的声音。她是在和风说话吧，风卷起了一小堆金棕色的杨树叶，和她被吹起的裙角一起飞扬。她站在岬角，乌黑的头发在风中飞舞。她在与水对话。然后，她开始随风起舞。母亲转身把一整盆肥皂水倒进灌木丛里，然后回屋了。

埃米莉。另外一个我。我的妹妹。我们的心、我们的生命与命运，全部纠缠在一起。我们俩谁也离不开谁。她是一个在苏必利尔湖地区游荡的精灵，她在两个世界中徘徊，脆弱且容易受到伤害。因此，当发现成为幽灵的人是我而不是埃米莉的时候，我吃了一惊。

27

伊丽莎白

查理离开小岛的那个秋天，埃米莉开始到处乱走。这一秒她还在我警惕的视线下，下一秒就不见了。一开始她这样四处乱跑让我们都有些恐慌。我们胡思乱想，很怕埃米莉心不在焉走下悬崖，或者惊扰到一头黑熊，再或者掉到湖里——她常常盯着冰冷的湖水出神。我们从灯塔出发，一个人先去看看她是否待在岸边的“甜豌豆号”里，这艘船停在浪花打不到的地方。我们沿岸搜寻，经过夏末摘蔓越莓的那块沼泽地，一路走到船库所在的那个避风港。我们不停地呼唤她的名字，森林地上厚厚的苔藓吞噬了那些声音。湖水卷向岩滩，拍打着峭壁，它嘲弄的笑声也掩盖了我们的呼喊。我们知道，她不会回答的。埃米莉从来不回答。

我们经常在一些容易被忽略的地方找到她，因为只有埃米莉会被一堆蚂蚁吸引住，或者看一只红松鼠带幼崽去新窝。有一次，我看见她盯着耧斗菜的花看了好几个小时。她坐在阳光下干燥的土地上，盘着腿，手撑着脑袋，盯着随风摆动的花朵。她不动、不摸也不闻，就这么看着。我向她喊了一声，但是我的声音与森林的声音融合在一起，她根本不放在心上，我的声音还不如鸟叫和蝉鸣声有吸引力。于是我也坐了下来，盘着腿，手撑着脑袋。太阳渐渐西斜，我就这么看着埃米莉。过了好一会儿，她站了起来，拍掉裙子上的树枝和树叶，向我走过来，微笑，握住我的手把我拉起来。我这才反应过来，其实她一直都知道我在这里。我坐在她的世界里。我是那个世界的一部分。只是这一部分当时不那么重要罢了。

父亲订的报纸每隔一周或者更长的时间就会送来岛上。报纸上的每个字他都不会放过，然后他会在晚上吃饭或者一家人坐在火炉边的时候和我们分享他读到的故事。那一年是 1936 年，报纸上的新闻都是关于土地干旱、庄稼枯萎和家畜窒息而死的消息，家畜的肺里都是风刮进去的沙土。与之形成鲜明对比的是寒冷的冬天，那年极其寒冷，冷到我们全家人都得挤在一张大床上，穿棉毛衫裤，盖几层羊毛毯和羽绒被。寒流从 12 月一直持续到第二年二月，整个国家的人都陷入了一种疲惫不安的状态中。

那年冬天，埃米莉和我常常挤在炉子边，喝母亲做的汤温暖身子，汤里有各种各样的草药。她采完草药后，把它们放在食品储藏室里，晾干以后加到汤里。汤里还有刚打来的兔子肉。我读着《简·爱》和《傲慢与偏见》，有时候还会看莎士比亚的戏剧和《汤姆·索亚历险记》，它们可以让我暂时逃离这个小岛。我沉浸在那些探险和浪漫故事中。父亲的《时代先驱报》按照顺序堆在梁架上，他曾试图让我看报纸上面的文章，因为他觉得那些文章会拓宽我的兴趣面和视野，但我并不热衷。埃米莉呢，经常几个小时都和她的铅笔和画纸待在一起，一幅画她常常要画上好几天。她凭着记忆画出一只蛾子或一朵耧斗菜花，然后用彩色蜡笔或铅笔上色。她有时候会被炉子里跳动的火苗迷住，完完全全呆在那里，我都怀疑是不是吹进来的风将她冻成了一座雕像。

埃米莉又一次不见了。那是在二月末，温度计上的红色线条总是缩在底部的球体里，空气冰冷刺骨。对于一个小女孩来说，在这样的天气跑到树林里漫无目的地乱走实在太痛苦了。但是，那时骨瘦如柴、只有十岁的我一心要当妹妹的守护者，什么都不怕，当时我根本没有觉得自己是个小女孩。

父亲在劈柴，母亲在削土豆，我穿上外套，在脑袋和脖子上裹了一条厚厚的围巾。我戴上母亲的毛皮衬里手套，让手暖和些。然后，我开始了寻找双胞胎妹妹的新征程。我呼出一口气，那口气久久地悬在空中。我穿上雪地靴，迅速扣紧带扣，然后赶紧把手塞回手套软软的兔子毛里。雪积得很深，有的地方雪已经积了几英尺厚。小屋和外屋周围留下了另一双雪地靴的鞋印。埃米莉至少还知道要穿雪地靴。她的鞋印从这条我们常走的路一直延伸到湖边。

苏必利尔湖太大了，很难全部冻上。在二月或三月之前，每一天基本都是如此寒冷，湖面一直这样平静，于是在岛与岛、岛与陆地之间会冻出一条结结实实的路。不过即便是在那个时候，风也有可能吹出微澜，冰封的湖面渐渐变成大块的浮冰和露出的水面。但是那一年，这面湖被冻得很牢。湖面上那种死气沉沉的寂静让我的耳朵有些难受，我踩着埃米莉的脚印离开了岸边。

我在游离，无论是身体还是思想都在游离。苏必利尔湖面上大雪覆盖，整面湖就像荒无人烟的英国沼泽，我仿佛来到了简·爱的世界。我觉得自己浪漫而又不幸，只能跌跌撞撞地向命运走去。突然间，我听到什么东西开裂的声音，我被吓得一动也不敢动，心脏一阵狂跳，皮肤如同被针刺一般。沼泽的浪漫不见了，取而代之的是孤立，湖面上的雪丘和岸边寂静的森林让我觉得孤单无助。又是一声巨响，冰面在移动。只是湖水在自言自语罢了，我告诉自己，就好像老婆婆睡前喜欢说说话。我站的地方离岸边有半英里远，靠近沃克尔深湾入口处，哈德斯克莱勃岛的峭壁散发着不祥的气息，苏必利尔湖在它们的控制下呻吟。

然后我看到了她。她站在那里，一动不动。在一个寂静无声的白色世界里，她黑色的剪影是那么渺小、脆弱。站在那里的并不只有她，我还看到另外五个身影。其中三个沿着岸边杂乱的碎冰移动，另外两个跟着，它们在风雪中大步行走，鼻子贴在地上前前后后地嗅着什么，它们灰色的皮毛在傍晚的阳光下散发着光泽。埃米莉就站在它们中间。

她的名字就在我的嗓子眼儿里。我蹒跚着向前，雪地靴让我的行动十分笨拙，我试图奔跑起来，但是跑得踉踉跄跄。那些狼会互相合作，它们围着埃米莉转圈，然后慢慢逼近。母亲的手套对我来说太大了，它们掉进雪地里，但我只顾着向前，直到我被绑在靴子上的木框绊倒，摔进雪堆里。当我抬起头的时候，我看见一双黄色的眼睛，一匹狼向我这边扫了一眼，然后又将注意力放到了我的妹妹身上，继续和其他几匹狼一起围着她打转。埃米莉微微转身，蹲了下来，明亮的灰色双眼直视着那些尖锐的黄色眼睛，她苍白的圆脸上没有一丝恐惧。我在雪中不敢乱动，没了手套，我的双手被冻得如针扎般疼痛。那匹狼停了下来，其他狼也跟着停了下来。它们好像在发牢骚。在等待头狼行动时，它们紧张地踱着步。几分钟过去了，埃米莉又动了一下，然后她站起来，转身经过那群猛兽向我走了过来。然后，就像被耧斗菜迷住的那一天一样，她朝我微笑，把我拉了起来，顺便从雪里捡起那双兔毛衬里手套。

她没有回头看，但是我回头了。我看见那群野兽重新组成了一支队伍，与我们渐行渐远，穿过湖湾向爱德华岛走去。

就在那个时候，我第一次看见他。他穿着鹿皮大衣，脸上长着浓密的黑胡子，头上戴着一顶皮帽，与树丛融为一体，很难被人发现。他手里拿着一把步枪，我看见他拿出膛里的子弹，把枪放到身边，消失在阴影中。

我跟着埃米莉回到沉睡的灯塔下，回到我们的小屋里。就像大多数旅程一样，回程似乎总是短一些，但是即便如此，在我们见到父亲的时候，太阳也已经快要落山了。

埃米莉慢慢地走过父亲身边，好像他并不存在。

“她在沃克尔深湾附近。”我说，“一群狼跑到冰上了，她……”我从来都不是一个迷信的人，但是我相信这群狼和我妹妹之间一定发生了什么神秘的事情，难道是在爱德华岛和波菲利岛之间那条白雪覆盖的通道上定下了某种契约吗？

“她看着它们，它们也看着她。”

父亲和我并排走着，我们沉默了一会儿。埃米莉在我们之前几英尺的地方，她正有条不紊地一步步往前走。“她的确有一套。”他小声地说。

“还有呢。”我继续说。

埃米莉停住了。

“我觉得我看到了——”

埃米莉迅速转过来看着我，她的眼睛颜色很深，眼神中传递着强烈的信息，像是在乞求什么。她什么都没说，但我知道她在求我不要说，求我把那些话咽到肚子里去。现在还不是说那些的时候。这是我们俩的秘密。

“你看到了什么，丽兹？”父亲催促道。

埃米莉继续走着。她知道我已经明白了她的意思，也会答应她那没说出口的请求。

“我觉得我看到了驯鹿，那些狼应该是去找它们了。”

父亲咕哝了一声表示同意，我知道第二天他就会去找驯鹿。狼群确实是在湖上追着什么，我希望它们追的是驯鹿。我希望他能找到它们。

那一夜，我们躺在床上，银色的月光照耀着外面的雪地，湖冰下的水发出声响，似乎在抱怨冬季的禁锢，埃米莉和我都听到了狼嚎的声音。父母在火炉边安静地交谈着，月光在我们的被子上投射出窗户的形状。埃米莉和我盖着同一床被子，她转过来面向我，用细长的手指抚摸我的脸颊，她的手滑过我的额头、眼睛、鼻子、嘴唇和下巴。然后她又翻过身去。我紧紧地抱着她，感受她的体温，听着她的呼吸声越来越轻柔、平缓，她睡着了。

过了一会儿，我也迷迷糊糊地睡了过去。窗外的夜间大合唱让我既激动又害怕，我想到了那匹狼和它黄色的眼睛，它紧紧地盯着埃米莉，剩下的几匹狼在踱步，等待。我还想到了我看到的那个男人。我试图说服自己，他只是我想象出来的人罢了，是白雪和狼群让我的思维一时错乱。但是埃米莉也看见了他。她知道他在那里，就像她知道我在那里一样。

埃米莉看见了他，但她不希望父亲知道。

28

摩　根

我坐在她的床上，靠着墙，双手环膝，膝盖抵着胸口。我听她说着，进入了她的世界，回到了几十年前。她说得那么生动，我仿佛可以摸到那些积雪，看见天空中的星星，听见浪花拍打海岸的声音。她拿起那幅蜻蜓，随着手指的移动，她手上的青筋也在跳动。我试着想象她是一个小女孩，在某种程度上这是不可能的。但是她的一些特质让这成为可能。她慢慢地起身走到梳妆台前，把那幅画和其他两幅摆在一起。

日记仍然摊开放在床上。我合上了封面，抚摸着那两个凸起的字母——A 和 L。灯塔看守人从来没有写过那个留胡子的男人。他提到了狼群和驯鹿，这些他确实发现了；他还提到了埃米莉到处乱跑，但是没有提到躲在树丛里的那个奇怪的男人。这是一个十岁小女孩的秘密。

“他是我的外公。”我说。毫无疑问。

她在整理那些画，仍然背对着我。我看见她直起了后背，但是她没有转过来。

“天哪，孩子，不！”她转向了我，茫然的双眼仿佛急切地要与我对视，“他是你外公杀死的那个男人。”

在她说出这句话的时候，我的童年崩塌了。

29

伊丽莎白

我用不着看她的脸。她一定很震惊吧。一定是这样的。为什么我会指望她早就知道这些？他谁都不会说的。为了保护我们。为了保护埃米莉。这太复杂了。不过，我还是问了一个多余的问题："你不知道吗？"

"不知道，实际上，这件事他从来就没有提起过。"我从她的声音中感到了一种震颤。她很沮丧。但是她很快就戴上了面具，下句话又带上了讽刺。"不过，怎么会有人和自己十岁的外孙女谈论这种事情呢，不是吗？'哦亲爱的，我有没有跟你说过我杀了一个人呀？你还想来点儿土豆泥吗'？"

"十岁？"

"嗯。他死的时候我十岁。"

他去世了。当然。如果他还活着的话，摩根肯定还会跟他待在一起。我曾允许自己回想过去，回忆他的样子，想象他去了哪里，他在做什么，是不是又爱上了某个人，有没有想起过我。他走了。听到这个消息还是让我觉得很难过，但我其实已经知道很多年了。自从那天我们溜到小岛北端躺在那片苔藓上的时候，他就已经把我的心带走了一部分。我深深地吸了一口气，让自己从心底里接受这个现实。我拼凑着那些想象的碎片，让伤痕愈合。会有时间让我哀悼的，如果还需要哀悼的话。

“怎么死的？”

“中风。”

“你的父母呢？”

“我爸从来就没出现过，妈妈是什么样我也不记得了。在我一岁半的时候她就死了。她在怀我的时候得了癌症，不过她拒绝接受治疗，坚持要把我生下来。医生说如果不治就会死，但她很坚定。外公照顾着我们俩。”

我感觉一说起这位她知之甚少的母亲，她的身上就泛起了一丝温柔，她很爱这个为了保全孩子而放弃自己生命的女人。这很伟大，这是人类爱的奉献。不过这种深刻的感情不会持续太久，毕竟她对这个人几乎一无所知。

“反正我从来也不在乎——我不需要他们。他们俩我谁都不需要。他……我有他，他有我，这就够了。”

又一次，我听见了她声音中的渴望。

“他是我唯一的亲人。他死以后，他们试图探听我父亲的下落，但是从来没有成功过。这几年我在寄养家庭之间搬来搬去。

最后成为现在这个样子。真差劲啊，不过，这就是生活，对吗？我过得不错。凑合混吧。”

就像你昨天那样，我心想，不过我没有说出来。她太年轻了。她还有很长的路要走。

独自抚养这个女孩很像是他会做的事。他应该很擅长与小孩相处，他和埃米莉处得就很好。大多数人永远无法理解埃米莉，人们对于自己无法理解的东西总是予以嘲讽，唯恐避之不及。她不会说话，常常恍惚出神，有些与众不同。他们总是无法接受这些。但他不一样。他像我一样爱着埃米莉。最后，这也毁了我们对彼此的爱。

“他不是一个谋杀犯。”我希望这能给她些许慰藉，“说来话长。”

她靠着床头坐好，把被子盖到身上——那是埃米莉和我一起做的被子。“你说吧。我听着呢。”

30

伊丽莎白

那年冬天，埃米莉不再到处乱走了。

快到三月的时候，飙升的气温使得如山的雪堆渐渐倒塌——那年冬天气温之低，史无前例。冰块堵塞河道，河水泛滥。这预示着一个极热的夏天即将开始。一股异常的热浪侵袭了整个美洲，大地一片干旱，大草原上肥沃的土壤被吹到空中变成沙尘，这就是所谓的“黑色风暴事件”。我们在父亲积攒的报纸上读到了这些消息，庆幸自己远离了高温，湖面上习习的凉风在给我们降温——湖底的凉水起到了很大的作用。

查理一放暑假就回到岛上了，不过只有他一个人回来了。父亲让查理在灯塔里干活，他说一个十五岁的男孩应该工作，而不是坐船四处玩耍或者在树林里乱窜。他在让查理适应灯塔看守人的生活。彼得注定要做更大的事，而查理更适合回到家里，父亲什么都明白。埃米莉和我负责照顾鸡群和打理菜地，四月到六月一直由我和母亲负责的灯塔杂活转交查理负责。他会在夜里和父亲轮班，在雾号响起、灯光扫过黑暗的时候，与过往船只的船长交流，重复说："我们在这里，我们在这里，我们在这里。"他要粉刷房子，要时刻关注油罐里的煤油还剩多少，还要在供给到达的时候帮忙卸货。在阳光明媚的日子里，杂活干完了，雾号寂静无声，我便会说服查理悄悄溜走，让他带着埃米莉和我乘"甜豌豆号"去探险。

查理一直都是一位优秀的水手。他自然而然地学会了开船，就像海鸥不用教就可以一飞冲天、猛然俯冲，随着气流变化改变飞行轨迹。他能读懂每一阵风、每一道浪，他在握着船舵的时候看起来最开心，湖上的风将这艘小斜桁帆船的帆吹得鼓了起来。我刚学会在波菲利岛附近的水域驾船时，查理已经可以把我们带到更远的地方。我们有时进入布莱克湾，有时经过沙加纳什岛向斯维德岛航行。我们偶尔会找到更大更好的浆果地，然后摘几个小时饱满、多汁的果子，它们会被晒干或者腌成果脯，陪我们度过漫长、寒冷的冬天。在无风的艳阳天里，我们也会漫无目的地漂流，船帆若是没有张好，查理就会去整理缭绳，把帆放下来再重新扬起，他很享受这些挑战。埃米莉和我懒洋洋地躺在船上，用手指拨弄着冰凉的湖水。

那年夏天一开始，他就带我们去锡尔弗岛过自治领日[①]，庆祝

① 自1879年起，每年的7月1日是（加拿大）自治领日，纪念1867年加拿大自治领成立。1982年10月27日改名为加拿大日。——译者注

加拿大自治领成立七十周年。

学期结束了，这说明马上又要有很多家庭到锡尔弗岛上消夏，我感觉我们离文明又近了一些。这个季节这里十分繁荣。杂货店里的货架上囤满干货，还有各种便宜的糖果，社区边缘的苏必利尔湖畔向游泳者开放，晚上湖滨点缀着篝火。即将开始的加拿大建国日庆典让我更想出去探险了。查理前一年去了，他跟我们说了其中的各种细节。游戏、食物、烟火。尤其是烟火。即使在全国一半人都填不饱肚子的时候，还是有人放得起烟火。

我们把“甜豌豆号”停在码头，向阿尼·理查森家走去。查理和阿尼在学校是好朋友，他的父母邀请我们去他家住一阵子，说家里有足够的房间，因为阿尼的兄弟暂时不住在那儿。父亲不希望我们大晚上的驾船回家，我也还一直抱着欣赏烟火的念想。母亲最终勉强同意了。

阿尼是五个孩子中最小的一个，五个孩子全是男孩，老四比他大了差不多六岁。他的父亲经常在冬天来到岛上，但是自从他的母亲在六月乘拖船来码头之后，他们全家便正式搬到了这里。

“今年你能赢吗？”阿尼问道。我们从阿尼家走到瑟普赖斯湖，一路上认识了一堆小孩。查理在去年的百米冲刺比赛中输给了威廉堡来的道格·欧文。他下定决心要一雪前耻。

“嗯。”查理说，“我要把那个奖杯带回家。”

“道格今年又来了，”阿尼说，“和他表哥在一块儿。”

查理踢了踢脚下的鹅卵石，扬起了一阵尘土。“我可以赢他。”

我知道他可以。他一直都在练习。他是班里跑得最快的男生，整个冬天都在阿瑟港中学的体育馆里训练。

我们找了个阴凉的地方，在其他人旁边铺开毯子。我积极地感受着周边的氛围，看那些小孩冲进瑟普赖斯湖的凉水里再跑出来，听他们的母亲说笑。这与我所熟悉的那个世界完全不一样。我的母亲从来没有聊过天，也没有度过假。她在这里估计会觉得很不舒服。

查理和阿尼尽其所能参加各种活动。二人三足比赛、套袋赛跑、“手推车”比赛，他们全都参加了，而且在大部分比赛中都拿到了冠军。埃米莉和我观看比赛，我为他们加油喝彩，她像以往那样安静，宁可往后站，远离人群和嘈杂，她对植物和昆虫比对那些试图和她交流的人更有兴趣。查理和阿尼甚至说服我参加了套袋赛跑，但我没有获胜。不过我不在乎。印象中那是我笑得最开心的一次。我跌跌撞撞地穿过终点线，得了个倒数第二名，我跌倒在地上的时间和往前蹦跶的时间差不多长。

还有一个寻宝游戏。埃米莉帮了我。我们和其他孩子跑到灌木丛里，寻找松果、山槭树叶、海鸥羽毛、四叶草、心形石头和驯鹿地衣。我们找到了列表中的大部分物品，赢得了一个棕色的小袋子，里面装了满满一袋糖果。之后，埃米莉一直忙着对付那袋糖果。

终于，到了百米冲刺比赛的时间。

查理、阿尼、道格和其他孩子站在起跑线后。我把埃米莉留在树荫下的毯子上，和其他观赛者一起聚在跑道边——埃米莉有速写本和糖果，看起来非常满足。发令枪响了，人群中爆发出加油的声音。这是当天的最后一场比赛。有不少人都知道查理和道格之间的竞争，至少在年轻人当中是这样，每个人都在期待着这场比赛。

道格开始领先，不过阿尼和查理紧随其后。

“加油，查理！”我喊道，“快跑！再快点儿！”

查理挥动着胳膊，他的表情坚定，注意力很集中。他几步超过了阿尼，然后很快向道格逼近。他们越来越近，有那么一瞬间，我有些怀疑查理——怀疑他到底能不能超过道格。一分一秒是那么漫长，但是，查理离道格的距离越来越近。百米冲刺算不上一个时间很长的比赛，仿佛心脏还没有跳动几下比赛就结束了。但是对我来说，这场比赛持续了很久很久。查理凭借微弱的优势第一个跨过终点线，他只比道格领先了半英尺。奖杯是他的了，他如愿以偿了。

但是道格以为是自己赢了。在查理和阿尼喘着粗气时，他举起双手，在终点线手舞足蹈。查理受不了了，我觉得这是他的错，他应该等别人告诉道格的。查理走到道格面前拍了拍他的胸。

“我打败你了。”他边喘边说，“我赢了。”

道格垂下双手，朝我哥哥冲过来，他们挨得很近，四目相对，他慢慢朝查理逼近。“赢的是我。”

人群安静下来。我看见查理的下巴在动，他双拳紧握。

“拜托，道格。”阿尼说，“是查理赢了。他赢得光明正大。”

“胡说八道。”道格仍然直视着查理的双眼，没看阿尼，也没看安静的人群。我觉得周遭的氛围越来越紧张。“你都算不上是这儿的人。”他向地上吐了口唾沫，“你和你的智障妹妹根本就不属于这儿。”

道格没有看到拳头朝他挥去，但他感受到了疼痛。这一拳把他打趴下了。阿尼立刻抓住查理的胳膊，第二拳没有打出来。道格挣扎着站了起来，擦掉鼻血，有人也抓住了他。

发令员站在他们两个人中间。“够了。”他的声音坚定，透露出一种威严。“这场比赛没人获胜。都离开这里。”

查理挣脱阿尼的控制，然后转身离开。

那一夜，埃米莉和我爬上“甜豌豆号”，离开了码头。湖面平稳安静，我只需要偶尔划一划桨就可以漂进锡尔弗岛和伯恩特岛之间。一轮近乎完满的圆月爬上天空，为我们照明。我听见了音乐，有人在跳舞，查理和阿尼就在那里。所有年轻人都在那里，除了埃米莉和我。我劝说自己，反正我们俩还太小，去不了那种地方。明年，查理就会带我们去了。明年我们就会去舞会了。我们躺在船上，裹着野餐毯，手捂住耳朵。烟花在靛蓝色的夜空中盛开。

第二天，我们坐船回到波菲利岛，不过奖杯并没有和我们一起回去。

31

伊丽莎白

那年夏天还是那么炎热干燥，我们如果热得受不了了，就会去游泳。苏必利尔湖深处揣着冬天的严寒，那里又冷又暗，好像在对我们发出警告，那一年也是如此。扑上岸的蓝色波浪是那么诱人，我们有时候会脱得只剩内衣跳进湖里。一股寒意迅速渗入骨髓，我们瑟瑟发抖，痛苦的同时又觉得很开心。埃米莉从来不游泳。即便是在那样的好天气里，她也只是在漫到脚踝的水里走一走，然后就退到树荫下看查理和我一边挨冻一边互相泼水、哈哈大笑。

在其他日丽风清的日子里，查理会带我们去湖上玩。那些天温暖干燥，查理、埃米莉和我带着甜凉茶，用毛巾包着几块饼干坐“甜豌豆号”在波菲利岬角附近游玩，我们经过无畏岛，还有爱德华岛和布莱克半岛之间的深湾。风不算大，但足够让我们扬帆起航，船尾激起阵阵涟漪，平静的湖面泛起波澜，波浪把小小的“甜豌豆号”送往前方。我们只能在天气好的时候走这条路，查理指南针上的指针会在靠近磁铁岛的时候疯狂旋转，原来“磁铁岛”的名字是这么来的。我们决定把野餐带到普林格尔湾，然后坐在岸边，把脚趾放进水里。

我躺在阴凉的地方看着带来的书，很快，我就从湖岸边来到了一个遥远的世界，和一个叫格列佛[①]的男人一起注视着从书中走进现实的那些迷人的生物。埃米莉带来彼得寄给她的速写本，还带来铅笔，她在纸上画野豌豆。查理冲到前面去探险，他的手上拿着弹弓。

我一定是在做梦，我看到小人国里的人急匆匆地跑到我的腿上，而我躺在沙子里，被想象出来的线限制住了行动。我半睡半醒，昏昏沉沉，在乔纳森·斯威夫特的王国和我的世界之间来回漂流。

“哎呀，下午好，小姐们。真意外啊！居然在这么偏僻的地方遇见你们。”

我被吓醒了，第一件事就是习惯性地去看我的妹妹在哪儿。她还坐在那里，仔细地画着野豌豆的紫花和卷须，还有刚刚长成的细长豆荚。她似乎并没有注意到沿着岸边向我们走来的那一男一女。

我站了起来，把浅色棉布裙捋平整，斜着眼睛看着那个年轻

① 此处指《格列佛游记》的主人公。《格列佛游记》的作者即后文提到的乔纳森·斯威夫特。——译者注

的男人。他说话带点儿外国口音，就像是刚从我的书里走出来。他有六英尺高，很苗条，长胳膊长手指，两只淡褐色的眼睛离得很近。他刮过脸，但黑色的胡子印儿隐约可见，看来那天没刮胡子。他的棉布长裤在膝盖处有一些污迹，衬衣袖子被卷了起来；他的头上戴了一顶宽檐帽，肩上挂着一个小背包。

一个女人走在他身后几步远的地方，她看起来很单薄，像是一个少女，不过仪态又稍显成熟。她在岸边挑着落脚的地方，高温和阳光让她的脸有些泛红。她的鼻子和两颊上有一些雀斑，头发盘在脑后。她头戴一顶宽边帽，不过与她的同伴的帽子不大一样。她穿着长裤，裤腿卷到了脚踝那里，她还在腰上系了一条绳子当腰带。她没有我高，有着一双纤弱的手；一对碧绿色的眼睛不停眨着，好像对一切都很好奇。

那个男人伸出一只长长的胳膊和我握手问好："我是艾尔弗雷德。"

我握了握他的手。

"这是我的妻子，米莉。"

"我是伊丽莎白。那是我的妹妹，埃米莉。她不怎么说话。"我补充说，陌生人在见到埃米莉之后总觉得她有些奇怪。希望我说的话可以让一切稍显自然。"我的哥哥查理在这附近。"

我注视着树林，想着查理可能会听见我们的对话，然后出现。我不害怕，一点儿都不害怕，但是在这样一个孤立的岛屿上出现两个陌生人让我觉得有些可疑，而且那时的我才刚刚走出

《格列佛游记》的梦境，还没有定下神来。

艾尔弗雷德转过身去仔细打量“甜豌豆号”。“你们是航行过来的吗？”

有时候成年人问孩子的问题真是稀奇古怪。我忍住没有略带挖苦地说“我们其实是乘着一群鸬鹚拉的船飞过来的”。当然，他只是在套近乎，他一定以为自己已经来到了文明的边缘。在这样一个人迹罕至的岛屿，小木船上的孩子又能听得懂什么？我说：“查理是一个非常好的水手。”

“你们从哪儿来？远吗？”

“不怎么远。波菲利岬角的灯塔。”

“啊，是的，大概在爱德华岛的另一边。”米莉说。我看见她一直在盯着埃米莉。

艾尔弗雷德围着“甜豌豆号”打转。“这船真是个不错的小家伙，对吧？”

我点了点头。“我们在灯塔用它来和补给船对接，运送食物什么的。还可以捕鱼。父亲买了一个可以放在外面的马达，桅杆不用的时候也可以收起来。但是查理还是喜欢把帆扬起来。”

我看着米莉，她一直在看埃米莉，艾尔弗雷德则在查看这个“不错的小家伙”。

我没忘记要保持礼貌，于是也适当地问了他一些问题，眼睛却一直注意着埃米莉。

“你们在这里有船吗？”

艾尔弗雷德从口袋里掏出一条手绢，擦了擦他的眉毛和脖子。“只有一条小独木舟。够用啦。米莉和我划船。没有帆也没有发动机，只有我们的手和船桨。”

不知为何，我觉得艾尔弗雷德不像是一个很会划船的人。看起来他在苏必利尔湖里并不会十分舒服或者从容自信，尤其是在刮大风或有大雾的日子里，夏天暴风雨激起的浪比他人都高。虽然独木舟有时候也会停在灯塔附近，不过划船的人往往看起来都比他更有经验。

“这面湖对于一只独木舟来说实在是太大了。”

埃米莉画好了，她把彩色铅笔和速写本放在一块石头上，在沙滩上紧跟着一只黑色的甲虫。那甲虫急急忙忙跑过鹅卵石，然后将自己埋到沙滩里，直到在滚烫的沙子中消失。埃米莉想知道它究竟去了哪里。她等待着。

米莉看着埃米莉。

“是啊。”艾尔弗雷德站在那儿，盯着“甜豌豆号”，“哦，对！我们是坐一艘拖船从阿瑟港来的。‘詹姆斯·惠伦号’，我记得那艘船叫这个名字。独木舟也是绑在甲板上运过来的。我们是在两个礼拜前下船的，再过两个礼拜它就要回来了。我们只是在用独木舟探索这座岛而已。”

埃米莉的速写本引起了米莉的注意。在我发出警告之前，她已经弯腰将它捡起来了。埃米莉立即伸手把它抢了回去，紧抱在胸前。

“女士，请您……”我不知道该说什么好。我们当时还不像现在的年轻人一样，习惯直接称呼成年人的名字，不过我确实不知道米莉的姓氏。“米莉女士，埃米莉……我的妹妹，她有一点儿……”我不想说她奇怪，虽然大多数人认为她就是挺奇怪的。我不想说她与众不同，但她就是与众不同。“她有一点儿特别。她不喜欢……”

米莉蹲了下去，摸了摸埃米莉的肩膀。

埃米莉尖叫了一声。她反应很强烈地挥动着她的胳膊，把那个女人推倒在地。我跑向埃米莉。艾尔弗雷德跑向他的妻子。

查理在那个时候出现了，他爬上远处的岩石然后疾速跑过来。“搞什么鬼？”

米莉没让她的丈夫把自己扶起来。“我没有权利这么做。我道歉。这完全是我的错。”

她的帽子掉了下来，红金色的头发像波浪一样在肩膀边散开。我从来没有见过这样如晚霞一般颜色的头发。埃米莉也注意到了。她挣脱了我的双手，朝米莉走去，握住了她的手。

“埃米莉！”查理的声音像他的步伐一样坚定。

“不，请不要阻止她。”米莉的话掩饰着她的紧张，“这样没关系。随她吧。”

埃米莉让盘绕的碎发掉下来，又去摸米莉脸上的雀斑，她灰色的双眼睁得大大的，充满好奇。她拉着米莉的手，撸起了她上衣的袖子，在她的胳膊上来回摩擦着手指。

“够了！”艾尔弗雷德向他的妻子靠近了一步。

“艾尔弗雷德。”米莉制止了她的丈夫。

埃米莉继续温柔地探索着，然后她开始注视那双碧绿的眼睛。米莉和她四目相对。埃米莉和别人相互对视，这很不常见，她原来只会和我这样。

埃米莉转身离开的时候，我才发现我一直屏着呼吸。我叹了口气。

埃米莉坐到一块石头上，手里捧着速写本。米莉坐在她的身边，拿过速写本，仔细地看着每一页纸、每一张画，每一幅都会看很久，然后再继续看下一幅。查理、艾尔弗雷德和我都像局外人一般看着她们俩。埃米莉当然还是一言不发。米莉也是。她只是仔细地看着那些画，一页又一页。她终于看到了最后一页，过了一会儿，她合上了速写本，看着埃米莉。

“太棒了。”她转向丈夫，眼中闪着光，“简直太棒了。细节部分画得非常好。艾尔弗雷德，她画了一株北方对叶兰和一棵珠芽蓼。这里有生长在北极地带的植物，以前从来没有人记载过。但是这个，”她又一次打开了速写本，快速翻到那幅我很熟悉的植物速写，“这是最独特的。”

我们把这种植物叫作“恶魔棍”。它很大，能长到我这么高，甚至比我还高。它的叶子和枫叶很像，还会结出鲜红色的浆果，母亲和我们说过，千万千万不能吃这种果子。但是这种植物最与众不同的地方是，从茎到叶，它全身都覆盖着又长又尖的刺。

米莉看着查理和我，问道："她去过什么别的地方吗？比如说西边？或者很远的北方？"

"没有，女士。"查理回答说，"她几乎就没离开过这座岛。"

米莉站了起来，说："你一定要把我们带过去，给我们看那些植物，让我们看看她是在哪里找到它们的。"

她行动起来，仿佛已经准备好随时坐那艘小小的"甜豌豆号"出发，或者直接走过树林。我以前从来没有真正仔细地看过埃米莉的画。一直以来，我都没有很关注它们，只是觉得它们很可爱，画得非常仔细，颜色也好看。但是米莉的兴趣却被大大地激发出来了。

先说话的是查理。"什么是北方对'夜南'？"

"北方对叶兰。"米莉纠正道，她的激动之情溢于言表，"这是一种兰花，一种很可爱精致的绿花，形状像小舌头，非常罕见。哦，它不像凤仙花那样艳丽，看起来像莫卡辛软皮鞋似的。这种植物我找了很久了。还有这种北美刺人参，也就是恶魔棍，在这附近有吗？"

我们在他们的营地里喝了几杯茶，得知艾尔弗雷德在英格兰研究植物学，专攻泥炭土和湿地植物。米莉是英属哥伦比亚大学的学生，正在写一篇关于兰花的论文。她曾师从著名博物学家约翰·戴维森，并且在西海岸的古老森林中当过野外助理员，在那里恶魔棍很常见。

"我们一年多前见的面。"艾尔弗雷德说，"在大学里。"

“他在做一个讲座，关于泥炭藓的。”米莉接着说，同时递给我们一罐饼干，“在低酸度泥沼中还能长好的植物品种不多，兰花就是其中一种，于是我们很快就找到了一些交叉的研究领域和共同点。”

他们在来苏必利尔湖畔进行调研的一个月之前结了婚。他们带来一份列表，上面有各种据称生长在这座岛北岸的兰花。他们还带来了一些零零散散的野营装备。

沙滩上的茶话会结束之后，他们便把营地迁走了，迁到爱德华岛靠近老矿井的地方，这样他们更容易划那条独木舟去船港，或者到灯塔附近找埃米莉和我一起到处走走。查理要照看灯塔，还要做一些杂活，只能不情愿地看着我们四处探险。我们带这对夫妇去了各处沼泽，埃米莉带路，我的职责就是协调和翻译。

我们带他们看了长着恶魔棍的地方。母亲跟这种植物打了无数次交道，她小心地避开危险的茎，挖出地下的浅根，用这个来做药酒和膏药。我没能欣赏到它们的迷人之处，不过米莉觉得很高兴，所以我也很高兴。

那年夏天很干燥，但是我们仍然饱受蚊子的折磨，因为我们在湿地里来回转悠。米莉的帽檐上挂着网眼布，这样她精致的脸庞就不会受到蚊虫叮咬，但是埃米莉很容易招蚊子，即使米莉恳求她，她也不会下到沼泽地里。那些天，我们坐在沙滩上，湖面吹来的清风把蚊虫都吹跑了。米莉总是能找到观察的东西，她拿出她的野外记录和指南，开始写观察日记。她对埃米莉十分有耐心，但我依然觉得我有必要在那里，当一个如影随形的保护者。我们是一个整体。

我被米莉迷住了，她那散发着光泽的头发和对科学的执着都深深地吸引着我。她年轻貌美，还很聪明。而且她还穿男人的裤子。她和我以前见过的女人都不一样。我们常常讨论书籍，她答应我在秋天回到多伦多之后，会复印她最喜欢的小说给我寄来。她经常笑，她的笑容如同夏天的雨一般清新。

他们参观了灯塔。米莉和埃米莉坐在一起看速写和笔记，艾尔弗雷德和我的父亲点燃烟斗，坐在灯塔阴影下的木椅子上谈天说地，从政治和欧洲愈加紧张的局势说到草原干旱的问题，然后再说到经济大萧条，他们说现在的经济局势使得有能力、有干劲的年轻人都养不起家。

艾尔弗雷德是一个环保主义者，现在环保主义很流行，但是在那个时候他可算是个先驱了。他非常不满人们对待野生动物的方式，人们倾向于消灭被视为“有害”的动物，这让他很沮丧。他争论道，像狼这样的动物在自然社会的各个层级都扮演着十分重要的角色，不分青红皂白地将其宰杀会破坏生态平衡，影响到野生动物的保护，甚至威胁到一些珍贵物种。

父亲不同意。他说，这不是丛林法则，而是科学家的法则，科学家远离岸边、森林和生物，他们远离现实。他争论说狼杀死了太多的驯鹿，如果不加以控制，将会使驯鹿从五大湖地区的森林中灭绝。但是我注意到，在他辩驳的时候，他的眼中有光在闪烁。他享受这种辩论。艾尔弗雷德和米莉出发寻找罕见的兰花的时候，一定也想不到会与远在某个小屿上的灯塔看守人进行如此有深度的科学探讨。我静静地坐在父亲脚边，边听边学。

我的母亲没有停下来和我们坐坐的意思。母亲不喜欢米莉的裤子和披散的头发，也不喜欢她在两个男人对话时插话——米莉经常不同意其中一个人的观点。在这个年轻女人称赞埃米莉的才华，说她在绘画方面天赋异禀时，母亲嗤之以鼻。我知道母亲对她所认为的游手好闲充满鄙夷。埃米莉不会做饭，不会给兔子剥皮，不会洗衣服打补丁，也不会织袜子砍木头。母亲觉得对未来有帮助的那些技能，埃米莉一个也不会。

那一年，一只红狐狸在波菲利岛安家落户，春天的时候它就在冰上转悠，肚子里已经怀了好几个小崽子。埃米莉和我在五六月的时候看见它好几次，它在我们院子周围悄悄走着，它的乳房又长又黑，眼睛锋利敏锐。为了给肚子里的孩子寻找食物，它时刻竖立着耳朵。

终于，埃米莉发现它的窝就藏在一堆石头后面，她带我过去指给我看。夏天的时候，我们在那里看了好几天小狐狸崽子。总共四只，它们在离洞穴不远的那片空地上，厮打在一起。埃米莉慢慢地靠近它们，用舌头发出声响，她灰色的眼睛使它们平静下来，它们用尖尖的黑鼻子摩擦着她的指尖。

米莉可以像我们一样在那里度过几个小时，就只是看小崽子们可爱的样子。当它们靠近埃米莉咬她裙摆的时候，米莉十分惊讶。我的母亲总是很忙，不是在洗洗刷刷就是在缝缝补补，或者在院子里除杂草。就算她空闲下来了，我也从没见过她为了消遣去读读书看看报。她从来没有停下来思考过天边的云彩是什么形状，也没有采过一束野花。我想拥有米莉那披散的头发。我想穿便于在树林里行走的裤子。我想加入有深度、有意义的对话。我想自由自在地大笑。

“詹姆斯·惠伦号”按计划来把艾尔弗雷德和米莉接走了。他们把独木舟抬上甲板，将帐篷和板条箱放在下面。他们在一些小袋子上认认真真地标上日期、地点、科、属、种，袋子里装的全是植物标本。

我们再也没在岛上见过米莉和艾尔弗雷德，但我们一直保持着联系。断断续续的通信连接着这个荒无人烟的小岛和安大略省北部、英属哥伦比亚大学的研究所，以及备受战争折磨的英格兰城镇。当我需要他们的时候，当我不得不为了埃米莉而抗争的时候，他们向我伸出了援手。

32

伊丽莎白

彼得那一年没有回岛，一次都没回。他想成为一名医生，这个梦想仅靠灯塔看守人微薄的工资是无法实现的。但是我的哥哥下定了决心。在大萧条最严重的时候，他还能保住一份工作，在政府资助的劳教所里挣着一点点钱，那里给他提供食宿，这些足以维持他的生计，甚至还能剩一些零钱攒起来。我为他感到骄傲，也羡慕他可以去上学，可以为了实现自己的梦想而努力奋斗。他比我大很多，所以我实际上有些敬畏他。他相貌英俊，个子很高，皮肤黝黑，兼具诗人的情怀和神秘色彩，是一个非常聪明的人。查理呢，像父亲一样是金发。他更多的时候是在家里戏水，总是吵吵嚷嚷，恨不得一有机会就和别人打一架。我的这两个哥哥就像海鸥和乌鸦那般截然不同，对他们两个我都爱得很深。

那个政府项目告一段落后，尼米再次借了一间房给彼得住。夏末，查理就要回阿瑟港了，他暗示我们说，也许尼米这么做是因为他的女儿玛伊吉利斯。玛伊吉利斯只比彼得小一岁，长得很丰满，金发碧眼。她剖鱼的速度不输给任何一个男人。但是她那一年没有去捕鱼营地，而是去了坐落在芬兰工人堂[1]地下室的霍伊托餐厅的厨房工作，她给芬兰社区的人端自制的饭菜，在晚上还会煮很浓的黑咖啡给彼得喝，彼得晚上就在油灯边学习。

夏末，只剩一只小狐狸了。我给它起了个名字——希斯克利夫[2]，不过后来发现它是只母狐狸。它块头不小，毛色很深，结实敏捷，似乎已经摆脱了幼崽笨手笨脚的样子，不过它还没有完全长大。埃米莉就像是和这只小狐狸从一个窝里生出来的一样，它常常兴高采烈地在埃米莉脚边跳来跳去，或者在她画画、我读书的时候蜷成一个球躲在树荫下。希斯克利夫的妈妈和兄弟姐妹们不见了，我希望它们离开了这座岛，最好是一个接一个地游过沃克尔深湾，搬到爱德华岛上去了。但是我知道，先是我们家的小鸡不见了，然后父亲每天清早都带着猎枪出门，之后，那些狐狸就都不见了踪影。

劳动节[3]慢慢到了，日照时间渐渐变短，气温越来越低，总算过了让人热得喘不过气的时候。对于那些逃离城市生活、在锡尔弗岛木屋度假的人来说，这个季节已经结束了。要抓紧最后一次探险的机会，在这沁凉碧绿的苏必利尔湖里划着小船痛痛快快

① 芬兰工人堂，加拿大桑德贝的地标性建筑，是芬兰裔加拿大人的文化和社区中心。——编者注

② 希斯克利夫，《呼啸山庄》中男主人公的名字。——译者注

③ 每年九月的第一个星期一是加拿大劳动节。——译者注

地玩一场，在下午跑到树林里玩捉迷藏，躺在温暖的沙滩上，海鸥在头顶飞过，带来一阵风。他们涌到波菲利岛岸边，带着满满一篮子火腿三明治和土豆沙拉，在地上铺上毯子。

查理已经回到阿瑟港，只剩埃米莉和我在这些人进港的时候迎接他们的船，抓住船上的绳索拴在码头桩上。大人们开始在岸边生火、烧水、煮咖啡，孩子们跑到树林里，从小路跑到岛的东岸。有两个男孩我第一次见，他们是埃弗雷特和他的兄弟杰克——阿尼·理查森的表兄弟，从多伦多来。与那些来过很多次的人不同，他们和埃米莉也是第一次见。埃米莉没有看他们，不过，那时她谁也没看。她跟在我们后面，保持着一定的距离。希斯克利夫早已消失在树丛中。

我们坐在沙滩上，在沙子和黑色鹅卵石中寻找被浪花冲刷打磨过的玻璃和贝壳碎片，它们看起来就像闪闪发光的珠宝，等待人们在发现之后把它们带离这临时的居所。

“你妹妹没事吧？”那个叫埃弗雷特的男孩问。他捡起一块扁平的石头打水漂，六、七、八次，石头在水上跳了八次，然后他得意地转过来看着我，好像我应该崇拜他。埃米莉坐在离我们有一定距离的地方，她望着远处的波浪、无畏岛，还有水中央的船。

“她没事，只是有点儿害羞而已。”我说。我只想解释这么多。我也只需要解释这么多。我捡起了一块石头，手腕发力，那石头在湖面上弹了八次、九次、十次。可能我不应该这样做。

埃弗雷特躲开了我，对所有人说他觉得很无聊。“这个地方太无趣了。”

阿尼来过很多次。他知道这座岛上的秘密。他知道如何让城里来的男孩提起兴趣。“你敢去墓地里走走吗？”他说。

埃弗雷特捡起另一块石头扔到了水里。这一次它没有弹起来。“我总是在墓地里走啊。多伦多到处都是墓地。”

“是啊，但这可是一块印第安墓地。对吧，伊丽莎白？”阿尼看着我，目光闪烁，“她妈妈的祖先很了解这个地方。这里经常闹鬼。这块墓地很老了，甚至比锡尔弗岛还要老，有它的时候可能白人还没来过呢。只有最伟大的勇士才会被埋在那里。他们说这是块神圣的地方，连接着活人居住的世界和——”他顿了顿，降低音量，我们情不自禁地往前靠了靠，听他接着说“死人的世界”。

这是我第一次听说这个故事，不过我不敢反驳阿尼。我们并不会宣扬印第安文化，我对我母亲的家族也知之甚少。

年轻人的想象力就如同肥沃的土壤一般。阿尼继续播撒着故事的种子。

“那些勇士在两个世界之间漂流，他们的脸上、身体上涂着战斗时才会抹的红、黑、黄色颜料，一道又一道。他们披着还在滴血的熊皮，就像披着披风一样。他们还戴着用神秘的大乌鸦的羽毛做的巨大头饰，乌鸦是来自地下世界的幽灵！他们可怕、怪诞、残忍的尖叫声划破夜空，那是对生者的警告，是对死者的宣战。”阿尼暂停片刻，我们完全被他的故事吸引了。“他们划着桦树皮做的独木舟，等着把刚死的人带到地下，那些独木舟被施了咒……如果你在月圆之夜到那里去，就会从树缝里看见鬼魂。”他的声音越来越轻，随后他回头看了看。我们也都回头看，可能都想看看会不会有一只躲起来的熊一闪而过，或者看见一片乌鸦羽毛。“但是，如果鬼魂看见了你——”阿尼又顿了顿，他的目光扫过我们每一个人，“他们就会把你抓走，把你带到地底下。然后，你就永远都不能……逃离那个世界。”

埃米莉和我带着米莉去过那里，带她看了那块长着恶魔棍的沼泽地，它们长在树木之间，又高又壮。有时候母亲会让我们去采集恶魔棍的根。对我来说，那块静谧的地方可以让我沉静下来。我不觉得那里闹鬼，也没有想过我的祖先。我们从未对传统念念不忘。我们没有成见，但那种成见可能已经流淌在母亲的血液里。

直到那一天。

“小孩子玩的把戏。”埃弗雷特很肯定地说。

通常这就说明他接受挑战了。吃完晚餐后，探险开始了。灯塔的光刚开始在湖面上来回扫动，不过船还没有回到锡尔弗岛。每个人都要冒着被勇士幽灵抓住后在死亡之地度过余生的危险轮流走到墓地里去。

太阳渐渐下山，我们离开噼啪作响的营火，大人们说话的声音越来越小，月光照耀着我们前行的道路，似乎也在烘托气氛。埃米莉没有和我们一起来。她走了有一段时间了，就这么悄无声息地消失了。这就是她的风格。

我们看起来都很有信心——女生笑个不停，男生说个不停。

没有正规的大路通往墓地。我在树林、灌木丛中领路，终于到了。我开始有些犹豫。并不只有我一个人这样。咯咯笑的声音停止了。男孩们也都沉默不语。然后，埃弗雷特向前走了几步。

“你们就是一帮没用的胆小鬼。”他边说边走进了树林里，“你们到另一边等着我吧。”他在夜色的笼罩下走进了树丛。

一只雌狐狸叫了一声。那声音很像孩子的哭叫声，也很像一个不死的印第安勇士从坟墓中发出的哀号，他要上来把这些小孩拖到受诅咒的地狱里去了。我一听就知道这是希斯克利夫的叫声，但是我后脖颈上的汗毛还是竖了起来，那声音渗入了我的脊椎。我们更安静了，大气都不敢出一口，时间一分一秒地过去。黑暗将埃弗雷特完全吞噬。

“那是鬼吗？”杰克发着抖小声说。没人回答他。

“我们要不要跟着埃弗雷特？”阿尼说。他知道他说的那个故事完全是瞎编乱造，但他还是像剩下的人一样站着，一动不动，凝视着那片古老的安息之所，那里栖息着几百年前曾在这片土地上行走、在这面湖里划船的人们。希斯克利夫的叫声响彻树林。

在听见埃弗雷特的尖叫之前，我先看见了埃米莉。她在树林中行走，白裙子在月光下发出冷光，她的黑发松散地披在肩膀上。她离我们越来越远，向着希斯克利夫的声音的源头走去，我还没来得及叫住她，埃弗雷特就先发出了尖叫。他的叫声里饱含恐惧，我知道他也看见了埃米莉，他的视线已经被印第安勇士的故事和光影的把戏所蒙蔽。他在树林里狂奔，在半明半暗中跌跌撞撞，惊慌失措。

阿尼向他叫道："埃弗雷特，这里！我们在这里！"

"哦上帝啊！哦上帝啊！"他绝望地喊道，"救命！来个人救救我！"

我叫住埃米莉，向她走过去。路上都是倒下的树木和长着恶魔棍的沼泽，我小心翼翼地走着。她没有看我，而是继续向希斯克利夫的方向走去。月光散发出蓝色的光辉，埃弗雷特飞速跑开，时不时回头看看她，他脚下一滑，跌了一跤，碰到了恶魔棍的刺。他痛苦地挣扎着，注意力不再放在那个向他移动的幽灵身上了，因为那刺扎到了他的肉里。埃米莉弯下腰，噘起嘴，用舌头发出声响，好像在逗狐狸。希斯克利夫从阴影中走了出来，从埃弗雷特身边溜过去跑到她的身边。她转过身来看着埃弗雷特，灰色的眼睛仿佛能看穿一切。

阿尼和其他人赶到埃弗雷特跟前，把他拉了起来。他的脸上受了点儿伤，胳膊和手上也被那些刺划出了不少伤痕。他的裤子前面沾上了脏水。他甩开那些拉他起来的胳膊，用手背擦干脸，转身走了。我希望他就这么走下去，其他人也可以跟着他离开这里。不过，他只走了几步就停了下来，他转过来盯着埃米莉，盯着那只蜷缩在她脚边的狐狸。

"你这个该死的印第安女巫。"他声音嘶哑，像是在耳语，"我会让你付出代价的。"

他说到做到。

33

伊丽莎白

冬天渐渐来了，白天越来越短。来这里度假的人在劳动节的短途旅行后没有再回到岛上，但是希斯克利夫经常回来。埃米莉和我常常把一些鹿肉和猪肉皮送到柴棚旁边的一块平整的大石头上，为了防止被父母发现，我们会把这些东西藏到裙子下面带出去。它长得很好，皮毛散发出光泽，尾巴蓬松。它总能抓到老鼠和鸟，因此我们提供的这些食物就变得不那么重要了，不过也可以让它换换口味。为了埃米莉，父亲对它视而不见，于是我更爱他了。甚至连母亲都开始在一个破旧的罐子里留一些剩饭给埃米莉，让她在晚饭后带出去。我们家已经没有鸡让狐狸惦记了，仅剩的那几只母鸡早就不生蛋了，它们已经在汤锅里找到了一生的归宿。不过我还是很担心它的命运，因为季节一变，鸡笼里就又要生机勃勃了。

我其实根本就不需要担心。

我将永远记住那年冬天，理由有两个：一个是“哈特内尔号”失事，另一个就是希斯克利夫的死。

是希斯克利夫警告我们，在皇家岛和波菲利岛之间狂风呼啸的船运通道上，一场灾难正在发生。

我睡在床上，勉强可以听见灯塔发出的嗡嗡声，还有风浪的怒号—— 一场初冬的风暴席卷了这面湖。我猛然惊醒。似乎有什么东西惊扰了我的梦。我定了定神，适应了眼前这一片黑暗。然后我听到了狐狸的叫声。

我本能地想碰碰埃米莉，但我的手只碰到了空空的床铺，床上还剩一丝余温。

希斯克利夫又叫了一声，我知道埃米莉已经去找它了。

母亲和父亲还在沉睡。他们居然同时睡觉，还是在天气这么差的时候，这很罕见。他们一般会轮流守夜，检查灯塔和燃料供应情况，他们还会测风，然后把这些都记录在工作日志中。他们太累了。但是灯塔依然在闪烁，我没看到哪里出了问题。我穿上靴子和夹克，风暴的喧嚣掩盖了门被风重重掼到墙上的声音。我把门拉上，然后看着灯塔照在黑色水面上的光。风中的雪花在光线中跳着舞，在这座岛周围搭起了闪烁的幕布。

地面上覆盖的那层稀薄的雪反射出明亮的光，路被照亮了。路上的石头很粗糙，我十分小心。湖面上卷起了一阵风暴，波浪用力地拍打着岸边，与落雪混在一起。

埃米莉站在岬角，看着黑色的水面。希斯克利夫离波浪可以打到的地方还很远，它在湖滨的高地上走着，竖着耳朵，时不时发出叫声进行警告。

妹妹四处乱走的行为让我觉得厌倦了，她的自私害我在这样的夜里跟着她跑来跑去，还要冒着受伤摔断腿的危险把她拖回我们温暖的家，让她回到床上。这是印象中我第一次对她发火。

“埃米莉！”

我的声音被风雨带走。

“埃米莉！”

我叫她的时候，她转过身来看着我，然后又转回去看着水面。她举起一只胳膊，伸到了黑暗中。灯塔的光线扫到了斑驳的黑色幕墙，我隐约看到一条船，它的处境十分危险，浪花把它卷向波菲利岬角的黑色火山岩。它的引擎已经停止工作，船员在弃船之前可能还在挣扎着想要控制它。

我离开了埃米莉，她穿着一身白，站在灯塔下方的黑色岩石上。几分钟之后，我把父亲叫来，他去开“甜豌豆号”，舷外发动机发出一阵咆哮。母亲开始生火，烧水。

等待是无止境的。埃米莉拒绝走过来，于是我也和她一起站到岬角上，我们裹着羊毛毯，看着面前支离破碎的景象，这出悲剧在灯塔的照耀下更具戏剧性。“哈特内尔号”是一艘货船，它的最后一次航程似乎是从德卢斯出发，我只能推测它是如何被风吹离航线的。为了避开十一月的大风大浪，船员们决定在皇家岛周围或者麦喀戈湾附近找个地方避一避？也许吧。如果真的是这样，他们可就大错特错了。在灯塔的照耀下，那艘船没有目标地漂着，风浪推搡着它，直到它最终搁浅，金属船体在波菲利浅滩上永远地沉睡。

黑暗中传来叫喊声和舷外发动机的声音。埃米莉和我手拿提灯，“甜豌豆号”就在岸边。有五个人挤进了我们的小船，他们浑身湿透，瑟瑟发抖，脸色苍白，眼中满是惊慌和恐惧。

“把他们带到你母亲那里。让他们烤烤火暖暖身子。”

父亲在“甜豌豆号”的船尾说，岸边的浪花把小船推得东倒西歪，他的身上也被浪打湿了。

“还有三个人下落不明，其中还有一个女人。”

我的心被揪住了。船长的孩子、妻子一起随船出游的确很正常。慢慢地，我看不见父亲了，发动机的声音也逐渐消失。

母亲让那些人脱掉衣服，披上暖和的羊毛毯，还给他们喝浓咖啡。他们死一般沉寂，心有余悸地坐在那里，牙齿打战，皮肤发红，不停地喝着手中的热饮。

把这些人照顾好之后，母亲又把注意力转移到埃米莉和我的身上。我们换上了干衣服，坐在火炉前伸手取暖。不过，埃米莉仍在发抖。母亲用手捧着埃米莉的脸，大拇指摩挲着她苍白的小脸蛋，直到埃米莉灰色的眼睛和她四目相对。然后，母亲坐下来给埃米莉梳头，她的头发就像乌鸦羽毛一般乌黑发亮。

这些人慢慢打破沉默，跟我们说了事情的原委。“哈特内尔号”的引擎在离帕西吉岛两英里的地方失控了，工作时长不到 2 200

小时。扑上甲板的巨浪撞开舱口盖，发动机舱被水淹没。那艘船上装有后桅，他们扬起帆，想改变航线，去皇家岛附近躲过暴风雨，然后前往阿瑟港修理船只。但是，风浪越来越大，这艘船在午夜时分完全失去了控制，前进的方向和距离长短完全取决于风向和风力大小，之后便撞上了无畏岛的岩石。他们跳上救生艇，开始弃船。第一个船员爬上救生艇帮忙，船长的妻子也爬了上去。就在这时，一道巨浪打向救生艇，救生艇与“哈特内尔号”分开，已经上艇的三个人跌入了漆黑的苏必利尔湖中。

苏必利尔湖完全可以决定他们的命运，对此我深有体会。一旦有人掉进冰冷的湖里，苏必利尔湖便不会轻易地放他走。裹着毯子坐在这里的几个人也明白这一点。

父亲去了好几个小时。风还在怒号，太阳出来以后风似乎才稍微小了一些。阳光给这座白雪皑皑的小岛播撒了一些光和热，然而一切都是徒劳。清晨，父亲出现在家门口，一言不发地摇了摇头。

那些人和我们一起住了三天。父亲想办法和海岸警卫队的人取得了联络，“詹姆斯·惠伦号”过来把他们接走。救援船不久之后也来了，“哈特内尔号”被拖离礁石，移到了阿瑟港的船坞，整条船被拆得七零八落。

那三天，埃米莉一直在岸边徘徊。“哈特内尔号”装运的零碎货物被冲上岸——木板条箱、罐头、浮标、纺织品碎片。希斯克利夫一直都在不远处，从黎明到黄昏，它一直是忠实的伙伴，陪伴着埃米莉进行虔诚的朝圣之旅，有时候她会停下来捡一些漂上来的货物。我无法理解她的心思，不过埃米莉有太多让我无法理解的地方了。

第四天，我们发现她坐在一个女人的尸体旁边。

父亲看见了她们，他停住了脚步——埃米莉是那么小，那么脆弱，她蜷缩在那具尸体的旁边——把我叫住。埃米莉拿下她的红色羊毛围巾，把它盖到了尸体身上。围巾的一端落入水中，随着波浪漂荡，仿佛活了一般。当时我的脑子里只有一个想法，估计父亲心里也只有这一个想法，那就是让埃米莉离开那具冰冷、发胀的尸体。“见鬼！快把她带走，丽兹。快把她带回家。”

我照他说的做了，但是在那之后我突然觉得不大对劲。那个女人被冲上岛屿的东岸，但她并不应该出现在那里，那几天的风应该把她吹到别的地方。埃米莉，我亲爱的小埃米莉是不可能把这具尸体拽上来或者放到那里去的。我意识到有人动过那具尸体。有人把她放在了可以被人发现的地方。那个人了解风向和波浪前进的方向。那个人知道灯塔看守人的女儿会在岸边徘徊，在水里找东西。我们所有人都看不见那个人，除了埃米莉。

我知道那个人是谁了。

埃米莉跟着我走了，我环顾四周，想看见树丛中那个人的黑色胡子和那身鹿皮大衣。他现在是不是也在看着我们？我不禁打了一个寒战，把埃米莉往身边拉了拉。

34

摩　根

伊丽莎白说着故事，我看着摊在身边的日记。她的回忆与这些日记里的内容相互呼应。

“是格雷森，对吧？”那些碎片拼到了一起，“那个失踪的灯塔看守人助手。”

“是的。”她说，“我那时候不知道是他。那个时候，我以为他是……我不确定我以为他是谁。”

“希斯克利夫怎么了？”

“啊，对。它二月的时候就不来了。我以为它从冰上走到其他岛上去找伴儿去了。埃米莉也不怎么关心这件事。这是动物的天性，虽然我们俩很享受和这只小狐狸一起度过的时光，但它终究是一只野生动物。可惜事实并不是这样。

“那年冬天我陪父亲去城里。我们乘狗拉雪橇从锡尔弗岛前往阿瑟港，桑德湾被冻得很结实，‘沉睡巨人’盖着雪花织的毯子。

这是一次很刺激的旅行。在城里的时候，我们在坎伯兰大街的一家商店停了一下，这家店拿捕兽器、工具、炮弹换猎人打来的野兽毛皮。我们在那家店里的时候，一个男人走了进来。他站在阴影中，手里拿着一捆毛皮，那时父亲正好完成了一笔交易。那个男人穿着鹿皮大衣，戴着皮帽，不过背对着我。我觉得我们似曾相识，但我想不起来究竟是在哪儿见过他。他感受到了我的目光，转过来看着我。他的脸上伤痕累累，满脸的黑胡子也无法完全掩盖住那些疤痕。我往父亲身边挪了挪。我以前见过他，只有一次，但我见过他，那是一个寒冷的冬天，当时他躲在树丛中，一匹独狼，摆脱了狼群。

“在他那堆毛皮的顶端是一张狐狸皮，那只狐狸颜色比一般的狐狸深，油光锃亮。我伸出手去摸那块狐狸皮。我确定那是希斯克利夫。也许它不小心落入了陷阱，这陷阱本来是用来抓山猫或者貂的。也许吧。这个男人的目光与我相遇，然后很快便看向了别处。他消失在阴影中。我在那眼神中看到了羞愧与悲伤。我永远不会忘记那双忧郁、焦虑的眼睛。这件事我一直没有告诉埃米莉。”

几分钟过去了，我一句话都没说。我知道她陷入了沉思。她正在拼自己的记忆拼图。

“那是你哥哥驾船去波菲利岛拿日记的原因吗？”

“不。查理一直不知道这个男人。没有一个人知道。除了埃米莉和我。然后还有你的外公。”

“对，所以这一切跟我外公又有什么关系呢？”虽然我觉得利文斯通女士的故事很吸引人，但是这一切和我的外公又有什么联系呢？是他的小提琴和他收藏的埃米莉的画引起了这一切。而这些跟我似乎半点关系都没有。

“这些都很重要，摩根，不过并不能用三言两语说清楚。”利文斯通女士一直坐在椅子上，“你的外公之后会在这出戏里扮演一个重要的角色。”

我的嘴巴很干。宿醉很容易让我暴躁。我闻到了嗓子眼儿里冒出的酒味。不知道现在几点了。房间越来越亮，太阳一定升起来了。门没有关紧，走廊里传来嘈杂的声音，生活在继续。脚步声、关门声、说话声……马蒂在远处吹着口哨。我闻到了咖啡和食物的味道。我想到了劳丽，不知道她有没有发现我不在床上。

“我应该打个电话让他们知道我在这里。”

“已经打过电话了，”她说，“几个小时前就打过了。”

我突然觉得很羞愧。

我起床喝了一杯水。老太太什么都没说。我知道她在等我，她知道我在做什么。她似乎感觉到我很渴望听剩下的故事，去了解更多关于我外公的事情，了解他是如何认识埃米莉的。我梳了梳披散的黑发，把它们拨到一边的肩膀上，扎成一个粗辫子。

我回到床上，翻着那些摊开的日记。我按顺序把它们堆了起来，前几年的放在最下面，那几本我曾经大声朗读过；新的几本放在上面。只剩一本没有看了。

“剩下的那些日记在哪儿？”我问道，“这里的日记写到1943年就没了，其他的呢？”

“没有其他的了。”她回答说，手叠在膝盖上，“不可能有了。如果有的话，你的外公就不会出现在这个故事里了，他就不会来到这个岛，不会见到埃米莉，不会杀死那个被我称作‘独狼’的男人格雷森。”她顿了顿，接着说：“如果是那样的话，我们就不需要他了。”

我爬回床上，肩膀上披着毯子。我翻着最后那本日记。“为什么？”

35

伊丽莎白

1939 年 6 月，彼得和玛伊吉利斯结婚了。婚礼规模不大，只是在珍珠街伊曼纽尔路德教堂举行了简单的仪式，没有花太多时间。父亲穿了一套正装，打了领带。他一整天都在拉那条领带，牧师和妻子一离开招待会他就把领带扯掉了。母亲和尼米女士做了好多盘三明治、炸鱼、蛋糕、草莓馅饼，招待在上午仪式后来到教堂的客人。玛伊吉利斯手捧一束系着蓝丝带的紫丁香，她美极了。

我们买不起新衣服，不过母亲把我们每个人都收拾得干干净净的，我们的衣服也都补好熨好了。那天早上，她给我们编了辫子，还把辫子盘到了头上，让我们看起来像公主一样。她穿着紫色的裙子，腰上没有围围裙，她跟父亲结婚的时候可能也是这样吧。她严格地教导我，让我看着妹妹，确保埃米莉不在婚礼上引发混乱或者跑到街上。她不需要跟我说这些。

彼得穿着制服。他没有钱上医学院校，只能参军，训练刚刚结束。当时我只是一个十四岁的小丫头，我觉得这场婚礼十分浪漫，感觉自己沉浸在了简·奥斯汀小说的情节里。但是我猜母亲并没有这种感觉。她很骄傲，非常骄傲，但是她的儿子正在与她渐行渐远，他未来的时间将有一大部分都属于玛伊吉利斯和军队。我记得她在照相前给彼得整理领带，她的手停留在他的衬衫领子上，眼睛望着他深色的双眼。我不确定她究竟是悲伤还是高兴，但我知道那是彼得最开心的时刻。他微微前倾，亲吻母亲的额头，然后奔向玛伊吉利斯，和她一起拍照。那个时刻充满了珍贵而又让人心酸的柔情，我一直铭记在心。

彼得和玛伊吉利斯搬到了温尼伯，我的哥哥在那里成了一名手榴弹兵。那年九月，加拿大宣战，第二年五月，彼得的部队被派往牙买加，玛伊吉利斯搬回了希尔街上的小蓝房子。

查理在阿瑟港找到了一份造船的工作。这家公司在漫长、困难的经济大萧条时期闭门停业，但是很讽刺的是，正是带来死亡和毁灭的战争给这一行重新带来生机，因为他们可以为加拿大皇家海军建造战舰。他住在柯伦特河边的一个出租屋里，那年夏天偶尔回来了几次。

战争在每个人的心中。晚餐桌旁、码头上、街边巷尾的对话全都与战争有关。年轻人应征入伍，接受训练，然后响应号召漂洋过海。充满理想主义的正义，爱人的吻在他们的唇上温存，母亲的爱织进了他们的羊毛袜里。

我收到了一封米莉寄来的信。她说他们很快就要去英格兰了，艾尔弗雷德的父亲身体不大好，虽然口粮配给和种种限制会很麻烦，而且德国炸弹也不长眼睛，但是他们觉得最好还是先放下加拿大的工作回一趟家。她正在为发表论文做准备，主题是北方森林中的兰花，她想知道能不能使用她带走的那几张埃米莉画的速写。她向所有人问好，随信还寄来给埃米莉的纸和铅笔，还有给我的书。

彼得经常给我们写信，他的信有时候一下送来五六封。我给他写了一页又一页的回信：灯塔的日常生活，埃米莉的最新创作，还有我最近在看的书里的故事。我把这些回信封好，交给“红狐狸号”，让它送到那个似乎非常遥远的战场——跨越广阔的湖泊，甚至更加宽广的海洋——不过似乎离家又很近很近。

1941 年秋天，彼得回了一趟家乡，但他很快就走了，我们没有见上面。几周后他又坐船出海了，我对父亲的报纸越发感兴趣。报纸总是定期送到。我们在晚上大声朗读上面的报道。报纸上有关于军事、政治、战况、死伤人数的报道。

在我的印象里，有三个人在 1942 年死亡。

第一个人就是我自己。

那年春天开始得很早，四月初，航运通道开放，灯塔开始运转。父亲觉得很高兴，因为他让灯塔重新亮了起来，而别的看守人可能还没回到灯塔呢。在桑德湾过冬的货船堆了一整舱的货物，它们紧随破冰船驶向苏圣玛丽和韦兰，父亲见证了他们旅程的开端。

春天是收集海鸥蛋的季节，我们一般直接煮了吃，或者在做菜的时候放一些。我们养的母鸡暂时还不能稳定地供应鸡蛋，所以海鸥蛋是个不错的替代品。埃米莉和我去哈德斯克莱勃岛的海鸥山找海鸥蛋，我的妹妹生平第一次相信我的划船技术。我们一大清早把“甜豌豆号”推下水，没有立桅杆，每个人拿一支桨，一起努力向南岸那座峭壁划去。我们可以看到沃克尔深湾和“魔鬼的拇指”，这是一块神圣的岩石，母亲把它叫作“神石”。我听说这块石头现在已经不在那里了，在我们离开岛屿几年后，它就被湖水侵蚀了。我远远地看见“红狐狸号”在它身后，看它的样子可能是要去深湾，在波菲利岛停靠。

我们划向了铺着鹅卵石的堤道，这条路连接着岛的两边，也可以让我们避开风浪把“甜豌豆号”停在这里。我还是把绳索拴在树干上以防万一，因为风通常会掀起波澜。埃米莉和我拿着篮子走过茂密的灌木丛，向悬崖顶部前进。

收获如预想般丰富。那些海鸥飞到空中，不太和谐地叫着，还有一些受到惊吓的鸟发出尖锐的叫声。它们在我们头顶盘旋，然后猛冲过来，离我们很近，有些可怕。它们试图把我们赶走，试图让我们离那些点缀着棕色斑点的海鸥蛋远一点儿。那些蛋躺在窝里，毫无遮挡，十分脆弱。面对它们的进攻，埃米莉有些害怕，她缩在那里，双手相握，双眼紧闭。这噪声和骚乱对她来说有些难以承受。我应该想到这一点的。

我让埃米莉停在树下，自己则继续前进，按母亲教的那样，在有两个蛋的窝里只拿出一个来。她说，它们会再生蛋的，就像母鸡一样。我轻轻地把那些蛋放到篮子里，忽略那些在我脸旁扑打的白色翅膀，也不管头顶的骚乱，终于，篮子里装满了蛋。我知道埃米莉的篮子不会满。

“回船！”我对她说。她的篮子放在身边的地上，我拿了起来。“我们在船上见。”

几分钟之后，我把埃米莉的篮子也装满了。我挎着两个篮子小心地往回走。

埃米莉不在“甜豌豆号”上面。这艘船依然紧紧地拴在树干上，于是我把篮子放在船上，坐下来等她。爱德华岛远方的岸边开始起雾了。这雾比较薄，不是苏必利尔湖有名的浓雾。但是这就够让我着急的了。得赶紧回家，得赶快找到埃米莉。

我沿着岸边走，猜想她应该会与那些尖叫的鸟保持一定距离。在有些地方，植物一直长到水边，我不得不开辟一条道路出来。我的手臂和腿被野玫瑰和覆盆子的枝干擦伤。我走到岛的北边，面前出现一座没有树的小山。我以前从来没有来过这边。

小山上也有雾，这些雾如同溪流一般围绕着岛屿。我向湖那边望去。从这里可以看到波菲利岛，它在薄雾中时隐时现，灯塔在这一片缭绕的迷雾中巍然耸立。我环顾四周，寻找着埃米莉。

我没有找着埃米莉，却找到了一个十字架—— 一个简单的木质记号，灰色的表面已经褪色了。我明白，这是一个坟墓。我内心的浪漫情怀被激发了。这些长满青苔的石头下埋着谁的尸体？

谁会选择在这里长眠，欣赏苏必利尔湖的壮阔风景和万千姿态？雾气在林间弥漫。我被吸引住了，向那个十字架走去。

褪色的木板上刻了字，不过因为风、雨、阳光和雪的作用，所以我不得不弯下腰凑近了才能看清楚那些字是什么。我的手指划过十字架，上面只有几个字："伊丽莎白・利文斯通，1925 年 5 月 16 日—1926 年 11 月 29 日。"

我面对的是自己的坟墓。这种感觉很奇怪。现在想起来，我觉得这是一个狄更斯式的时刻，就好像可怜的斯克鲁奇[①]在"未来之灵"的陪伴下看到了自己的未来。我跪在了十字架旁，跪在这个埋葬着一个婴儿的小坟堆旁。这个婴儿的生日与我和埃米莉的相同，名字和我的一样。海鸥在尖叫。湖泊在低语。我觉得很痛苦，脑中一片空白。

雾气又在催促我了。不能再磨蹭了。

我决定回家后问清楚这是怎么一回事，但是事态的发展让我的死亡之谜黯然失色。

我回到船边，埃米莉就坐在岸边的石头上，好像一直在那里等着我。我们把"甜豌豆号"推下水，沿着岸边慢慢划。我们一直看着岸边，防止在雾中转向。我们穿过沃克尔深湾，一路向南朝着灯塔前进。父亲鸣响了雾号，那声音在哈德斯克莱勃岛看不见的峭壁上诡异地回荡。那些海鸥的声音在我们头顶回响，但是

---

① 斯克鲁奇，狄更斯小说《圣诞颂歌》中的主人公。——译者注

却不见它们的踪影。埃米莉和我划着桨，在雾号不响的时候，船上的沉默令人窒息。

到家了。母亲坐在父亲的椅子上。她手上拿着一封信，是玛伊吉利斯写来的。她说温尼伯手榴弹兵团已经派驻到香港去了，在珍珠港遭到轰炸的那天早上，日本也袭击了香港。那是一场苦战，足足持续了好几周的时间。最后，英联邦军队投降了。彼得失踪了，可能成了俘虏。有人说他受伤了，也可能死了。

母亲一天都没有动。她没有起来做晚饭，没有扫地，也没有往炉子里添柴。我还记得彼得结婚那天她看他的眼神，她给他整理领带，给他准备制服。她为这个儿子骄傲。不知道那个时候她有没有意识到，她即将和自己的儿子永别。

我煮了几个蛋，就着几片厚面包当晚饭，不过埃米莉和我都没有胃口。天慢慢黑了，我独自溜了出去，坐在雾气氤氲的岬角，我的眼泪止不住地滴到潮湿的石头上。我哭啊哭啊，哭到全身疼痛，哭到疲惫赶走了愤怒与怨恨，哭到埃米莉过来拉我去睡觉，她从后面抱住我。我们同样悲伤。

父亲整夜没有回来。雾号响了整整一天，那声音在湖面上盘旋，久久不散。

那一周，查理回到岛上。他应征入伍了。母亲恳求他不要去。他还是个孩子。她说，她不能让另一个儿子也离她而去。

我懂这种感觉。我也想求查理不要走，求他留下来。但是，我明白他为什么想走——不，是必须走。他搭上那艘停在沃克尔深湾的捕鱼拖船回到阿瑟港。我们都站在岬角，看着那艘船在波浪中起起伏伏。最终，它朝着西边‘沉睡巨人’的脚边驶去。

埃米莉和我紧紧挨在一起，我们十指相扣。

“他会回来的。”我的声音中透露出一种不知从何而来的信心，“埃米莉，查理会回来找我们的。”

拖船从我们的视线中永远地消失，父亲爬上了楼梯，他坐在灯前，一句话都不说。

战争和死亡可以把最坚强的男人击垮。

36
摩　根

她很安静。我知道她在想她的哥哥。她对查理的下落一无所知，这一定很痛苦吧。一晃几十年，她以某种奇怪的方式收到了关于这两个哥哥下落的相同信息：失踪，可能已经死亡。

“最后你知道彼得到底怎么样了吗？”

“那年秋天，彼得被证实死亡。他的尸体被埋在香港的某个军事墓地里。他的名牌被寄给玛伊吉利斯，彼得所在部队的司令官还给她写了一封信。他代表国防部表达了最深切的哀悼，同时感谢彼得为祖国和自由做出的牺牲。”

“但是查理回来了。”我这句话说得很蠢。他当然回来了，要不是他，我们也不会坐在这里看这些旧日记。他回来了，只不过他又一次不见了。

“是的，查理回来了，如你所知，很多年后他回来了。但是他不再是离开时的那个查理，不再是扬起‘甜豌豆号’的风帆带我们出游的查理，不再是那个不管埃米莉听不听都给她读故事的查理了。那个查理已经死了，他的手里拿着枪，心里充满仇恨，死在了海洋那一边的某个地方。”

“你说这一年总共有三个人死了？”我几乎都不想问了。

“是的。是的。还有一个人。”

37

伊丽莎白

三月末，航运季节还没开始。湖面上的冰已经化了，几天前吹起了南方的暖风。我们的收音机又能接收到密歇根州的信号了，我们常常围在收音机前听卡内基音乐厅的音乐会，或者听一集广播喜剧《费伯·麦克基和莫莉》。火炉里生着火，我们爱惜地用宝贵的电池与外面的世界相连。我们边听边笑。先听新闻，然后是天气预报。父亲从来都不怎么关注天气预报。他自己就很擅长预测天气，毕竟他研究了那么多年的天空、波浪和风向。墙上的苏必利尔湖地图旁挂着一个气压计，每一天他都会在工作日志里记下气压值，在冬天也是如此。他知道什么时候风暴会来，不需要播音员告诉他。

夜里，天空变得很阴沉。乌云开始聚集在湖中央开放的水域上空，一阵又一阵风吹来，百叶窗发出吱嘎吱嘎的声音，树叶发出嗞嗞的声响。我们把木柴箱装满，往煤油灯里添满油，拿几桶雪回去等它们化成水，一切准备就绪，就等风暴来了。风越来越大，巨大的波浪打在岬角上，灯塔和塔下的房子都受到了风浪的洗礼。

风暴肆虐了好几日，一层又一层的水冻成冰堆在灯塔周围，就好像婚礼上的蛋糕，冰锥挂在走廊和屋顶上。我们的火炉辛勤地工作着，但烟囱被冰堵住了。我们在呛人的火边挤成一团。风不断咆哮，巨浪扑到岸边。我们正在被堵在外面的冰雪一点点埋葬。最后，父亲别无选择了。他用一把斧子凿开了窗户，我们又见到了外面的世界。风暴在减弱，清澈的蓝天渐渐回来了，我们所在的冰封的岛屿显得更加诡异，仿佛巫师居住的魔法世界。

父亲爬到屋顶上，手上拿着斧子，他要去把烟囱里的冰敲掉，母亲在下面看着。这么多年来，他已经摸透了这面湖，他知道如何在浓厚的雾中辨清方向，避开水中的暗礁走最安全的水路，他经得住风浪，但最终，带走他的却还是这面湖。湖水在家门口冻成冰，父亲摔到了上面。倒地的那一刻，他便撒手人寰了。

他静静地躺在那里。我站在那扇破窗前，外面的世界一片平静，海鸥在钴蓝色的天空中盘旋。阳光照射下来，父亲的身子有些扭曲，红色的液体渗进冰里。

* * *

我并没有觉得厌倦。我发现，把这些故事说出来会让我更加坚强。这些故事让我们两个人坐在这个房间里，现在，它们终于重见天日。我觉得如释重负。这个女孩和我真是一对奇怪的同谋。

“那你们怎么办呢？”她趁我停顿的时候问道。

“我们唯一能做的事，就是活着。”我说。

* * *

地面非常坚硬，没办法把人埋到地下。母亲把父亲的尸体拖到燃料房，我们给他盖了一条羊毛毯。那几天，我们一直在凿我们的“坟墓”，春天温暖的阳光也在帮助我们，终于，门可以打开了，阳光照进窗户里。我们擦亮灯塔的透镜，把煤油加满，给轮子上油，换皮带，等待着“詹姆斯 · 惠伦号”的到来。它来的时候，母亲把父亲的尸体裹在“甜豌豆号”的一块破帆中。他们把父亲带走了，把他埋到了阿瑟港的一块墓地里。我们没有去。我们没有看到父亲安眠于地下。我们还得守护这座灯塔。我本想把他埋在哈德斯克莱勃岛上那个伊丽莎白墓的边上，让他离我近一些，离他喜爱的这座岛和这面湖近一些。但母亲是不会考虑这些的。

在失去至亲、面对死亡的时候，人们有着不同的处理方式。我没有看到母亲伤心，至少不是传统意义上的那种伤心。我不相信她会允许自己失态，她是那样一个无法容忍懒散和自怜自艾的人。也许是因为彼得刚死，所以父亲的死对她来说实在是有些无法承受，这一系列打击让她变得有些麻木了。为了支撑这个家，为了维持表面的常态，与我们面对的残酷现实进行抗争，她把冷漠和坚强弄混了。有一段时间，我们比以往任何时候都更需要彼此，她却变得越来越冷漠、务实。我太想念父亲的亲切与温和了。

我的哀悼是在私下里进行的。有空的时候，我就会爬到梁架上，躲在她看不见的地方，坐在父亲的那一堆报纸中，不停地翻着它们，直到手指被油墨染黑，眼泪肆意地流了下来。母亲开始对埃米莉和她所有的怪癖失去耐心。她的那些话——你早该让她死了。埃米莉一辈子都不会正常的—— 一直重重地压在我心上。以前，总是父亲第一个跳出来帮埃米莉辩护，他鼓励妻子接受我的双胞胎妹妹。他不像我这么了解她，但是他爱她。现在他走了。埃米莉更需要我了。

到 1943 年，加拿大仍然处于战争之中。有能力的年轻人都在欧洲战场战斗。虽然这场冲突让我的家庭支离破碎，但是在那个时候，它确实迎合了我们的需求。母亲早已被登记为灯塔看守人的助手，一开始是在海洋与渔业部，现在是在最近成立的交通部那儿。现在没有什么人可以胜任灯塔看守人的工作，于是他们就默认母亲是灯塔看守人了。这工作很适合她。她一直认为儿子应该接父亲的班。她说，我们要为了查理做这份工作。我们要点亮灯塔，搬运燃料，粉刷房子，直到他回家，回到我们身边，直到他再一次踏上这座岛屿，成为波菲利岬角的灯塔看守人。

她成了看守人，那么看守人助手的位置就空缺了。我当时只有十八岁，年龄还不够，但我还是申请了。我在申请中强调了我在波菲利岛上长大的经历，强调了我对这面湖和菲涅尔透镜有多熟悉，我还提到了自己发动低音雾号和当水手的能力。但是交通部没有给我消息。他们选择将这个职位奖给一名退伍军人—— 一个屁股上挨了一发德国子弹的年轻人。

我们以前从不需要专门给助手找一个住所，助手在灯塔下面和我们一起住就可以了。这一次，有关部门要求交通部给这名退伍军人提供住宿，在新助手到来之前，我们家边上的灌木丛被清掉了很多，一个简易的两居室小房子造好了。

你的外公在六月初的时候踏上了波菲利岛，埃米莉和我去迎接他。

他跌跌撞撞地走下了“詹姆斯 · 惠伦号”，胳膊下夹着一把小提琴。他的皮肤苍白，手上的皮肤很细，可能是因为有些晕船，他的嘴唇有点儿发青。他穿着灰色的法兰绒正装长裤和白衬衫，打着领带，领带系得有些紧。他的头上戴着一顶软呢帽，手上拿着一根拐杖，上岸时他重重地倚在上面。

“你们好啊，两位一定是伊丽莎白和埃米莉吧。”他说话带着一点儿苏格兰口音。他把拐杖挂在左胳膊上，伸出右手和我们握手。“我是戴维 · 弗莱彻。很高兴见到你们。”

我看了看那根拐杖，然后看到他憔悴的面容和焦虑的深颜色眼睛。那时的我看不到他立过战功；看不到他在战场上负了重伤，眼睁睁地看着周围的战友英勇就义；也看不到他在战争结束后继续努力生活、努力工作，而不是抱怨生活的不公。我看到的只是我想看到的那部分——他是一个跛了腿、被打败的脆弱年轻人。他不满足这个工作的外在要求，也受不了这种与世隔绝的生活和种种困难。这就是他们挑来的人。我从心底里讨厌他。我恨为他新建的房子。我们岛上的家、父亲苦心经营的生活全都被破坏了。他不仅是个弱者，还是个入侵者。

我没有和他握手。我一句话也没说，抓起他的包向灯塔走去。

“请让我来拿吧。”他在旁边一瘸一拐的，试图拿过我手中的行李。

我没有理他，心中默默嘲笑他连这么简单的事情都干不了。他在崎岖的地面上倒腾着拐杖和小提琴盒，然后急急忙忙地赶过来。他转向我身旁的埃米莉。她采了一束花，边走边看它们，不看脚下也不看面前的路。现在想起这段往事，我觉得我们俩实在是不友好，埃米莉还是那个样子，我一腔愤怒，在树林里走得飞快。

“这些花真好看。”他说，“是什么花呀？”

埃米莉没有回答。她没有看他。我们俩都不看他。

“好吧。是聋哑人吗？我们还要继续走吗？”他的声音略带怒气。

我没有停下来回答他的问题，不过我感到脖子后面开始发烫，一直热到了耳朵根。我把他的包放到新房子前面，转过身看着他。“这就是你住的地方。”我说。然后我降低声音，用埃米莉听不到的音量说：“不许你再嘲笑她。永远都不能。”

那天夜里我们第一次听到他的琴声。湖面很平静，只有岸边略有波澜，树木也都很安静。埃米莉和我躺在床上，窗户没有关，这样春风就可以吹拂我们的面庞。那音乐混合着蛙鸣飘了进来。那首曲子很美，极其优美。旋律让我想起了父亲、彼得和查理。我决心不让他的乐曲软化我的心，融化扎在我心中的怨恨和愤怒。我努力了，但他的演奏总是能触碰到我心中的某个角落，我放肆地哭了起来。我不会让他看见的，也不会让他知道。但是埃米莉知道。她用袖子擦干我脸上的泪，抓住我的手，带我走到月光下。我们坐了下来，看着他窗户里黄色的光。终于，灯熄了，青蛙独自唱着无伴奏的副歌。

* * *

灯塔看守人和助手之间完全没有层级之分。实际上，看守人并不比助手优越，虽然有些看守人对他们的助手指手画脚，但是在波菲利岛绝不是这样，两个人的工作都是平均分配的。你的外公学得很快，他时刻待命，总是能很快地接手工作，虽然他中过枪。

母亲比我还要随和一些。她给他展示灯塔是怎么工作的，我们怎么上发条，怎么给齿轮上油，我们在哪儿记录燃油液面高度和风向，以及哪些船会经过灯塔。尼米先生带着他去拖船上钓鱼，他回来的时候脸色青得厉害，母亲便给他泡茶，还让我帮忙完成他的任务，直到他不再犯晕船病，可以洗掉衣服上的鱼内脏和呕吐物为止。我们与世隔绝了这么久，而她接受了他，甚至会鼓励他，这让我觉得很奇怪。有一段时间，只需要她和我两个人就能把灯塔工作做得很好，我们谁都不需要，更不要说是一个跛腿软弱的男人。也许她在他的身上看到了彼得的影子，想到他受了伤被囚禁在外国的某个地方，死的时候陪着他的大概只有头顶上陌生的星星。另外，她还说，这座岛上没有弱者的容身之处。我知道她指的是埃米莉，这让我很愤怒。她为查理规划的未来里没有她的女儿，她的女儿画的黄蜂和杂草对点亮灯塔、拉响雾号、供应食物毫无帮助。我想知道她究竟有没有把我寄给交通部的那封申请书交给“红狐狸号”上的船员。

但是，我明明白白地让戴维知道，他在我们家不受欢迎。我不希望他拿着烟斗，坐在父亲的椅子上，听广播里来自密歇根的新闻。他不是父亲。他不是彼得。他也不是查理。他的笑容充满男子气概，他常常试着和我开开玩笑，但这些都不会让我动容。我们只是因为灯塔的工作才有交流而已。

他学会了如何操作“甜豌豆号”，相较于用帆和桨，他更喜欢打开舷外发动机。他一次比一次走得远，有时还会带回来一条鳟鱼或者一只松鸡。他会敲敲我们的门，把东西留下，不等我们说些感谢的话或者邀请他一起吃饭便走了。虽然我不愿意，但是我不得不承认他很擅长和机械打交道。什么东西他都能修好。在我忙着修理发动机，沾得满手是油的时候，他已经迅速地拆散、修好、组装完了很多机器，从蒸汽机到“甜豌豆号”的 9.9 马力发动机全都不在话下。

随着时间的推移，他变得强壮了一些，他的头发在太阳下有些褪色。他的皮肤光滑，脸被晒黑了，眼角出现了鱼尾纹。他走路一直都一瘸一拐的，但是这几个月他可以不拄拐杖就走到灯塔，或者从船港推着装补给品的小车回来。来小岛的人都很喜欢他。他和船夫聊捕鱼、聊大雾天、聊停泊的最佳港湾在哪儿，他告诉从锡尔弗岛来野餐的人们怎么去灯塔参观。他有时候会乘“红狐狸号”去阿瑟港，然后带回来装满糖果的棕色包裹。他会把这些糖给母亲，我知道他是想让她转交给埃米莉和我。埃米莉开始等他回来，在那艘双桅纵帆船入港短暂停泊的时候接过糖果，这样他就可以上岸了，但我从不让他这么得意。

很多个夜里，埃米莉和我躺在床上听他的演奏。有时那些音符像浪花一样追逐着彼此，它们是那么猛烈，像基维诺半岛的海中怪兽在岸边的黑色火山岩上挣扎。有时那旋律又是那么悦耳，就像小兔子在丁香丛中跳跃，或者在菜园子里吃东西。母亲在灯塔里忙的时候，埃米莉和我不止一次在倾泻而下的月光中跳着舞，两个穿着白睡袍的精灵在灯塔的影子中踩着节奏，萤火虫在周围飞舞。

我没有做过支持他的举动。我和他的接触仍然很少，只是偶尔传递一下最新的天气信息，或者通知他燃料哪一天会到。

不过，埃米莉更容易被他吸引。或者，也许是因为她不像我，她看到了事物本来的样子。她开始往他的门缝里塞她画的画。花朵、蝴蝶，是的，甚至还有那两只蜻蜓。

有一天，他来找我，我当时正在晾衣服，希望八月的风可以把它们吹干。他手里拿着一幅铅笔画，那是一只画得很细致的乌鸦，逼真极了。

“埃米莉画得实在太棒了。”

他突然出现在擦杯盘用的抹布和枕套中间，吓了我一跳。我接着晾另一块布。

“你以为我不知道吗？”我还是没给他好脸色。其实我真的不知道。那些画很可爱，但是我并不知道世界上伟大的艺术究竟长什么样。至少当时还不知道。埃米莉给米莉的速写已经随她的兰花研究论文一起发表了。

“对，我觉得你不知道。她简直天赋异禀。人们会花很多钱买她的画。你们可以离开这座岛，去别的地方生活。”

“你胆子可真不小。”我把衣夹扔回篮子里，转身看着他，“你凭什么觉得我们想要离开这座岛？你凭什么认为我们想过另一种生活？我们现在的生活怎么了？”有时候在夜里我也想过这个问题。在我想念“父亲”的时候。但是埃米莉和我在一起。她在这个岛上可以做自己，不用考虑别人的眼光。我不允许自己想别的。“你不了解我。你不了解埃米莉。”

“我知道她很喜欢你，丽兹。”

我很生气。他没有权利喊我丽兹。

“伊丽莎白。”我冷冷地说。

“她很喜欢你，伊丽莎白。她会跟着你去任何地方。你们在哪里都会很开心的。她是为你而活的。”

他说错了。是我为了她而活。我必须保护她。

“她在这里很安全。”我说，“城市里的人不理解她。她们不会让她按照自己的方式活下去。那里太喧嚣太拥挤了，她画画的自由也会受到限制。这会要了她的命。”

“那你呢，丽兹，你想要什么呢？”

这一次我懒得去纠正他了。我拿起篮子，走了。

几周后，熊来了。

我们一直很小心地处理垃圾，尽量把它们烧掉，还把残羹剩饭、果皮菜叶什么的都埋在园子里。我们在岸边把鱼收拾干净，将吃不掉的都扔给那些海鸥。它们一直在那里，为了一些鱼内脏互相打斗。看来这样还不够。

埃米莉坐在木质折叠躺椅上，面向湖泊，背对树林。母亲搭“红狐狸号”去了城里，要到第二天才能回来，所以戴维和我分担灯塔的工作。一艘货船经过，引起了埃米莉的注意，那艘船吃水很深，正向西南方驶去，货舱里装得很满，两根白烟囱拖着灰色的烟。

我往鸡舍里添了一些水。今年我们有了一只公鸡，母亲决定让其中一只母鸡孵一窝小鸡。那些小黄鸡在我的脚边偷偷看我、横冲直撞，而那只公鸡已经变成了一锅汤。我弯腰把鸡蛋拾起来放进围裙里，母鸡在一旁十分不满地叫唤。

它在看守人助手的房子和灯塔之间的草地上走着。起初它没有注意到埃米莉，因为她一如既往地安静。它只是很笨拙地走着，看起来还有一点儿幼熊的可爱模样。它停下来看了看园子里的三色堇。它不小了，应该不是在之前的那个冬天出生的。从我站的地方，我可以闻到它身上刺鼻的味道—— 一股潮湿发酸的味道，还可以看到它巨大熊掌上锋利的爪子。它站在埃米莉和我之间。

埃米莉感到了它的存在，她转过身来，那只熊受到了惊吓。我希望它就这么跑进树林里，但它没有。它站了起来，不断嗅着空气中的气味，在埃米莉和我之间来回看着。

"埃米莉，"我镇定清晰地说，"不要动。"

那头熊四肢着地，不断摆头，发出低沉的咕噜声。埃米莉看着我。她的眼中没有恐惧，但我感到这只熊很害怕。我慢慢移动，向一旁走，一只手抓着我兜满鸡蛋的围裙，另一只手在头上挥舞，想吸引它的注意力。它又站了起来，然后突然冲向埃米莉，在最后一秒它突然停下来围着她打转，面对着她。

一枚子弹从我的头顶呼啸而过，把挂在鸡舍旁的铁桶打到地上，发出了尖锐的声音，那头熊则冲进了灌木丛里。

我转身看到了戴维。

"搞什么鬼！"我叫道，"你会不会用枪啊？"

从我所在的地方看，他脱靶两英尺还不止，他把棚子上挂的工具打了下来，却没有打中那只熊的头。

戴维看着我。他那双总是很温柔、略带笑意的眼睛竟然充满沉思和忧郁。枪还在他的手上，他转身从我身边离开，向树林里走去，一言不发。

埃米莉向我走了过来。我在颤抖，觉得既愤怒又宽慰。她看着我，用眼神为戴维辩护，她在无声地告诫我。

“你不要这样看着我，埃米莉！”我说，“你可能会受伤，甚至死掉！”我不认为我妹妹和野生动物之间神秘的沟通能力可以让一头受到惊吓的黑熊平静下来，即使它的年龄和体形都很小。

埃米莉弯下腰。她张开纤细的小手，无论她把手张得多大，都无法填上在松软的泥土上留下的那个熊掌印。这不是那只幼熊的掌印。留下掌印的母熊当时应该就站在离我只有六英尺的地方。它的体形大概是那只幼熊的两倍。

他当时难以抉择，究竟是救埃米莉还是我。他瞄得很准，用金属落地发出的声音吓走了那两头熊。

几个小时后，他回来了。他直接回到自己的屋子里，还是一句话也不说。那天夜里没有音乐，没有月光下的舞蹈。每一次我起床去灯塔接班的时候，他都坐在看守人助手房子门前的台阶上，腿上摆着枪。

就是在那样的夜里，在死亡以各种神秘的形式徘徊的夜里，我会想到那个婴儿，她只有十八个月大，现在正躺在哈德斯克莱勃岛圆石堆砌的坟墓下。平常我不怎么会想到她，但是那一夜，我想到了。

* * *

“他把那两头熊杀了吗？”摩根问道。

“没有。尼米先生跟我们说，他在几天后看见它们游过沃克尔深湾。到那个时候你的外公才稍微放松了一些，只是放松了一些而已。他变得非常戒备，这让我有些害怕，也有些烦躁。他经常查看我们是不是安全，在埃米莉和我乘‘甜豌豆号’去别的岛钓鱼、采浆果或者设陷阱捕猎的时候，他会等我们回来。十二月初他搭‘红狐狸号’去阿瑟港的时候，我有些惊讶。”

“你没去吗？你还是整个冬天都待在岛上吗？”

“我们无处可去。即使我们有地方可去，我也不知道母亲有没有地方去。我们的生活更安静了，没有父亲在晚上给我们读报纸，房间里再也没有他用低沉的嗓音和着广播一起唱歌的声音，也没有他开怀的笑声了。他给我的生活留下了一个巨大的空洞，比苏必利尔湖还要大。圣诞节的时候我砍了一棵树，用纱线蝴蝶结和爆米花做的花环进行了装饰。我们烤了一些蜂蜜面包，听广播里的音乐会。二月末，冰全部冻上了，我们穿着雪地靴走到锡尔弗岛去拿理查森一家给我们的食物。我看到了阿尼。我们在那次墓地事件后就没怎么见过彼此了。他正要去位于金斯顿的学校，他要学习法律，成为一名律师。我们顺便拜访了一下他家，喝了一杯可可。不过那是一次尴尬的拜访，对话很不自然，我们已经无法像小时候那样了。”

“你一直不知道埋在哈德斯克莱勃岛上的是谁吗？”

“我一直不知道。父亲走了，查理去打仗了。母亲不会告诉我任何事情。在一个风雨交加的冬夜，风刮起来像一群狼在号叫，我们在房间里织着毛衣。我鼓起勇气问了她这个问题，‘有些墓还是什么字都别写比较好’，她是这么回答我的。”

“这就是你想从你父亲日记里了解的问题。”

我想是这样。我知道有一个孩子和我同年同月同日生，还跟我同名，她死了，被埋起来了。但她不是我。这很像有时候我感觉自己是埃米莉的幻影一样。我们像是同一个人。伊丽莎白和埃米莉。埃米莉和伊丽莎白。那个木十字架和那堆石头都不能改变这一点。只是当我试图学会只做伊丽莎白的时候，那个孩子便会浮现在我的脑海中，挥之不去。

“现在这不重要了。”我说。

“是吗？”那女孩问我。她想让自己的声音听起来很冷漠，但是有一种同情包含在其中，掩饰不掉。“你难道不认为了解过去的事情会对你的现状和未来有所改变吗？”

她不光是在说我。“你的外公那时候的确度过了一段艰难的时光。”

38

伊丽莎白

三月初，晴朗的一天，我穿着雪地靴出门检查陷阱。供给里的肉变少了，于是我在驯鹿经常出没的地方用绳索设下了圈套。阳光很暖，但是空气极度寒冷，所以我经常走走停停，不断挥动着双臂让我的手指变暖。远处的特罗布里奇岛、帕伊岛和“沉睡巨人”坐落在地平线上，像靛蓝色的小丘，蓝白相错的湖面不断延伸。

在波菲利岛和锡尔弗岛之间出现了一个轮廓，一开始我以为是一只驼鹿，不过动作不大像。随着驯鹿的数量越来越少，驼鹿开始迁进这个区域，它们利用冬天形成的天然桥梁去新的地方觅食。但是这个黑影不像驼鹿那样迈着长腿大步走。我回到灯塔，跟母亲说了一下这件事。她咕哝了一声便去烧水了。我爬上灯塔，从那个可以观景的地方看着它。时间一秒一秒过去，我慢慢发现那是个人，他穿着雪地靴，拽着一个雪橇。等到太阳下山的时候，你的外公终于回到了波菲利岛，开始脱他的雪地靴。

母亲在他的房间里生上火。那个下午我都在灯塔消磨时光，没有注意到烟囱里有烟冒出来。主房间的严寒被驱散了，炉子上还炖了一锅豆子汤。

戴维给我带来了一些书。放在书架上的那几本书已经被我啃了一遍又一遍，有的篇章我甚至都可以背出来。这一次，想要抑制对他的感激实在是太难了，但我还是做到了。我接过书，随意地把它们放在父亲书桌旁的壁架上，说了句谢谢，仿佛只是出于礼貌一般。我不想让他觉得高兴，不想让他知道在接下来的几个夜晚我都会点亮珍贵的煤油灯，如饥似渴地读着书上每一个充满魔力的字。

他也给埃米莉带来一些礼物：水彩颜料、好几支马毛画笔和画纸。他耐心地把这些东西展示给埃米莉看。他蘸了几种颜料，把它们混在一起—— 一种新的颜色出现了。然后他后退一步，看着埃米莉抓起画笔在纸上如痴如醉地创作。这是她第一次进行真正意义上的绘画。

对此我心存感激。在他即将离开我们温暖的客厅，穿过黑暗，回到他自己的房间，他那间炉子还在与寒冷的夜晚进行抗争的房间时，我表达了我的感激之情。突然，他停了下来，夜空中绿色的北极光不断闪烁，他又跟我说了一遍："她真的非常棒。"

"我知道。"

然后我转身回到屋子里，关上门，留他一个人站在黑夜中。

那几夜实在太冷了，冷到他没法再拉小提琴。他应该不会就这么在那个漏风的木房子里裹着毯子睡着吧，炉子里的火苗只够传递那么一丁点儿热量。但是，和我们在一起的晚上他会拉琴。随着时间的推移，他的琴声越来越多。他为埃米莉演奏。他的脚在地上打着节拍，弓在弦上舞蹈，埃米莉和着节奏拍手。我的脸上不禁泛起微笑。戴维时不时会看我一眼。

我想知道他是不是为我演奏的。

* * *

六月了，湖水还是凉的，但是气温已经升高了。六月的时候，雾最容易出现。我正在完成日常的擦洗任务。每一夜，灯塔都照耀着湖面，它照亮了每一个方向。灯塔本来是给过往船只提供信息的，不过灯光无意间也吸引了一大堆飞虫，有的像我的手那么大。它们拍打着翅膀，就像被催眠了一样。埃米莉找到了灵感——有些飞虫伏在玻璃上，还有的成群死在壁架上和走廊的木板边。她和我一起爬上灯塔，我拿着水桶和抹布，她拿着铅笔和画纸，我把死虫子擦掉，她坐在那里低头画着。在这里我可以看到皇家岛，它坐落在乌云下，地势不高。西边一艘轮船经过桑德岬和布莱克湾，向下行的船运通道而去。我注意到它的位置，打算保持关注，等它到我们这里的时候在工作日志上记录下船名和经过的时间。

大约四十分钟后，我又看了一眼湖面，但是那艘船不见了。

灰色的湖面十分平静，甚至有些懒洋洋的，帕伊岛上的平顶山在远处耸立。水面有些模糊，一切仿佛都静止了。出现浓雾了，那艘船被包裹在雾中。

我的抹布掉到了地上。我急忙下塔，通知母亲和戴维必须拉响雾号。

波菲利的雾号站离我们住的地方和灯塔只有几步之遥。两台烧煤的蒸汽机驱动着压缩机给雾号提供气流。我们只有在看不到帕西吉岛或者特罗布里奇岛的时候才会启动它。这只雾号的声音与众不同—— 一声持续约两秒半的长鸣，每分钟响一次。那声音很大，很低沉，然后慢慢减弱，最后发出一声“咕噜”的声音。来往的船一听就知道这是波菲利岛的雾号。

戴维和我在门前碰面，我们迅速开始工作。

母亲慢慢地把灯塔的工作转交给我。我做得不比她差，过去一年里，她的身体逐渐变差，走路越来越困难。大多数时候，她都掩饰着痛苦，虽然动作僵硬，但是她很坚定。她还是从不闲着，她想要充满秩序和规范的生活，从不轻易表达自己的赞赏和感情。

她站在前廊，一只手举在额头前，好像在阻挡并不存在的阳光。她想看清楚即将到来的威胁。浓雾在水面上缓慢地行进，等到戴维和我发动机器以后，远处的小岛、苏必利尔湖的神秘世界全部都被大雾吞没了。她点了点头，回房间去将时间记录在工作日志上。

我爬上灯塔，注视着湖面。现在我可以看到那艘货船了，它在五英里以外，在航道上向东行进。只有它的桅杆和烟囱顶部在低沉的浓雾中隐约可见。这景象仿佛是这面湖的水平面上升了，以前的岛屿、航道都消失了，一切都要从头开始。

天越来越黑，戴维开始值班。他把灯点亮，调节着灯光，直到明亮的火焰稳定下来。齿轮开始转动，滑轮等各种机械带动反射器，使灯塔一亮一灭。母亲、埃米莉和我坐在塔下的家里，听着灯塔发出的熟悉声响和断断续续的雾号声。

半夜，我醒了，万籁俱寂。头顶的齿轮还在运转，但雾号的声音却听不到了。我穿上衣服，向外面走去，估计会看到星光，会看到月亮照耀着水路。我没想到外面仍然是大雾弥漫。

戴维在低音雾号旁辛勤地工作着。他赤裸着上半身，卧在锅炉旁的地板上修着一个调速轮。他的身旁全都是工具和零件，我听见他在咒骂发动机，他的口音很重。

“熄火多久了？”我问。

他从机器下面滑出来。“天啊，丽兹！你吓了我一跳。”他用一块油乎乎的抹布擦了擦额头，留下一块污渍，“不超过二十分钟。调速轮坏了。我想看看能不能先替换一些零部件。”然后他又滑了进去。

我在他身边跪下，向上看着那个发动机。我的技术虽然也不错，但是肯定比不上他。

“这个不太好修。”他说，“没得选了。我们必须启用手动号角了。”

我们俩一起把一台陈旧的设备拖了出去。这是船上的旧号角，它装在木箱子里，几十年都没用过。我检查了一下皮风箱有没有裂，祈祷黄铜轴承没有被腐蚀，然后压了压杠杆。这替代品看起来真可怜，它能发出很特殊的共鸣，有些刺耳，和原先悦耳的雾号相比实在有些凄凉。但是它够用了。它的声音可以传到一英里以外，听到这个声音船员们就知道：我们在这里。

“我先值班吧。”我提议道。

我待在岸边的这个号角旁，注意着时间。我摇动黄铜手柄，把握好节奏，声音冲进了雾蒙蒙的夜里。我只能想象周围是岛屿、浅滩、岩石、航道。我知道有船在雾里，船员们会听到雾号的声音。我也仔细聆听着它们的回答。

快到黎明破晓时分，地平线完全看不见了，世界只比刚才亮了一些，太阳马上就要出来了。我的周围开始出现鸟鸣。突然我听到了回应的声音。

在两声雾号之间，我努力地倾听着。湖水泛起的微澜、鸟儿的对话和泥沼里的蛙鸣都被我屏蔽了。

又来了，音源具体在哪个方位还不清楚，不过我听清了它发出的信号。三短，三长，三短。三短，三长，三短。这信号很明显。这艘船遇到了困难。

我努力摇动着手柄，又响了两个循环，我竭尽全力想把每一声都听清楚，想了解这艘船的方位。响了第三声之后，我立刻跑回去狂敲戴维的门，把他叫醒，然后以同样的方式去叫醒母亲。我在这一分钟里又赶回雾号旁边，没有错过下一次信号的发出。

母亲和戴维出现了，我先是看到煤油灯微弱的黄色光线，然后才看到他们。他们站在那里，凝视着前方一片模糊的雾墙，那雾墙吞噬了灯塔的光，试图把被它掩盖的那艘船的声音也吞掉。

“它离开航线了。”母亲说，“听声音它现在离浅滩不远。”

“我可以驾驶‘甜豌豆号’去看看能不能帮上什么忙。”戴维说，“它可能已经触礁了。”

“伊丽莎白也去。你们俩一起去，好找回来的路。”

我比谁都了解岛周围的水况。戴维更擅长驾船。

母亲站到了雾号旁边。“赶紧去吧。”

戴维和我匆匆跑向“甜豌豆号”。水面很平静，反射出提灯朦胧的光。马达发动了起来，我们始终让岸保持在我们的左舷方向。我坐在船首，头顶的微弱灯光照亮了前进的路。我们能看见灯塔的光，能听见母亲身旁的雾号的声音，我们把这当成参照。戴维手里拿着指南针，他时不时看一眼指针，哪怕我们能看到岸，没有迷失方向，他也不停地看。我们绕到波菲利岛的东边，小心地避开隐蔽的礁石。离无畏岛只有半英里远了，那座小岛活像插了几棵树的大石头。我们最后看了一眼波菲利岛的黑色湖滨，调整航向朝远处驶去，浓雾很快便包围了我们。

开了一会儿，戴维关掉了发动机。四周是一片混沌。我们睁大双眼，竖起耳朵，不想错过那艘船发出的任何信息。我还是能听见雾号，母亲的工作非常精确，其他我什么都听不见。没有其他鸣笛声。没有发动机的声音。虽然我知道蒸汽驱动的涡轮机会让货船安静地前行，但我还是禁不住怀疑那是不是一艘幽灵船。不，不会的，母亲和戴维也听见它的声音了。戴维拿起桨，我们慢慢地划着，十分谨慎。我注意到水发生了变化，虽然水面一片模糊，但我知道我们正在靠近岛屿，因为浪花碰到岛屿又返了回来。

“无畏岛就在附近。”我指了指。

我们在漂流，船桨在水中摆动，湖水打在船体上。突然，我听到了声音。它们仿佛不是从一处发出来的，而是从我们的前面、后面发出来，像精灵那样围着我们。戴维和我跟着它们，先去了一边，再去另一边。船桨不断地划着。

我大声地叫了起来，我的声音穿过水面，就像灯塔，像雾号，但是他们听不见。我终于听到了发动机的声音，那么深沉，几乎无法识别，那震响从水面上传来，爬上“甜豌豆号”，一直传到了我的心窝。我知道它就在附近。太近了。

它冲破浓雾，离我们大概只有不到 30 码远，一个灰色的庞然大物，就像沉睡巨人的陡崖一般，向我们的小木船撞来。我们在它的甲板下，正好挡在它的航道上，船员看不见我们。

“戴维！”我尖声喊道。

戴维已经站到了船尾，他猛然一拉，舷外发动机发出噼啪声，但没有发动起来，一次，两次，终于成功了。我蜷缩在“甜豌豆号”的船底。当货船的钢质船体屹立在我们面前时，戴维把我们的船驶离了货船的航道。我闻到发动机里柴油的味道，听见水花四溅的声音。

“他们以为自己在航线上行驶。他们以为波菲利岛的信号是另一艘船发出来的。”戴维大声叫着，努力盖过马达的声音，“我们必须想个办法告诉他们。”

我看了看船的底部。我们没什么可用的东西，只有提灯、一些绳子、救生用具、一罐瓦斯、船桨。我们没带照明弹来。唯一便携的号角已经在波菲利岛替代罢工的低音雾号了。

戴维向我坐的地方靠过来，伸出一只手抓住我的胳膊，另一只手仍然放在船外。“你胆子大吗，丽兹？”

我抬头看着他的脸。他的眼神明亮、淘气。他的头发凌乱。如果我们什么都不做，那艘货船几分钟后就会撞上礁石。我的心脏怦怦直跳，精神高度紧张。他真该死！我点了点头。

“过来。抓着马达。”

我慢慢走向船尾。

“在旁边用力拉着它，抓稳了。”

“你想怎么办？”

戴维跪了下来，抓住船底部的提灯，说：“给他们报个信。”

我们与那艘船平行前进，那艘船比水面高了好几米，我努力稳住“甜豌豆号”。我们是一只微不足道的蚊子，正在发出嗡嗡的声音，纠缠着一个巨人。

“稳住……稳住！”戴维向左舷倾斜，“甜豌豆号”抱怨着，突然颠簸了一下。我没有拉稳，船的行进方向一变，戴维跌到了舷缘上。“加油，丽兹，你可以的。现在，稳下来，好的。”

我又操作了起来。我把“甜豌豆号”横在货船前，两艘船的距离很近，船员从甲板上可以看到我们，但是我们离驾驶台上的人还是有些远。

戴维一只手拿着提灯，另一只手拿着船桨。他把灯对准驾驶室，用桨来回地遮挡着灯光。短。长。闪光。线，点[①]。字母。单词。

“波菲利岛发出信号。”

他再次重复了信息。我坚持不住了，我们慢慢离开那艘船。戴维坐在船的底部，喘着粗气。

“他们能看到就怪了。”他气喘吁吁地说。我关掉引擎，我们看着250英尺的船慢慢从旁边经过，朝着石头开去。我们无计可施了。

突然，它毫无征兆地转向了。一束光照到了水面上。

“戴维！戴维，看哪！”那灯在闪烁。线……点……

“真见鬼！”戴维又抓起了我们的提灯。线……点……

船又变道了。我们坐在那里，看着它渐行渐远，马达的声音慢慢减弱。那艘大船向开阔的水域驶去。

我们开始大笑。两个人都舒了一口气。我们累得瘫在“甜豌豆号”的底部。

我先吻了他，以至于我比他还要惊讶。其实他早已察觉到我们之间的情愫。

---

① 点（.）为短亮，线（–）为长亮，它们构成了信号。——译者注

39

摩　根

“你爱他。”我双手抱膝，膝盖贴着胸口。她好像在说别人的故事。他们深爱着彼此。在很久很久以前。

“是的，我爱他。”她说，“我一直都很爱他。不过我希望自己没有爱过他。如果不爱他，我就会救下埃米莉，我本可以保护她。”我在思考，有一个妹妹是怎样的感觉——有一个埃米莉这样的妹妹——但我想不出来。我也想到了德里克。我在想我对他是什么感觉。那究竟是不是爱呢。我希望是。“摩根，俗话说，爱本身不是盲目的。它只是蒙蔽了我们的双眼。它是个小偷。”

这些话听起来如此刺耳。“你怎么能后悔爱过呢？”我问，我的声音比我预计的还要温柔。因为这些故事已经开始影响到我。“爱而无所获，胜过从未爱过。”

“这是丁尼生的话，年轻人真是天真。”

我正准备问她是什么意思，她突然提了一个让我很惊讶的请求。“跟我说说你外婆的事情吧。”

我回想了一下他和我的故事，那些我们一起度过的欢乐时光，只有我们俩。他很少提起我的母亲，外婆就更少了。“我……她……我不知道。他都没怎么提起过她。”

“你不需要保护我，摩根。我不是个傻瓜。生活得继续。”

“我没骗你，利文斯通女士，我只知道我妈妈和我长得很像外婆。他说我们有很多地方都很像。我……”我不知道能告诉她什么。我连她的一张照片都没有，只有小提琴和那些画——埃米莉的画。于是我问了她一个问题：“你和他后来怎么样了？”

40

伊丽莎白

我叹了口气。戴维的双眼很亮，脸上反射着阳光。他的嘴唇很柔软，我们的唇舌之间弥漫着刚摘的新鲜野树莓的味道。他的手触碰到我的臀、腰、胸，肆无忌惮而又彬彬有礼。我们光着身子躺在一片苔藓上，周围树木郁郁葱葱，头顶蓝天斑斑驳驳。

“那是那年夏末发生的事情。”

* * *

我们回到波菲利岬角的时候，我惊讶地发现母亲早就回家了，炉子上已经在煮咖啡了。操作雾号的不是她而是埃米莉。大雾仍然飘在水面上空，慢慢升起的太阳拼命想把阳光送到地面，将雾气染上了淡橘色。埃米莉蜷缩在木箱子边上，按时摇动着那个黄铜把手。从来都做不好灯塔里任何一项工作的埃米莉居然一直在这里工作，她指引着我们回到岬角，指引着我们回到她的身边。她站在那里，表情有些复杂；她一贯如此。她看了看我，又看了看他，我知道她已经明白发生了什么。我垂下双眼，感觉自己背叛了她。但是她走过来，摸了摸我的脸。她仿佛在感谢我。我想不出她要感谢我什么。

后来，太阳高高地挂在天空，雾散了，起风了，风在浪花中驱赶着徘徊的雾丝。几周以后，“红狐狸号”带来了关于“帕利塞德号”的消息，那晚在皇家岛附近的大雾中迷失方向的正是它。波菲利岛的灯塔看守人反应及时，使其在远离航道之后免于搁浅，应该受到表彰。有人说当时驾驶台上的人喝酒了，还有人说大副睡着了，不过都只是说说而已。

“红狐狸号”还带来了关于查理的消息。他在信中写道，他被派到了英国，不过很快又会去别的地方。他没有说什么时候、去哪儿。他在信中感谢母亲在圣诞节给他寄了包裹，还保证会为了我们杀很多很多德国人。不知道他有没有想过，母亲最害怕的就是有一天某个德国人把她这个儿子的命也拿去。

战争似乎离我们很遥远，但有时候它也会在我们的孤岛边蹑手蹑脚。先是几艘轻型巡洋舰，然后是扫雷舰：“米德尔塞克斯”“洛克里夫”“奥沙瓦”。透过我们放在灯塔挂钩上的望远镜，我看着这些船舰一艘艘经过，它们的身上刷上了粗体字写的编号。阿瑟港造船厂为它们下水举行庆典，它们投入了湖水的怀抱，驶向远方的战场。我隔着湖面向它们许下祝福，希望它们带去哪怕只有一小滴的苏必利尔湖水，让查理想起故乡，让他回来。

母亲坐在椅子上的时间越来越长了，她的背驼了，还很疼。她让我去印第安墓地那里采集大叶恶魔棍的根茎，我小心地避开那些刺。它们十分锋利，保护着可以入药的根。我把根茎带回去给她。她剥去外皮，把剩下的部分捣成糊状，然后让我帮她抹到背上。她喝着白杨树嫩枝泡的茶。在寒冷的夜里，我加热炉子上的石头，用棉布包着放到她的被子下面给她取暖。我劝她到阿瑟港找医生看病，但是每次她都固执地拒绝。尽管她的身体已经差到不能完成日常工作，她还是拒绝跟交通部的人提起这件事，反而让我干更多的活。我们在等，我们在忍，只要查理回家，埃米莉和我，我们这个家就可以团圆。

还有戴维。

我骗自己说母亲不知道我们俩之间的事情。但我猜这只是她宏图计划中的一部分。她什么都不说，什么都不问，但她发现了我们之间的情愫。那种情感小心地发芽，有些优柔寡断，就好像丁香在春天结出的第一批花蕾。

起初，我不允许自己的感情自由发展下去。戴维的出现出乎意料，他让我十分困惑，甚至有些矛盾。他对我很有耐心。我们继续做着灯塔中的工作，在粉刷房屋、收取煤油、修理雾号、料理园子时，我们闭口不谈关于那个吻的事情。不过，到了晚上，我们的家中又热闹起来，房子里洋溢着音乐和笑声。自从父亲去世后，我就再也没有感受过那种快乐的氛围了。

戴维对埃米莉很好，我知道她信任他，甚至像爱查理和父亲那样爱着他。她向他表达了爱意，她会把自己的画塞到他的门下，这是她唯一的语言。没有几个人可以让埃米莉觉得相处融洽。戴维理解她。她接受了他。正因如此，当戴维朝我微笑时，我越来越难控制心中那只乱撞的小鹿，当我们的手不小心碰到时，我越来越难否认皮肤上出现的那种触电一般的感觉。

夏末的一个早晨，我拿着抹布爬上灯塔去擦透镜。时候还早，太阳还没有完全升上地平线，我看着湖面，看着这个世界慢慢苏醒。风轻轻地吹过，我把脸转向风吹来的方向，闭上双眼。我没有听见他上塔的声音，但我感受到了他的存在。他站在我身旁，我没有睁开眼，而是继续感受着风。湖面飘来一丝寒意，他的身体却很温暖。

“你有没有更长远的打算？”他低声说，好像大声说话会破除咒语，让魔力消失。

我想到这座岛，这里是我唯一的家。我想到灯塔里的杂活，想到母亲和查理，想到埋在哈德斯克莱勃岛上的小伊丽莎白。我想到园子，想到小鸡，想到变换的四季。但我想得最多的还是埃米莉。

“没有。”我回答道。事实如此。

我现在可以感受到阳光了。太阳慢慢爬上了地平线，橘色的温暖阳光吻着我的面颊。我没有什么别的打算。

我睁开双眼，转向他。那一刻，时间静止了，我们一同呼吸，微风、湖水和阳光将我们包裹起来，这个世界上只有我们两个人。

“伊丽莎白！”

母亲的声音沿着台阶爬了上来，她在召唤我，我们赶紧分开。咒语解除，但是魔力还在，戴维从我手中把抹布拿走，开始清理菲涅尔透镜。

“来了。”我说。

在下去之前，我停了一下，转向戴维。我站在晨光中，说：“我没有想过别的，但是现在我要开始想了。”

夏天，我们继续欢迎着来自各地的旅客，近的有来自锡尔弗岛的，还有来自阿瑟港和威廉堡的，远的甚至有从芝加哥过来的——他们坐着游艇在五大湖四处游玩。埃米莉不经常出去走了，不过她偶尔还是会去远方。她会回避那些乘船的人，他们把锚抛在湖湾，或者把船停到木码头，而那些带着野餐篮来的年轻人也会避开埃米莉。虽然那个墓地之夜已经尘封在记忆的角落里，但是人们还是会谈论看守灯塔的隐居女人和她奇怪的哑巴女儿——像鬼魂一样在森林中游荡，还会迷惑动物。看到埃米莉对外人不予理睬，只是钟情于自己的铅笔、画纸和颜料，我觉得有些宽慰。也许正因如此，我才觉得我可以在那个夏末时节放松警惕悄悄溜走，稍微与平常过于亲密的人保持一些距离，来满足我鲁莽而年轻的心。

我们并没有提前做好计划，只是很开心地抓住了那个出去冒险的机会。母亲正在腌鱼，那些鱼是戴维带回来的，他在尼米那里帮忙拉了一天渔网，这些是他的报酬。埃米莉坐在一把木质折叠躺椅上俯瞰着岬角附近的卵石沙滩。浪并不大，但它们朝岸边涌来，然后消失，在石缝中发出声响。水在黑色的地面上留下痕迹，再渐渐被太阳烘干，地面上不断有新的水渍形成，我知道她会被这个吸引，盯着看上好几个小时。戴维和我乘“甜豌豆号”出发了，母亲让我们检查陷阱，还让我们从爱德华岛的园子里带一篮新土豆回去。他带上了猎枪，希望可以找到在泥土中打滚或者在灌木中觅食的松鸡。

我们在船港看到一艘船从西边过来，是理查森家的船。这丝毫没有让我觉得意外：我已经猜到锡尔弗岛上的人会在夏末的时候过来。学校马上就要开学了，假期的空闲时光和岛上旅行都要结束了，年轻人要回到皇后大学、麦吉尔大学或者多伦多大学了。我看着他们停靠在港口，戴维把“甜豌豆号”引到沃克尔深湾，父亲若干年前在那里挖了块地种了点儿东西。我朝阿尼招了招手。他的表兄弟埃弗雷特和杰克也来了——他们经常在秋天到来之前过来待几个礼拜。这么多年，我从没跟他们说过话。我不想跟他们说话。

我们在岬角种了很多蔬菜——西红柿、豆角、豌豆、南瓜——土层太浅，没法继续种别的菜了。这块地方更适合用来种马铃薯、甜菜和胡萝卜，但是这里比较偏僻，兔子可能会过来把菜都啃了。我们把“甜豌豆号”拖上岸，正在此时，我们看到一只松鸡，戴维跑过去追它，我看了看园子附近的陷阱，空空如也。

阳光很强，已经八月末了，这天气真是少有的温暖。我在地里挖着一排排马铃薯，汗水刺着我的脖子，从胸口滑落。受到米莉的启发，几年前我开始穿裤子，我发现这样更方便行动。但是那一天，我渴望有一条飘逸的棉布短裙，那一定会很凉快。我挑选着要收的马铃薯，在伸手之前先把旁边的土好好松了一下，这样不会破坏到其他作物，它们还可以在未来几周宝贵的时间里继续吸收着雨露和土地供给的营养。篮子终于满了，我的手上沾满泥土，衬衫黏在身上。我面红耳赤，尘土和汗水留在我的脸上。我渴望地注视着蓝黑色的水面。

在下午大太阳的炙烤下，我禁受不住它的诱惑，便脱光衣服溜进了冰凉的湖水中。

后来，我试着劝说自己，当时我并没有想到戴维。但这不是真的。我想到他了。我想到他会看着我浮在水面上，我的黑发披散着，苍白的皮肤与深色的水面形成鲜明对比。还是说我没有想到他更容易些。这样一来，这一切就不是我计划好的，不是我的本意，只是顺其自然。但是我确实想到他了，我能感受到他的目光。而这正是我所希望的。

我探出了水面，水太冷了，刺得我骨头疼，皮肤也一阵发麻。他站在那里，手上提着一只翅膀微张的松鸡，肩上扛着枪。我站在水中，全身发抖，水从我的头发上滴下来，顺着后背滑进湖里，就像春天的小溪。他把枪放到草地上，把松鸡放到旁边，拾起我的衬衫和裤子递给我。我抬起眼来看着他的脸。他的眼中流露出一丝笑意，但笑意没有抵达嘴角，眉毛皱着，略有责备的意思。我伸出一只手去接衣服，另一只手捂着胸部，他突然往后退了一步，以至于我够不着了。我对他怒目而视，往岸上走了一步，他却又往后退了一步。他开始笑了，那笑容无拘无束。我向他冲过去，拼命抢着我的衣服，但它们被他抓得牢牢的。他把我拉了过去，用臂膀包裹住我，温暖的阳光照射在我还滴着水的皮肤上。我颤抖着，不是因为冷，而是因为我能闻到他的气味——汗味，残留的火药味，还有隐隐的烟草味。我的衣服早已掉到了地上。

我们在树下度过了那个下午，刺嘴莺和绿鹃在周围鸣叫。我们喝湖水，吃野树莓，在云朵点缀的蓝天下打瞌睡。那是我第一次感受到什么是彻底的放松。

黄昏时分，我们回到家中。我对母亲撒了谎，跟她说舷外发动机发动不起来，戴维整个下午都在重装发动机。

“埃米莉去哪儿了？”我一边问，一边把装着马铃薯的篮子放到地上。我准备上楼点亮灯塔。

“我好几个小时都没有看到她了。”——这就是她的回答。“但我相信她会在灯塔亮起来之前回来的。她现在在外面待的时间不会太长。”

她说的“现在”指的是音乐在我们的夜晚响起之后。“现在”是戴维和我乘“甜豌豆号”离开岛去营救那艘货船之后。我不担心，埃米莉消失一会儿也很正常。我继续修剪着灯芯，然后把它点亮，一如既往地熟练操作着。

那只松鸡被去了毛和一块咸肉一起炸，配上连皮煮的新土豆和黄油。然而埃米莉还是没有回来。我开始觉得心神不宁。云在天上飞驰，还没有半满的月亮透过云层窥视着大地，我向看守人助手的房子走去，月光勉强照亮我的路。戴维连忙拿上枪，我们沿着路向港口走去。我提着一盏灯，但并没有点亮它，只是依赖着头顶那微弱的月光。

憧憧阴影和各种声响让我眼花耳鸣，我在愤怒、沮丧和焦虑中挣扎。埃米莉非常熟悉这座岛。每一处沙滩、每一条小路、每一片沼泽和其中的大多数植物，她都如数家珍。虽然水面总是让她出神，但她不会进入水里。喊她也只是徒然，她不会回答的。她从来不回答。

没有船停在湖湾，也没有船绑在码头的柱子上。篝火堆里还有些许火星，树桩旁靠着一个威士忌酒瓶。阿尼和他的表兄弟大概在几个小时前离开了，在黑夜降临前回到锡尔弗岛，回到他们温暖的床上去了。其他的我什么都看不出来。树叶被风吹得沙沙作响，左右摇摆，树枝在脚下发出噼噼啪啪的声音，不知道是我们还是什么东西踩的，每次都把我吓一跳。这不像我。戴维打开船库的门，我点亮灯照亮每一个黑暗的角落。没人在这里。

我们走过一片空地，走上那条通往岸边的小路，对岸就是无畏岛。一走出树林，我就看到了她，那身皱巴巴的白色棉布裙，那和我像极了的黑发随意披散着。她躺在地上，月光诡异地笼罩着她。她一动不动。

“埃米莉！”

我奔了过去，跌倒在她瘫软的身边，她的裙子被撕裂了，胳膊上有条很深的伤口。她满脸是血，嘴被打肿了，双目紧闭。我抱住她的头。“埃米莉！”我小声说，眼泪止不住地往下流，“埃米莉，是我！”

戴维站在我身旁。他在咒骂。他转了过去，继续咒骂，我知道他的愤怒和我的愧疚感一样强烈。

然后我听到了脚步声。这一次不是什么臆想出来的饿熊或者幽灵，而是一个男人，他沉稳地走过树林，踏上了岸边铺着青苔的石头。

戴维也听到了脚步声。他转过身，举起枪对着那片黑暗。我突然在水里看到一条独木舟，但是没有看清那是谁的船。

“谁在那儿？”我在戴维的声音中听到了军人的威严。但是，我也听到了一丝恐惧，这种情感触动着他的心灵，传到了他放在扳机上的指尖上。

没人回答。

一个黑影从树林中闪现，那是一个男人的轮廓。停了一会儿之后，他朝着那艘小船走了过去。

“我说，谁在那儿?!”戴维举起枪。埃米莉被惊醒，睁开双眼，她挣扎着坐了起来。

那人影走到了独木舟边，朝我们这边看过来，他在犹豫着什么。然后，世界停止运转了。湖水在岸边叹息，波浪轻拍着船体，几乎没什么声音。树林也屏住了呼吸，月亮躲到一朵云后，然后再慢慢溜出来，它是那么明亮。那个人影突然转身朝我们走来。他把一只手伸到鹿皮斗篷下，我看到了一道金属的反光。黑暗中一片模糊，然后是一声枪响。枪声在树林里回荡，来来回回，过了好久才平息下来。那个人影倒下了。

埃米莉挣脱我的臂弯，爬向那个倒下的人，他的身体一半泡在独木舟旁的水里。她弯下身子，手指抚摸着他的脸，那张脸布满了皱纹，饱经沧桑，花白的胡子勉强可以把伤疤遮住。

那一颗子弹正中眉心。在一群狼离开结冰的湖面时，是那双眼睛透过树林看着我。希斯克利夫的毛皮让那双眼睛充满内疚，不与我的目光交汇。那双眼睛，是父亲多年前在日记中写到的看守人助手格雷森的眼睛，一双焦虑不安的眼睛。

他的手里还抓着什么。是一个小挎包。挎包上有一个金属扣，包里装着刚采来的恶魔棍的根、柳树皮、干泥炭藓块。这些都是树林里的药材。给埃米莉的药材。他是想帮她处理伤口。

戴维瘫在这些药材旁，他的枪搭在膝盖上。“上帝啊！”他喃喃地说，“上帝啊，我都做了什么？”他把脸埋到手里。

我碰了碰埃米莉的肩膀。她往后退了退。

“是他干的吗？埃米莉，是他把你弄伤的吗？”我问。

她抬起头来看着我，灰色的眼睛和我的如此不同。在这双眼睛里，我看到了恐惧、悲伤和耻辱。她摇了摇头。

突然，我打了一个寒战。过去的那个讨厌的小男孩现在是不是已经长成了一个卑鄙的男人？他会不会喝多了，然后离开篝火，一步三摇地来到岸边？当时她一个人一定很脆弱吧。这么多年来，他一直怀恨在心，终于啊，他终于得到了报复的机会。

“埃弗雷特。”我几乎是在默念这个名字。埃米莉垂下眼帘，膝盖抵着胸口。她开始摇晃，前前后后，前前后后。

埃弗雷特。

戴维把她抱回家，放到我们的床上。她的裙子前面被完全撕烂。我把它扔到火里，不断往火里加煤，直到火焰熊熊燃烧，整个房间被烘得十分温暖。她的脸上和胸前全都是紫色的伤痕，已经发炎了；她的胳膊上还有一道很深很深的伤口，不过这道伤口已经被人用棉布条包起来了。我知道格雷森的衣服上一定少了一块布。我借着煤油灯的灯光给她洗澡，洗去她身上的尘土和脸上的泪水，还有两腿之间的鲜血。我把她的头发梳理柔顺，然后坐在她身旁，直到她闭上双眼，进入梦乡。灯塔的光还在不停旋转，旋转，旋转。

母亲坐在她的椅子上守夜。每隔四个小时，她就会花大力气爬上楼梯去上发条，然后继续回去坐着。我们毫无交流。

在午夜到黎明的那段时间，戴维出现了。我和他一起静静站着，月亮已经落到地平线下，橘色的灯光透过小屋的门照射着远方。

我们俩一言不发，蟋蟀倒是叫个不停。

“她怎么样了？”他还是问了。

我看着他，灯光刻画出他的轮廓，我想抱住他。我想让他搂住我。我摇了摇头，泪水再一次静静地滑落脸庞。

“哎呀，哎呀。”他低声说。戴维靠了过来，手撑住我的脸，用拇指擦去我滑到下巴上的眼泪。“这又不是你的错。”

我突然很生气，往后退了几步，甩开他的手。他知道。他知道我哭是因为自责，是因为藏在我心底的负罪之感，我被这种火辣辣的感觉压得喘不过气来。如果我没有和他在一起，这件事就不会发生。如果我们及时赶回来，埃米莉就会在灯塔。埃米莉需要我，而我却辜负了她。我们是彼此的生命。鱼与熊掌不可兼得，埃米莉和戴维我只能选择一个。

我转过身去，走进温暖的房间，关上门，将他关在黑暗中，只有蟋蟀还唱着歌，灯塔的光芒偶尔从他头顶上空扫过。

那是我最后一次见你的外公。他明白。我们都明白。他杀死了一个无辜的人。他不是在逃避责任，但如果不走的话，以后埃米莉还会继续受苦。她挺不过来的。他太爱她了，没法这样对她。

另外，他也很爱我，无法留下来让我在他和埃米莉中做出抉择。在他杀死格雷森的第二天清晨，在太阳完全升起之前，格雷森的尸体和那艘独木舟就不见了。

他也消失了踪影。

第三部分

飞行的姐妹

41

摩　根

现在，我躺在自己的床上。我已经醒了好几个小时了，但还是不想起床去面对那些人，说一些蠢话。今天是星期六。我经常在星期五出去玩儿一晚上，然后星期六一觉睡到中午。我已经好几天都没有出去了。自从德里克和我分手、我喝多了在老家伙们那里住了一宿、知道外公用枪把格雷森打死之后。

自从我被禁足之后。

我就没有出过门了。

几天前，利文斯通女士一直说啊说啊。尽管她再也没见过我的外公，但我猜她还有很多故事要跟我分享。那天马蒂过来了，他来回看着我们俩，浓密的眉毛在额头上蹿下跳。他什么都没说，不过我知道他一定有各种各样的问题。大概他就是这样的人吧，从不喜欢对别人的事情指手画脚。他看着我，说有人找我。

一开始我以为是德里克。我希望自己可以摸着良心说我并不想让他来，但是我又确实希望来的那个人是他。可恶！我急忙穿上靴子，穿过走廊来到大门口。来的人是劳丽，她坐在壁炉旁的一把皮椅上，脸上写满焦虑和失望。可能还有疲惫。见鬼！

我们互相看着对方。她没有要我解释什么。我也没有主动说什么。我有一种感觉，已经有人替我解释过了。一定是马蒂。

“我马上就回来。”我跟她说，然后回到了利文斯通女士的房间。

伊丽莎白上床了。她看起来很瘦小，也很疲惫，还有一些之前从来没展现出来的脆弱。我这才意识到，为了告诉我外公的事情，她等于重新体验了一遍过去的人生，这一定是件令人心力交瘁的事情。我站在房间里，低头看着躺在床上双眼紧闭的伊丽莎白，然后我意识到，我们爱的是同一个男人。

“我要撤了。”我说，“我……呃……”

“不是那个男孩，对吗？”

我忍不住笑了。她实在太有心了。“不，不是他。是寄养家庭里的妈妈。她一定很担心我。”

“担心是因为关心。”

我点了点头，忘了她看不见。她这句话似乎另有深意。她对担心和关心有发言权。我看了一眼桌上的日记，想把它们整理成一摞然后包好，但我终究还是没有管它们。它们没有对她的问题做出解答，我替她感到失望。这种感觉可真不习惯。

“很遗憾，你没有在你父亲的日记里找到想要的答案。你还是不知道埋在墓里的是谁，也不知道查理为什么要去岛上找这些日记。”

她抿了抿嘴唇。“反正也没什么影响。”

“我还会回来的。”这是一个陈述句，但其实更像一个问句。我不确定她是不是还希望我回来，因为已经没有日记可读了。

“太好了。”

我转身离开。

“摩根。”她继续说。我停下脚步，回头看着她。她睁开眼睛，那双看不见的眼睛似乎在看着过往。“他是一个好人。一个非常好的人。”

我在她的门前安静地站了一会儿，想起记忆中外公的样子。等我再回头看利文斯通女士的时候，那个脆弱的老妇人不见了，取而代之的是伊丽莎白——那个年轻的女孩。她曾经爱过一个好人。一个非常不错的人。我很替她高兴，又有一些伤感。我转身沿着走廊离开，离回忆越来越远。她的回忆，还有我的。

我经过马蒂的办公室时，他把我的小提琴拿出来给我，还给了我一个用纸巾包着的甜甜圈和盛在纸杯里的热饮，闻起来像是姜汁蜂蜜水。

“你可能需要这些。”

的确，但是它们还不够。从家去学校的车程并不长，但我和劳丽的对话十分尴尬，净是关于点名的陈词滥调和一些别的无聊话题。我随便找了个借口，道了歉，然后下了车。德里克不在学校。我很高兴不用面对他。历史课上，我强撑着没有睡着，下课铃一响我就立刻冲出教室。我实在太想来根烟了，一走上那条通往养老院的河边小路我就点了一根。我在桥上站了一会儿，把最后那点儿烟吸完，便将烟头扔到褐色的水里，看着它在水中打转，然后被水流带走，流向苏必利尔湖。

马蒂在走廊上拦住我，我们就站在利文斯通女士房间的外面，房门紧闭。他摇了摇头。

"她需要休息。"

第二天，我又试了一次，这一次她甚至都不在房间里。于是我做了该帮马蒂做的杂活后，便离开了。

最近几天晚上我都待在地下室的房间里，陪伴我的只有我的小提琴。拉琴的时候就没那么痛苦了。我觉得这是因为小提琴让我更了解他，让我知道这个世界上还有别人也曾听过他的曲子。音乐让我无法忘却那些回忆，而回忆让我觉得孤单、害怕、渺小。

空气里飘来一阵咖啡和熏肉的味道。

德里克没有给我打过电话。我也没有给他打。我们俩都太自负了。我想打电话，但我总会立刻放弃这个念想。真是一团糟。

有人敲我的门。

"嘿。"是劳丽。她拿来两杯咖啡，给了我一杯后坐到我的床上。"我觉得你还没睡。"

我坐了起来，接过那杯咖啡，吹了吹，然后抿了一口。口感很醇厚，里面加了很多糖和奶，是我喜欢的味道。

“你还好吗？”

“我没事。”我不知道她想问什么。又不关她的事，真的。跟她有什么关系吗？不知道我还能在这里住多久。我没办法在一个地方待太久。

“博雷尔养老院的马蒂那天给我打电话了。他跟我说，墙上的涂鸦你清理得很好。”

我耸了耸肩。我猜马蒂觉得有义务告知劳丽和比尔那个什么可恶的恢复性改造的进展。

“他还说，你一直和一个认识你外公的女人在一起？”

“对。”我知道他告诉她的不止这些。毕竟我被禁足了。

我们小口地喝着咖啡。沉默。从另一个房间传来电视的声音。我还能听见厨房里的嘈杂。

“他们是恋人。”我说。

“哦。”

“在他遇到我外婆之前。”

“是吗？”

我又喝了一口咖啡。“我不记得我外婆是什么样了。”

她看着我，眉毛拧在一起，我知道她在考虑着什么。

“你不可能见过她。她从来都没有在你的生活中出现过。”

“你怎么知道？”

“好吧，在你来之前，我们和照看你的社工碰过面。她跟我们说过你的家庭情况，她把知道的都说了。”

这让我有些恼火。一群根本不在乎我的陌生人坐在一间屋子里谈论我，就好像我是一件物品。他们在文件里记录，对我的生活做出判断和决定，而我却一点儿发言权都没有。不过，我现在很好奇她还知道些什么。

“哦，是吗？也许有些人应该和我谈谈。”

她放下了手中的空马克杯。“你想知道什么？”

“关于我外婆的事情。”不是我的母亲。不是我的父亲。我想知道关于我外婆的事情。因为伊丽莎白。

她沉默了一会儿。也许她根本就什么都不想告诉我。

“你外公终身未娶。他没有别的孩子。在你出生之前，他在尼皮贡住了几年，偶尔上个班，有时候会在一艘渔船上工作。在那之前，他住在安大略南部，不过文件里没有提到他具体在哪里，也没说他的工作是什么。文件里稍微提到了一些关于你母亲的信息，你已经知道了。”

是的，那些信息我已经知道了。那张纸上只写着：母亲，伊莎贝尔·兰布顿；父亲，未知。

“她是多伦多人。也许你外公是在那里遇见你外婆的。”

她的声音很轻，但是我能听出来她的意思，不管外公外婆关系怎么样，他们都没有在一起很长时间。不管她是谁。

“你的母亲怀你的时候年纪已经不小了，更要命的是，她在怀孕后被检查出患有卵巢癌。在你出生的时候，她已经奄奄一息了。显然她沿着自己的出生登记信息一路找到了你的外公。有时候，如果一个人怀孕了或者病得很重，就会觉得自己必须找回失联的家人。她两个都占了。我怀疑你的外公在她出现之前都不知道自己有个孩子。”

如果你没办法知道自己的母亲是个什么样的人，你就只能靠想象力了，把她想象成自己喜欢的样子。在我心里，我的母亲一直都是一个坚强、年轻、美丽的女人。她和我外公生活在一起。他们俩就像外公和我一样分享着很多故事。火炉旁的夜晚。音乐。苏必利尔湖的故事。现在，就在我即将开始捋清我的生活时，那些线索又断了。我意识到，我见过的唯一一个亲人原本可能并不认识我的生母。我没有想到，联结过去的那些线索竟然如此脆弱。

“你母亲死后，你的外公养育了你。她让你的外公当你的监护人。对于你外公那个年纪的人来说，养一个孩子并不容易，但是他做得很好。很显然，他非常爱你。他们跟我说，他教你拉小提琴，你拉得很棒。我——”她顿了顿，看着我，“我不知道你拉得有这么好。”

真是令人难以置信，她竟然会这样看我，她竟然欣赏我。而我总是给她添乱。

“为什么你之前都不告诉我这些事情？”

她叹了口气：“你之前也没有问过我。”

她站了起来，走向窗户。上一次我溜出去之后还没有把纱窗放好，她把它放了下来。

“有时候人们没办法用语言表达自己的情感，于是就会借助行动。”她一只手放在窗台上，背对着我，“如果你还有别的问题，我很乐意帮你找到答案。”我没有说话。她现在不是在说我的家庭。她一直知道我从窗户偷溜出去这件事。

她走了过来，站在床边看着我。“我们有时候会问自己，我是谁？也许，重要的不是你现在和曾经的身份，而是你能够成为一个什么样的人。”她收走了我的空杯子，向门口走去，“煎饼好了。”

* * *

我往人行道上铺了一张报纸，随后把油漆罐放在报纸上，用螺丝刀撬开盖子。马蒂说今天天气不错，可以把剩下的这点油漆工作做完，做完之后我就自由了，我对博雷尔养老院应负的责任以及他们对我因肆意破坏公物而需进行的“恢复性改造”就结束了。我们的注册护士兼执行理事安妮·坎贝尔将会在文件上签字，我就永远都不用回来了。我捡起一根木棍，把油漆顶部漂的油和下面的漆搅拌均匀，然后把它放到盖子上。我的动作很慢。

天气真的很好，不少人都出来了。安德罗斯基在这儿。他的儿子和小贝卡给他带来了每周供应的奶昔，贝卡拿着一个衣着鲜艳、眼睛巨大、头发很假的塑料玩具公主在池塘边的石头花园里一刻不停地四处探索。我没有看到利文斯通女士。

手机响了，但我没有接。德里克已经发来三条信息了。他想好好谈谈。他没有说对不起，我不知道他到底是想见我还是想确保我不会给他惹麻烦。我还是很生气。而到现在我居然还是想见他，这一点让我更生气。

“你在干什么呀？”贝卡朝我走了过来。她让我想起了第一个寄养家庭里的一个女孩。那年我十二岁，她四岁。我们住在一个房间里，有时候她会半夜爬到我的床上，掀起被子爬到我身边，到了早上就走了。她常常尿我一床，但我从没跟他们说是她尿的。我不在乎，随便他们怎么对待我，我都无所谓。我很快就学会了如何变得麻木。但我知道，她会在夜里哭，我知道她想自己的妈妈了。他们让她去另一个房间住的时候，我非常高兴。并不是因为我不喜欢她在我身边，而是我听说这家人打算收养她，所以我高兴，而且还有一点点忌妒。我慢慢学会了不去依赖任何人。

“我在涂油漆。”我回答道。

“为什么？”

因为警察抓到我，觉得让我做一大堆毫无意义的工作是一个好的锻炼机会。

“为了让围墙更好看。”

“白色不好看。”

我抓着刷子探到罐子里，然后沿着木板涂着油漆。“白色是最好看的颜色。”

贝卡斜着眼睛看了一眼围墙。我知道她觉得我在胡扯。

“不！”她笑了起来，“白色根本就不算一种颜色！怎么会好看？”

我来来回回地刷着油漆。脱落的油漆在木头上留下了一些印迹，如果仔细看就可以看见。喷漆已经被盖住了，我的蜻蜓和那些明亮的色彩都被盖住了。它们属于过去。它们还在那里，但是各种刮擦、打磨、刷漆已经使这里变得一片空白。我后退一步，看着我的劳动成果。我看见了一些可能性。“白色是最好看的颜色，因为它其实汇集了所有的颜色，它是有魔力的。”

她盯着我，好像我是一只双头怪。

“如果你凑近了去看，就会相信这种魔力了，你会看到所有颜色都在里面。它们被施了魔法，正在等待重获自由。红色、橘色、黄色、绿色，它们都在那里，还有很多很多蓝色，可以填满整个天空。甚至还有紫色，就像马蒂的花一样。”我向她摇了摇头，“白色是最好看的颜色，因为它有无数种可能性。”

她朝着围墙靠了过去：“有魔力？”

“当然。”我拿刷子去蘸油漆。

小女孩站在那里看了我一会儿。她转身回到野餐桌边，她的小背包靠在桌腿旁。我觉得她应该不想再理我了。她拉开背包拉链把塑料玩具公主放进去，再拉上拉链，把包扣好。她又走了过来，拿起漆刷。

“该我了。”

42

伊丽莎白

窗外传来一阵淡淡的烟味。马蒂在院子里散步，他吹着口哨。

“看啊，你找到了一个帮手。”他说。

“可能小女孩也像小男孩一样有征服欲吧。”她回答道。

我大声笑了出来。她和我想的一样聪明。能笑出来感觉真好。

听得出来，马蒂也很喜欢她的回答，他哈哈大笑。“我觉得汤姆·索亚找的帮手更能干。你的小帮手把油漆弄得到处都是，她身上和地上的油漆已经比围墙上的还要多了。”

她的回答很简单。“见鬼！”

口哨声又响了起来，然后越来越弱。

我把窗户关上，披上一件羊毛衫，然后打开房门，走到安静的走廊里。狼跟来了。像我想的那样。

43

摩根

我把油漆罐的盖子盖好，压紧。天要黑了。我基本上收拾得差不多了，还把流到围墙底部的油漆也清理干净了。但是贝卡就算了。她成功地给衣服施了“魔法”，她的手和胳膊短时间内是洗不干净了。她看起来就像戴了一只白手套。安德罗斯基先生似乎觉得这很有趣，他的儿子只是叹了口气，耸耸肩。

我把油漆罐拿起来，报纸上留下了一圈白油漆，正好圈住了一张老照片，照片里有一艘船。那篇文章的标题是：潜水员发现1926年爱德华岛的沉船。我放下油漆，摸着那张褪色的图片，“基洛纳”这个词和1921这个年份潦草地写在拐角。我知道爱德华岛。我坐到路边开始读这篇报道。

桑德湾——星期六，来自明尼苏达州的潜水员在爱德华岛东南方的波菲利浅滩发现了消失多年的“基洛纳号”轮船

残骸，他们本想搜寻另一艘在该水域遇难的船只。“基洛纳号”轮船在1926年初冬的一场风暴中与外界失联。

潜水员杰克·霍夫曼和特里·弗雷泽服务于一个统计苏必利尔湖和皇家岛失事船舶数据的团队。霍夫曼于星期日接受了《纪事报》的采访，他说，发现“基洛纳号”使他们十分惊讶。

霍夫曼说：“大约80年前，这艘船突然消失得无影无踪，人们认为它在皇家岛附近失事了。我们花了数年时间寻找它的残骸，但是这一次我们只是很凑巧地潜到了它的附近，我们本想找另一艘在磁铁岛附近失事的船，那大概是50年代的事情了。”

“基洛纳号”1921年造于英国，其所有者是总部位于芝加哥的拉金父子船运公司。这艘船在五大湖上工作，由一台1000马力的蒸汽引擎提供动力，有两根船桅。它将各种货物从蒙特利尔运到桑德湾。

“相传那是它那个季度的最后一次航行，就在那一次航行中船出事了。”霍夫曼说。他说“基洛纳号”12月4日载着造纸机、围栅栏用的金属丝、鞋子、食品、管材、沥青纸等货物经过了苏圣玛丽的船闸。不幸的是，一场巨大的风暴第二天席卷苏必利尔湖，人们最后一次看到这艘货船的时候，它正在向皇家岛行驶，船身结满了冰。在那之后，没有人见过这艘船以及船上的22名乘客和船员。

霍夫曼和弗雷泽计划未来几周在沉船处再潜几次水，希望可以发现沉船原因并进行记录。

这是一份9月18日的报纸，那是我第一次来博雷尔养老院的一个星期之前。几天后，利文斯通女士的哥哥就不见了，他的船被冲上锡尔弗岛附近的岸上。那里正是“基洛纳号”沉船地点附近。这似乎不是一个巧合。

我把这篇文章从报纸上撕下来，折好，塞到口袋里。

* * *

停车场里停了一辆黑色本田。我犹豫着。他在抛弃我之前说的最后那句话还在我耳边回响：没有我你什么都不是。这真的让我很生气，但更让我觉得心痛，因为这似乎是句实话。他竟敢把我的恐惧、疑惑和正在慢慢形成的孤独说出来。德里克曾经让我再一次觉得自己的人生有意义。但我突然想到了毒品交易。我觉得自己很可悲。

那段音乐都快被我忘了。我把小提琴和外公的那首曲子放在心中的某个角落，是利文斯通女士和她的故事让我重新想起这一切。我想起了真正被爱的感觉。虽然很痛苦，很困难，很凌乱，但是我对某些人来说很重要。我是谁？我不知道。但我知道我不是谁。我知道我不想成为什么样的人。

我以为自己想要见他，我以为我想让他挽留我。但是，突然之间，我不想再让他出现在我的身边。我转身离开那辆车。

“嘿！”他踩在人行道的落叶上，脚下发出嘎吱嘎吱的声音，“嘿，拜托，你怎么不回我的信息呢？我们不能聊聊吗？”

“我觉得你已经说了很多了。”

“嘿，摩根。”他抓住我的手臂，我转过身去看着他。“对不起。我……是这样，我不觉得这是什么大不了的事情。我们就当什么都没发生。”他亲昵地抚摸着我的胳膊，“没人受伤。没人惹上麻烦。”他又开始用那种声音说话了，他就是这样和紧张的客户交谈的。

我握住他搭在我胳膊上的手，与他掌心相对，我这样只是想让他停下来。“你错了，德里克。有些事发生了就是发生了。”我直视着他的眼睛。他的目光让人难以承受。我甩开他的手，指向树丛中的养老院。“这算什么，小孩子玩的把戏。”我转身看着他，“你知道我在那里干什么吗？我扫地，粉刷围墙。那一天，如果我被抓了，等着我的可就不是一群老人了。我接受的可就不是什么该死的改造项目了。我要面对的将是完全不同的局面。你知道吗？我不需要那样。”我看着那双绿色的眼睛，看不透他在想什么。但是这双眼睛让我想到那几包和外公的小提琴放在一起的毒品。

我其实并不生气。我只是很累。还有一点儿难过。

“我也不需要你。”我不是因为恨他才这么说，真的不是。但是，我第一次意识到他没有权利给我的人生下定义。没有他，我也是一个活得好好的人。一直如此。

我感觉到了口袋里那张叠起来的报纸。

“再见，德里克。”

德里克咬紧下颌。他在控制自己。他很少面对被人拒绝的情况。我居然没有巴巴地回到他身边，他一定很惊讶吧。我自己也很惊讶。他整了整夹克的领子，转过身去。我看着他走向那辆黑色本田，然后迅速离开停车场。他开车轧过小石子，还在人行道上留下了黑色的轮胎印。这是这个星期我第二次孤零零地站着，在路边觉得自己是那么渺小。车离我越来越远，我看着尾灯出神。

这一次与上次不同。

* * *

我们所有人只能使用一台电脑。电脑放在餐厅里的桌子上，旁边堆了很多报纸和糖纸，还有一些没用的东西。有些孩子自己有笔记本电脑，我从来都没有想过要弄一台自己的电脑。天已经有点儿晚了。电视在另一个房间，其他人都去那里看电视了，现在我至少还有一点儿隐私。

我输入了船的名字：基洛纳。原来这是不列颠哥伦比亚省的一座城市。出来的搜索结果都与这艘船无关，至少不是我感兴趣的那艘。我把那张溅上了油漆的报纸放在桌上压平，这样就可以看清那两个潜水员的照片，还有那张 1921 年的老照片。我又输入了“沉船”和“苏必利尔湖”这两个关键词，找到了，我找到了一个在五大湖失事的船舶名单。我点击了那个链接。"'基洛纳号'，蒸汽驱动货船，在1926年末的一场风暴中失踪。它本应运载满满一船货物前往桑德湾，船上22人，人们最后一次看见它时，它正在通过怀特菲什岬角灯塔，船体已结冰。初冬的一场风暴侵袭了苏必利尔湖。"——天啊，我喜欢这个词——侵袭，听起来充满了力量与激情——"它应该是在帕西吉岛附近沉没的。人们没有发现它的残骸。"配图与报纸上的那张一样，黑白照片，船桅上绑着旗子，下面一行字标注着这艘船下水的日期：1921年7月7日。

网页底部还有拉金父子船运公司的链接，"基洛纳号"当时是这个公司的船。这家公司的网站做得很不错，它现在还在芝加哥营业。这么多年过去了，一切都已沧海桑田，不过它还在做船运业务，而且好像做得还挺好。我点击了"关于我们"的按钮。

在这里找关于一艘沉船的信息实在是有些奇怪。我想找找看这家公司以前都做什么生意。找到了。1926年12月，"基洛纳号"运送货物从蒙特利尔驶往阿瑟港，这是它那个季度最后一次航行，然后，它消失在风暴中。罗伯特·拉金——拉金父子中的一"子"——当时就在船上，他和他的妻子还有两个孩子一起去阿瑟港与家人过冬。船上所有人都与船一起失踪了。

* * *

所有人都去睡觉了，整栋房子非常安静，除了劳丽。她在厨房里往洗碗机里装餐具，每晚都如此。她走到我身后，我知道她正在越过我的肩膀看我在电脑上干什么。我明白。但这让我很烦。

“家庭作业？”

“是的。”我撒了个谎。这么说会让她开心。

她开始收糖纸，正在这时，她看到了那篇报纸上的文章，便拿了起来。“真惨。我无法想象在十一月被困在苏必利尔湖的风暴里是什么感觉。七月就已经够糟了。”

她把文章放回去，抓起一个空咖啡杯，向厨房走去。

“你以前划船吗？”我问。

她打开洗碗机，把杯子放进去，然后把机器打开。

“我小时候偶尔会。我叔叔以前会带我出去：汤普森岛、索耶斯湾、隆恩港、波菲利岛……大多数时候都很棒，但是如果起了风浪，我就会被吓坏。不过那是很久以前了。我好多年都没有玩过船了。”

“波菲利？”

“嗯。就在那艘沉船附近。我们经常上那座灯塔，和那里的灯塔看守人打招呼。那里有很多兔子。几百只。我们会追它们，但一只都抓不到。还有那些烧焦的树，即使那场火灾过去几十年了，那些树干还是黑漆漆的。”

“火灾？什么火灾？”

“表哥跟我们说，战时有一个女人在那里看守灯塔，她的丈夫死了。她的女儿精神出了问题，把那里烧了，那个母亲被烧死了。”

天啊！埃米莉！

“于是我们觉得那个地方闹鬼，经常在篝火前说这个故事。”她打开厨房的灯，看着我，“你还好吗？你就像见了鬼一样。”

故事还没完。

“我很好。只是……”

她看了我很久，我一句话也说不出。突如其来的沉默让人觉得有些尴尬，劳丽在等着我开口。

“只是一个有趣的故事而已。”

她一只手抓着扶手，一只脚踏上了楼梯。我以为她还要说点儿什么，但是她没有。她把头歪向一边，笑了。

“那么，晚安啦。”她向楼上走去，“不要熬得太晚。”

所有房间的灯都黑了，只有我面前的电脑屏幕还亮着。我在网上输入了更多关键词。埃米莉·利文斯通。

出来了很多网页，还有横幅广告，上面有很多图片——是她极具冲击力的作品——还有一个年轻女人模糊的黑白照片。我点击了一下这张照片，画面跳转到一个网站。

这是一家英国画廊的网站，其中有一张网页专门介绍埃米莉的作品，还有她的个人简介：出生于加拿大，灯塔看守人之女，苏必利尔湖边的成长经历为她的作品提供了大量灵感。这网站还说她在得到著名生物学家艾尔弗雷德·坦纳和妻子米尔德里德的资助之前曾被关在一家精神病院里。这个艾尔弗雷德肯定是一个超级有钱的人。他们把埃米莉和她的双胞胎姐姐伊丽莎白接到英国，还在一家伦敦画廊推广埃米莉的作品，将她引入美术界。网站还说："虽然埃米莉从未接受过任何正规训练，也从不在公共场合露面，但是她在20世纪70年代得到了评论界的好评，而且她的画还在商业上取得了成功。她避世隐居，这似乎使她的作品价值更高，因为新作品很少会流入市场。"据说她最后在意大利定居。只有一家画廊可以出售她的作品，他们近十年来几乎没有什么新作品，但是许多人都跑去交易她的旧作。显然，她的画还是很受收藏家欢迎的。

我看着她的画。它们看起来似曾相识，却又没那么熟悉。价格是用英镑标的，我不知道怎么换算，不过每个数字后面都有很多很多零。

这里有一张画家本人的照片。我点了一下，这样就可以全屏显示了。这个女人很年轻，她的黑发梳到脑后盘了起来，穿着一件简单的高领衬衫。她坐在一把椅子上，一只手托着腮。我在那张脸上寻找利文斯通女士——伊丽莎白·利文斯通——的影子。如果十分仔细看的话，她们俩的确有一点儿像，但是相似点并不明显。这双眼睛吸引住了我。它们与伊丽莎白·利文斯通女士的眼睛完全不同。这双眼睛直直地看着我，仿佛可以看穿我的心灵，使我心神不宁。

我关上显示屏，那目光让我无法承受。我被黑暗吞噬了。

44

伊丽莎白

日光室里只有我一个人。他们给了我很多私人空间。阳光洒在房间里，将我包裹在一团温暖中，仿佛在安抚我。我的手里还拿着那个东西——它的形状像一个杠铃，中间和其中一端的球体部分冰凉光滑。它的金属表面刻了字，不过我摸不出来。它的另一端凹凸不平，我猜是生锈了，银质的沟槽里一定已经出现了黑色。只需轻轻一摇，它便会发出清脆的声响。不用看我就知道这是什么东西。

我认得它，但是已经不熟悉了。我只在很久以前瞥过它一眼，然后，哦，它突然从一个旧饼干罐里逃出来，摔到看守人助手房子的地上。除此之外，它并没有承载着什么别的回忆。我以为拿着它会把所有故事串联到一起，让我更为完整。但是并没有。

放在腿上的那个本子我已经很熟悉了。我闻出了那种被人遗忘的纸张专属的霉味，还有皮革封面上凸起的字母。这个本子很重，它泡在湖水里，像淹死的尸体一样发胀、浮肿。不用别人告诉我，我清楚地知道泛黄的纸张上写的是什么日期，也知道作者是谁。

他们一个多小时之前就走了，而我还坐在这里。我对他们带来的消息并不惊讶。他们一走进安静的走廊，他们的鞋一踏上木地板，我就知道查理的尸体被找到了。他们跟我说，马上要对他进行尸检来确定死因，还说他的头上有外伤。他们认为，是一股强浪或者一阵突如其来的狂风把吊杆吹倒，打到了驾驶舱里的他，他不仅失去意识还被打落水中。他们推测他是淹死的。

他的身手没原来那么矫健了。

苏必利尔湖从不会轻易放过掉进水里的人。这面湖究竟想跟我说些什么呢。

房间外又响起了脚步声。不是工作人员毫不拖沓的那种脚步，也不是来访者犹犹豫豫的那种脚步。

是摩根。

45

摩　根

不知道我有没有打扰到她，不过她听见我来了便把头抬了起来，于是我坐到了她的对面，温暖的阳光照在我的后背上。马蒂跟我说了。我知道，在听说有人去世之后，应该说点儿什么。这其实有点儿傻，因为又不是我的错。我觉得没什么可遗憾的，但是我也不知道该说什么。

“我很抱歉。十分遗憾。”

“湖水把他带走了。”她说。她很冷静。我觉得这件事似乎没有给她造成冲击，反而了结了这一切。没时间了，没希望了。这意味着永别。

“我觉得挺正常的。”她接着说，“这是他所期望的结局吧。”

她没有提关于日记的事情，但我立刻就知道那本书是什么了。我还知道它是哪几年的日记。我把日记拿了起来，小心地打开，我的心怦怦直跳，猜测这里面会藏着什么信息。

“没必要了。”她说，“我已经让马蒂看了。湖水没有留情，父亲写的字全都被浪冲没了，我可能一辈子都无法知道查理把这些东西翻出来的原因是什么了。无论这里面有什么秘密，湖水都把它们收走了，连同查理的生命一起收走了。”

我翻开第一页。她说得没错。字迹一片模糊。每一页纸都粘在一起，我试着将它们分开，却不小心撕烂了一些。

我们静静地坐着。我觉得与其说一些又蠢又没用的话，还不如什么都别说的好。我发现她的手里拿着什么东西。“那是什么？”

她拿起一个逗小孩的摇铃，那玩意儿是银质的，看起来有些年头了，已经发黑生锈。不过，它发出的声音很清脆。“这是在他的夹克口袋里找到的。”

“我能看看吗？”

利文斯通女士把它递给我。我以前从没见过这种东西。我翻来覆去地看。突然，我发现上面刻了一个名字。安娜。

“利文斯通女士，”我晃了晃摇铃，说，“谁是安娜？”

“安娜？”她向我靠过来，在空中乱抓，直到我把摇铃放到她手里。她把它紧紧抱在怀里，来回摩挲着那几个字母。“上面刻着安娜？”

46

伊丽莎白

我感觉自己好像浮萍一样在水中漂荡，所有根基全都变成了幻影。我已经不确定真相到底是什么了。我在水里游。伊丽莎白。埃米莉。安娜。

我觉得很痛。不可能是她的——我知道，这不可能——但是……

我把那个摇铃紧紧抱在胸口，并不是因为它让我找到了某种联系，根本不是这样。只是因为那个名字。

安娜。

“可能，你还需要了解更多的故事。”

* * *

十一月的时候，我开始怀疑她怀孕了。

那时，埃米莉需要时间康复，在家卧床数周。她的灵气消失了，我给她拿来速写本、铅笔和颜料，想试着给她一些鼓励。然而她对这些东西不再感兴趣了。这比她的伤口更让我感到焦虑。她的瘀伤先是变紫，然后变青变黄，最后终于从皮肤上消失了。我知道没有显露的伤痕总会持续最久。九月底的时候，她偶尔会出去一会儿，但是只会走到鸡笼或者岬角。她常常坐在灯塔看守人助手的房前，头靠在门上，眼中充满疑问。我和她解释说，他必须离开。为了她。但她不明白。我也不确定自己到底明不明白。

我很爱他，但我知道这样做是最好的选择。如果他在这里，我就会分心，不能全身心地照顾埃米莉，而她需要我。已经发生的这件事就是最好的证明。他们俩把我分成了两半，我必须在这两个人中做出选择。但我想念他。我想念他在身边时的惬意。我想念我们之间的对话。我想念他的音乐。我想念可能发生的一切。

我们并没有听人说起格雷森的死，一直到第二年春天。他是一个隐士，只有少数几个人知道他，夏天他会在水上待几个月，冬天他会在自己布的那些陷阱附近行动。船运季节结束时他没有按约定去店里取货，这才有人报告说他失踪了。有人说他的船翻了，他淹死了；有人说他碰到熊了，或者遇到了什么别的危险，住在安大略北部的野外总会遇到各种险情，这很正常。也有传言说他遇到了锡尔弗岛的人，便用枪把他们赶回船上，让他们离开波菲利岛。还有人猜测波菲利灯塔的看守人助手在同一时间消失的原因。但是流言传得不远，锡尔弗岛岸边老矿工们在家喝茶的时候会偶尔提起，码头上的人们也会聊到，仅此而已。八月末，那群人来到岛上，没有说起关于这件事的一个字。连阿尼·理查森也没有提起。起初，我不确定他知不知道埃弗雷特做了什么，但我怀疑他是知道的，因为他没有跟我们说起遇到格雷森的事情。他这样做肯定是有原因的。他知道独狼威胁不到我们，格雷森把埃弗雷特从埃米莉身边赶跑，还把他们那一群人赶出了小岛。我觉得有些生气，他没有在一开始就想办法保护好埃米莉，但是我居然有些感激他的沉默。一边是灯塔看守人古怪寡言的女儿和一个死了的隐士，另一边是家境富裕、受过教育的年轻人。我知道没人可以帮她伸张正义。

到了十月，埃米莉似乎找回了自我。我猜这是因为我们收到了查理的来信，他说他马上就要回家了。他没有说太多，只是说要在春天回波菲利灯塔。这真是个好消息。戴维的突然离开让交通部十分为难。好在母亲和我很有能力，何况马上就是季末了，所以他们也没有做出任何人员变动。我们又一次坚守在了这里。

冬天来临之前，我进了一趟城，去置办一些货物。埃米莉和母亲没有跟来。我去看望了彼得的妻子玛伊吉利斯。她改嫁了，新丈夫比她大了将近十岁，在城外的营地干活，给锯木厂砍伐松树、云杉。我坐在她家的厨房里，喝着浓咖啡，吃着她刚烤的蛋糕。她很贤惠，我发现自己有一些忌妒她温馨的小窝、她的电炉和金发。我穿着长裤——已经穿习惯了，我的黑直发编成了一个松散的辫子垂在脑后。在玛伊吉利斯身边，我觉得自己粗糙笨拙。

她快生孩子了。她的肚子鼓鼓的，乳房很丰满，脸上散发着母爱的光辉。我们说话的时候，她经常把手放在肚子上，隔着花裙子和洒了面粉的围裙爱抚着她的小宝贝。

几周后，我们在家里打发着十一月末的午后时光。雨水顺着窗户往下流，天空很低很暗。那一天，我第一次看到埃米莉也做着这样的动作。

她站了起来，看向窗外，远方水天一色。她的手不自觉地在肚子上抚摸。我坐在拐角看到了这一幕，便放下书看着她。我觉得这动作似曾相识，然后我想到了玛伊吉利斯。那种想法顺着我的脊椎往上爬，我的身上开始发烫，嘴唇干燥。我看着母亲，她也看着我，但是没有顺着我的眼神看向埃米莉，而是盯着我的眼睛，一直这么盯着，似乎这样已经说出了真相，然后便低头接着削土豆了。

埃米莉感受到了我的眼神，她转了过来，她的眼睛是天空的颜色，是湖水的颜色，又重新焕发出光彩。她什么都明白。几天后，她又开始画画了。

母亲和我没有讨论过这件事，除了有一次，在二月中旬，埃米莉的肚子开始变大，我们都无法继续否认这个事实了。埃米莉裹着一件大衣，站在门外的白色世界中，苏必利尔湖是如此沉寂。母亲透过窗户看着她。她就这么看着，手上的家务也停了。

“有一种植物可以……”她说，“我们可以给她泡一点儿茶。”

“太迟了。”我回答。

“那个孩子对我们来说会是一个负担。”她仍然没有开始干活。

“我们之前经历过更糟糕的情况。”

她拿起了一块抹布，开始擦墙上气压计上的灰，擦桌上的煤油灯。“这个孩子我们养不了。”

她一直都不是一个有爱心的女人，从来都是冷冰冰的，父亲的死更是让她仅剩的一点感情消失殆尽。但是，不管孩子的父亲是谁，也不管孩子是怎么怀上的，听到她这么说埃米莉的孩子，我还是觉得很悲哀，为她悲哀，也为埃米莉悲哀。这是她的外孙啊。

“我们会有办法的。”我回答说，“我们总能想到办法。”

然后，我们就再也没有谈过这件事。

我们没有想过要带埃米莉去城里看医生。在那个年代，我们只能穿着雪地靴累个半死地走到锡尔弗岛，然后坐狗拉雪橇去城里。偶尔有人来岛上的时候，母亲总能找到事情忙个不停，我明白她是想避开人们窥探的目光和口舌，尤其是不想见到那些知道你的外公突然莫名其妙离开的人。那个时候，人们无论如何都不能接受女孩子未婚先孕，看来我们家也不例外。冬天保护着我们，让我们隐藏在此，但是马上春天就要来了，孩子也将来到这个世界上。孩子是藏不住的，即便我们在这个湖心小岛上与世隔绝。我应该多想想这件事。这是一个正在逼近的威胁，而我却没有觉察。

我担心埃米莉会害怕那个正在她体内慢慢成形的孩子，会憎恶它的存在，因为它会时刻让她想起那段恐怖的经历。事实表明，我多虑了。一天夜里，我们俩躺在床上，她抓起我的手放到她的肚子上。我能清晰地感受到她皮肤的温度。突然，那个婴儿动了一下。我的心脏加速跳动。我的妹妹体内有一个新生命，经过了这么多困难，在死神来了那么多次之后，这是一件多么美好的事情啊，它让我充满希望。

但我没有预料到查理的反应。

他在四月的时候回到岛上，那时冰已融化，给“红狐狸号”腾出了道路。我们看着那艘船从北边过来，为了防止颠簸太过厉害，船员把帆张了起来。我可以想象我的哥哥站在甲板上的场景，那艘船乘风破浪，水花溅到他的脸上。回到这面他爱的湖，就是回家。船停在灯塔附近不大容易，他们似乎要往船港那边开。我们等不及让他走过来，便匆匆赶去船港。母亲和我甚至不顾危险地跑上码头，抓住船上扔下来的绳子绑到了木桩上，这样他就可以早一点儿来到我们身边。查理没等绳子拴牢就跳下船，他紧紧地抱住我，开心地亲吻母亲的两个脸颊。埃米莉像以往一样，守在岸边，在船库中徘徊。他奔向她，脸上的笑容突然间凝固了，他看到了。他迟疑地抱了抱埃米莉，眼睛却盯着我，充满疑惑。

在回灯塔的路上，我们谁也没有提起这件事。

一开始，气氛很活跃，我们回忆着过去，听他说在英国发生的事情和遇到的人。查理给我们写信的时候没有提到他的伤情，他一只胳膊吊着绷带，手只能很笨拙地活动。我问他时，他只是耸耸肩：“没什么。真的。”我后来才知道他不是在前线受的伤，而是几天前在一个酒馆后的黑巷子里摔的。查理变了。我们离灯塔越来越近，对话戛然而止，我们仿佛在倾听彼得和父亲的声音。父亲死后查理便没有回来过，沉默中满载着我们的回忆。

那一晚，查理避开埃米莉和母亲，在放燃料的小屋子里堵住我。

“到底发生了什么？”他问。我很惊讶地在他呼出的气体里闻到了酒精的味道。父亲很少喝酒，他的白兰地只是偶尔拿来暖暖身子的。即便如此，他也从不在母亲面前喝。她仍然保留着成长时养成的规矩，不允许家里出现酒。我没有想到查理会把酒带回岛上，就这么随随便便地喝了起来。“孩子是谁的？”

该怎么说呢？我结结巴巴地把句子捋顺，尽我所能和他解释了一遍。我跟他说了埃弗雷特，说了去找埃米莉的过程，说了埃米莉被打得青一块紫一块、流着鲜血的样子。我没有跟他提起格雷森和戴维。我没有向他解释看守人助手为什么突然离开，他也没问。

“那你当时在哪里？”在我说完以后，他质问道。他的目光十分炙热，他慢慢地挤出一句话：“你为什么不让那个浑蛋离她远一点儿？”这个问题我问过自己千千万万遍，但是听到他这么说我还是受不了。他把脸凑了过来。我闭上眼睛，躲避着他的蔑视，他的话让我觉得地动山摇。“你就这么让她……让他们羞辱我们？”我抬起头看着他，心生怒火。他怎么能怪埃米莉呢？我瞪了他一眼，但这没有让他控制住自己的愤怒。“为什么你没有阻止这一切？你本来可以想想办法的。”他倒不如直接扇我一巴掌。他走了，但又突然停住，转了过来，说：“看看你，看看你们，装得像什么事都没发生一样。就好像什么都没变，彼得没走，父亲还会在‘红狐狸号’进港后靠在椅子上点上烟斗，仿佛全世界都在等着他。不会了，丽兹，不会这样了。”他摇了摇头。“现在又搞出这么一件事，你怎么能让这种事情发生？你现在准备怎么办？”

说完，他转身往灯塔的方向走去，门被狠狠关上。我站了一会儿，看他去了哪里。正在我要继续工作的时候，他的身影又出现了，他费劲地把父亲的椅子拖到看守人助手的房子里，然后直到第二天才从屋子里出来。他仿佛没有回来，就让母亲和我做着灯塔里的工作，反正在没有他的日子里我们都是这么过来的，我怀念那个走之前的哥哥。

我突然意识到，那个很久之前离开我们、发誓为哥哥报仇的小男孩查理并没有回来。那个查理已经死了。这个新查理把欧洲战壕里的憎恨和偏见带了回来，而且把这些东西堆在家门口。我们之间有些东西已经变了，他和埃米莉之间也是一样。也许是战争或酒的缘故。也许他只是单纯地无法容忍埃米莉身上发生的变化。这让我们俩都觉得很艰难。

几天后，他似乎勉强接受了这个现实，他尽他最大的努力开始用受了伤的胳膊分担工作，和我们一起在灯塔下的房间里吃饭，但是到了夜里他就会溜到看守人助手通风良好的房子里，一个人坐在那里抱着一瓶威士忌。这让我暂时产生了一种宽慰的错觉。

到了五月中旬，天气越来越暖，埃米莉开始有疼痛的感觉。在湖上，季节交替往往会延迟。有几年，植物就要破土而出沐浴阳光了，而树荫下还藏着雪，今年也是这样。埃米莉和我当时正在湿地里找着蕨菜，她行动缓慢，瘦弱的身体负担着那个孩子的重量。

我放松了警惕。从灯塔到船港的那条路会穿过一片沼泽，那里长着很多发芽的蕨菜。她突然停了下来，大概是宫缩让她有些吃不消。她靠在树干上，没有叫出声来，我在离她几码远之前回头，才发现她没有跟上来，便转身看她为什么落在后面。我知道她要生了，但我还是问了一句："是要生了吗，埃米莉？"

她点了点头。

我跑到她身边，架住她的胳膊，想支撑她回到小屋。母亲应该知道要怎么做。她之前生过几个孩子。她了解把新生命带到这个世界的过程。她是一个有效率、讲求实际的人。但是埃米莉不走。疼痛过去了，她直起身子，继续向黑暗的森林走去，离我们的小屋越来越远。我这才意识到，她是不是已经宫缩了一段时间了，她整夜都没有安定下来，难受的程度比平常严重很多。她应该要分娩了。我跟她说，我们必须回去，她必须躺到床上，我们需要母亲。但她摇了摇头，继续往前走着。

我不知道自己还能做什么，于是跟了过去。

她在那条通往船港的小路上停了下来，靠在船库墙上，又是一阵疼痛。过了一会儿，她继续走到波菲利岛东岸，坐下，看着无畏岛。我们在那里待了一个多小时，其间她隔一段时间就会快速吸气、紧握双手，我知道她又宫缩了。吹来一阵小风，虽然空气新鲜而温暖，而且天气即将越来越暖，我却感觉到一股寒意透过我的外套扎到我的皮肤里。埃米莉看起来很满足，我却坐立不安，我再次劝她回到温暖的家里，让母亲帮帮她。

她站了起来，羊水破了，流到地上，消失在粗糙的黑沙里。她转过来用那双深灰色的眼睛看着我，她在恳求我什么，但我不知道她到底是什么意思。我们离灯塔很远，我没法撇下她一个人跑回去找查理或者母亲来。我快崩溃了，绞尽脑汁想怎么让她回去，想最快多久可以得到帮助。这时候，她倒在了沙滩上，痛苦地呻吟着，双手紧紧抓着衣服。

我跪在她身边。地上的黑沙吸收了一些太阳的热量，但是还不足以让一个孩子来到这个世上。我想要一个火炉。我想要一张床、几条毛巾、热水和母亲。我为埃米莉揪着一颗心。我为我们的小婴儿揪着一颗心。

"埃米莉，听我说，如果你可以坚持到船库，我就可以用车推你回灯塔。我们必须回去。我们必须——"

她剧烈地摇着头，又是一阵剧痛。这一次，疼痛迟迟不走，她抓住我，头往后靠，呻吟声越来越大，像是从她心底发出的声音。在那以外，我听见了波浪拍打石头、冲上岸边的声音。我别无选择。

我脱下外套铺在地上，把我的妹妹抱在怀里，她的后背靠在我身上，头枕在我的胸前。她的尖叫与头顶海鸥的叫声混合在一起。我很害怕，眼泪止不住地往下流，每一次阵痛都让她的后背用力地拱起，我觉得自己就要失去她了，我害怕这个孩子会把她撕成两半。但是她的身体自有分寸，她跟着身体的节奏。是时候了，她攒着一股力气，抬起膝盖，又流出了很多血水，她把手伸到裙子下，带那个婴儿来到这个世界。

她把那孩子捧到胸前，把她裹在大衣里，裹在衬衫里，紧贴自己的肌肤。我知道要听新生儿哭一声，我屏住了呼吸，等着。终于，我听见她喘了好几次，小小的胸脯起起伏伏，她的手指和脚趾变成粉红色，微弱的哭喊声在树间回响。埃米莉看着她，仿佛在看那棵耧斗菜，那么仔细，不错过每个细节——黯淡的黑发，闪光的黑眼睛，腿上、胳膊上的褶皱，耳朵的形状。她用一根手指触摸着婴儿的小脸，托住她小小的头，温柔地动了动身子，这样她的弓形小嘴就可以吸奶了。

我开始大笑。她真完美。她是我们的小宝贝。

那是我第一次听埃米莉说话，也是她唯一一次说话。她说得不大清楚，而且那个声音以前只偶尔发过一些意义不明的声音，但我确信她说的是——“安娜”。

47

摩　根

“你在开玩笑吧？”

她的表情说明，她是认真的。我觉得她不是一个可以拿这种事情开玩笑的人。

“很巧，对不对？”她说，“哦，摩根，这件事发生太久了，有时候我在想我是不是记错了。但是一想到这个，”她拿起那个银摇铃，轻轻地摇了摇，“这个东西属于一个也叫安娜的婴儿，我……”她的声音减弱了，“我不知道我们是怎么得到它的。可能先是给了彼得，或者查理……”

她没说这个可能是给她的。她知道这个不是她的。她应该记得。也许她是对的，也许这是一个礼物，但是为什么有人会给他们一个银摇铃，上面却刻着另一个婴儿的名字呢？或者说它是很多年前传下来的？

不要紧。埃米莉有了一个宝宝。她叫什么名字不重要，老太太有了一个外甥女。真有意思。

“埃米莉的宝宝……安娜，她现在在哪里？”

她安静了，回忆似乎让她十分痛苦。她把摇铃放到腿上那本被水泡过的日记上面。

48

伊丽莎白

清澈的湖水，湖心小岛的火山岩沙滩，头顶是柔和的春日蓝天和盘旋的海鸥，在这样的地方生孩子听起来很浪漫，但是现实很快击碎了这些泡沫。埃米莉开始颤抖，她耗尽了所有力气，水面上吹来的风有些凉。我知道我们不能继续待在这里了。安娜舒适地蜷着，看起来很满足，她的头靠在妈妈的胸脯，小身子躲在埃米莉和我的外套下，听着曾经当了她几个月摇篮曲的心跳声。埃米莉十分虚弱，我扶着她站起来，让她靠在我身上，我们一起回到船港。我把她和我们的宝宝放到推车里，开始往岬角赶，要回到温暖的小屋了，要见到母亲和查理了。

一看到那些白色的建筑，我就开始叫他们，我的声音混合着成就感和紧迫感。查理先到了，他愣了一下便接受了我们的样子：我没穿外套，瑟瑟发抖，我的担忧盖过了孩子降生的激动；埃米莉裹着我们两个人的外套，坐在推车里。他急忙跑过来，伸出手去抱埃米莉。母亲在小屋门口出现了。她看见查理和埃米莉瘦小的身躯，瞥了一眼她裙子上沾染的血渍，便回到屋里。查理把埃米莉放到床上，母亲赶紧过来掀起她的裙子，对着那些浸湿衣裙、还在从腿间往外渗的血愁眉不展。她没有意识到孩子已经生出来了，没有看到藏在衣服下面的婴儿。她完全想不到，如此特立独行的埃米莉居然已经选好了生孩子的方式和地点，她居然有如此强大的力量。

突然传来一阵新生儿微弱的哭声，母亲的手僵在半空。

“已经生了？”她问道，一脸惊愕。她拿开埃米莉身上的外套，看到了那个小宝贝。

“她已经出生了。”我回答。我开始发抖。我太激动了，整个人心力交瘁，双腿发软，竭尽全力不倒在地上。“她的名字叫安娜。”

母亲看着我，我在她的眼睛中看到了一丝遗憾，好像我们本可以避免这件不幸的事情。她快速给脐带打了个结，剪断，把胎盘放到一个碗里，然后伸手想把孩子从埃米莉身边抱走。我的妹妹没有同意。

母亲不是很高兴。她不像我那样受到安娜出生这个奇迹的触动，她看不到这个完美的小生命身上蕴含的美丽和希望。当她看到脆弱的外孙女舒适地躺在妈妈的臂弯时，她似乎很生气。

“把她给我。”她的声音不大，但很坚定。埃米莉抱得更紧了，她摇了摇头。

查理走过去看了看埃米莉和婴儿，然后就离开了。他转身离开我们所有人，走出房门，门被猛地关上。

母亲垂下手，静默地站着。她被激怒了，仿佛在思考着什么。我担心她会把孩子从埃米莉的手上抢走。我插到她们中间，俯下身去拿开外套，给埃米莉和婴儿盖上被子。接着，我把炉子点燃，划火柴的时候我的手在抖，一根，又一根，终于有一根燃得比较旺。我引燃灶台里的柴火。炉子终于被点着了，我不断加着柴火，整间房子变得十分温暖，然后我开始烧水。我的手还在抖。

母亲终于离开了，她坐回到椅子上，继续织着袜子。我在厨房里忙个不停，仔细听着她的针发出的声响，节奏很稳定。

过去几个月，埃米莉的肚子越来越大，白天越来越长，晚上我们就干活打发时光，母亲织袜子送给士兵。她的毛线针构成了一个四条边的框架，十分平整，她的手很巧，脚踝处的转弯，还有脚趾的位置，她都织得非常好。母亲只织袜子，不织毯子。家里没有婴儿穿的衣服。没有毛衣。没有婴儿连体裤。她没有让查理做摇篮，也没有让我缝儿童睡衣。母亲，我本指望她来告诉埃米莉怎么生孩子、怎么照顾婴儿、怎么当妈妈，她总是那么务实，可她却什么都没有为埃米莉的孩子准备。

她的针还在继续发出声响，一阵寒意渐渐席卷我的全身。在这间房里，一个女孩在照顾刚出生的孩子，而她的母亲却坐得远远的，正在自顾自地织袜子。炉子里的火苗让房间越来越温暖，也让我慢慢意识到一个问题。

母亲从来都不想让埃米莉把孩子生下来。

埃米莉看到的东西一直比我多一层，她早就看透了这一点。她明白要远离温暖的床，远离我们防风的小木屋。她知道我不知道的事情：在我们经验丰富的母亲身边是得不到庇护的。

“你早该让她死了。”

埃米莉早就知道了。现在，孩子已经生出来了，还有了名字。她正在妈妈胸前吃奶。

过了一会儿，埃米莉让我把孩子抱走。我在盆子里给婴儿好好洗了个澡，轻轻地拭去她身上的污渍，然后用法兰绒毛巾仔仔细细地擦了擦她的身子。我也给埃米莉洗了个澡，我把她的裙子和衬衫泡在水桶里，不停地揉搓，直到洗掉污渍，然后挂到外面吹干。洗完澡后，她不想再穿衣服，便赤身裸体躺在床上，炉子里橘色的火光照耀着她，安娜的鼻子贴着她的胸。这一幕实在是太温馨了。

夜幕降临，查理点亮了灯。我听见他沉重的脚步声，他爬上楼梯，在走廊的木地板上拖着脚走路。完成任务之后，他又沉重地走了下来，一句话不说，也不来看一眼。母亲也一言不发，静静地准备晚餐。我们在沉默中解决了晚饭。

我用柜子的抽屉做了一个摇篮。我先把抽屉里的东西都堆在地上，然后在里面放了一块叠好的毛毯和用来擦透镜的干净软布。我把它放在床边的地板上，将熟睡的安娜放了进去。她那么小，那么完美无瑕。埃米莉和我都累坏了，我们很快就睡着了，外面传来灯塔有节奏的声音，还有泥塘中再熟悉不过的青蛙大合唱。

虽然我在几小时后听见查理爬上灯塔，但是我没有听见他下塔后在我们床边驻足。我也没有听见“甜豌豆号”的舷外发动机发出的嗡嗡声，那艘船离开岸边，向锡尔弗岛上的小村庄驶去。他的脚边放着一个小摇篮，我们的小宝贝就躺在里面。

49

摩　根

太浑蛋了。实在是太浑蛋了。我终于明白她为什么六十年都不跟他说话了。

“安娜。”她又说了一遍这个名字，“真巧。真是一个悲哀的巧合。”

我不相信。

* * *

她没有注意到我在走的时候把那本日记也带走了。我和她一起走回房间，假装把那本日记和其他日记一起摆到桌上，并把摇铃弄得很响。她跟他们说晚上不去餐厅吃饭了——她想独自待一会儿。他们都知道发生了什么。我又跟她说了一遍很抱歉，很遗憾。这似乎是应该说的话。然后我就离开了她，她坐在房间里，坐在她父亲的椅子上。

网上有人建议，碰到这种情况应该把书本放到冰箱里。我准备把它放到一个大米袋子里，有一次劳丽在洗碟子的时候不小心把手机掉到水槽里去了，她就是这么干的。我在网上搜“让湿书本变干的办法”，密歇根大学图书馆网站说要立刻冷冻。那本日记不滴水了，只是有些潮，纸张被泡得卷曲起来了。我想知道他们是在什么时候发现查理的尸体，并在他的口袋里发现这本日记和那个摇铃的。可能是昨天，甚至更早以前。封面已经有些发霉了。于是我照网上说的那样把它放进了冰箱，让它在比萨、汽水和香草冰激凌边上慢慢冻起来，我正好有时间去找需要的其他东西。

我得分阶段进行这些步骤。我在自己的房间里开始工作，梳妆台上所有的东西都被我清走了，这里就是我的工作台。我铺了一张报纸，准备好吹风机和一卷纸巾。我不知道冻一本书要多久，所以我老是去冰箱查看，这好像烦到了比尔。我觉得只要书硬了就可以了，所以我尽快把那本日记拿回房间。封面很容易就打开了。我拿起电吹风对着扉页来回吹，用手把纸张抚平，希望可以达到预想的效果。这本日记已经被湖水毁得差不多了，我再怎么瞎折腾也不会让情况变得更糟糕。而且，利文斯通女士也不会知道的。书被烘得差不多了，感觉又湿了，我在干页和湿页之间垫上纸巾，重新放回冰箱。我需要等它再次结冻，然后再重复几次这样的步骤。

劳丽和比尔不让我在家里抽烟。他们还没蠢到不知道我抽烟的地步，我也不觉得他们真的在乎这件事，他们只是让我出去在后院或者门前的台阶上抽。大多数时候我其实并不介意。这样我就可以离开这个家，离开电视的嘈杂声，还有其他孩子的争吵。在等待日记重新上冻的同时，我决定出去抽根烟。在那天晚上，你可以闻到冬天即将来临的那种味道——不像春天的那种花和狗屎的气味，也不是秋天的那种潮湿发霉的树叶气味——它让你觉得要下雪了。我在烟抽完之前把它掐灭，这样就能带进去了。

* * *

我花了很长时间才把那本日记烘干，比我想象的时间长多了，但我很有耐心，把那些书页慢慢地剥离。虽然墨水晕染得很厉害，但我已经可以辨认其中的一些字迹了。我一边重复着这些步骤，一边看日记的内容。都是一些灯塔看守人常写的东西。关于来来往往的船，关于他的日常工作。他提到几次查理和彼得，说带着他们去捕鱼，环游小岛，追捕驯鹿。我终于看到利文斯通女士和埃米莉出生的部分。

1925年5月16日，星期六——丽尔今天生了，比预产期提前了一个月。我们没有时间带她去城里，所以她只能靠自己了，我也帮了一点儿忙。我们得到了双重的眷顾——是一对双胞胎！两个小女孩，黑头发，黑眼睛。她们好小，看起来很脆弱，毕竟早产了，但这说明她们很渴望来到这个世界。丽尔太棒了。我们会好好照顾她们，愿上天保佑我们。已经给她们起好名字了，就叫伊丽莎白和埃米莉吧。

日记里说，这对双胞胎不仅像我知道的那样活了下来，而且还长得很好，经常要吃的，吵吵嚷嚷地要妈妈照顾，所以这一家子都很累。八岁的小彼得已经可以帮父亲干活了。他说这对双胞胎不可分离：小的那个埃米莉只要离开姐姐一小会儿就会大哭大闹。看来在那么小的时候，埃米莉就很需要伊丽莎白了。

哈德斯克莱勃岛上的那个神秘的墓碑上写着一个日期：1926年11月29日。“基洛纳号”在1926年12月失事。这本日记里还有很多很多秘密等待我发掘。

我需要再来一包烟。

* * *

已经大半夜了。整个房子都很安静。我不断重复着那个过程——冷冻、吹干、铺上纸巾按压，冷冻、吹干、铺上纸巾按压……我已经处理好半本日记了，不过“基洛纳号”沉船还要再过几个月。

灯塔看守人描述的生活就像一首田园诗。小女孩们在不断成长。一年过去了，她们渐渐可以翻身、微笑、爬行，燃罩换了，煤油送来了，器械修好了。他们的冬天十分平静。那一年，他用送来的成捆报纸教查理识字，一周几次。他们还捕捉驯鹿。那年，航运季来得很晚，湖上经常有雷暴。虽然没有礼物也没有蛋糕，他们还是给双胞胎过了生日，只在1926年5月简单记了一笔，她们一岁了。他似乎更喜欢这两个女儿，因为他经常在日记里写到关于两个女儿的事情。尤其是埃米莉。她显然最受他的宠爱。

6月16日，星期三——今年收到了一艘小斜桁帆船，以后就不用现在那艘破旧漏水的小船了。这艘小船看起来很不错，用它来环游岛屿或者钓鱼应该都很棒。我们给它起名为“甜豌豆号”。双胞胎现在开始学走路了。伊丽莎白更健壮，块头也更大一些，但是埃米莉学的词语更多，而且老是说个不停。她是我的小跟屁虫，只要逮着机会就会跟在我身后，不过一直没有离伊丽莎白太远。

一定是出现了什么变故。利文斯通女士说埃米莉从不说话。从不。除了一个词：她女儿的名字——安娜。

7月10日，星期六——已经三个星期没下雨了。我几乎每天都会去马铃薯园子里浇水。查理总是盼望和我一起出去，他尤其喜欢乘“甜豌豆号”探险。他以后会成为一个强壮的水手。

8月9日，星期一——今年结的浆果不多，我们在爱德华岛上采了好几天浆果了。女孩们自己玩得很开心，丽尔采摘果实的时候，她们就玩树枝树叶，丽尔往她们嘴里塞了很多紫色的水果，最后她们的嘴唇和脸颊上也都染上了紫色。她们形影不离，而且好像有一种纽带联结着她们，她们俩还有自己的语言。埃米莉更活泼一些，她爬到我腿上，要我说故事，而后鹦鹉学舌，假装自己在读书，但说出来的都是我无法理解的语言。她还会模仿我的动作，太可爱了。

凌晨三点左右，我迷迷糊糊地睡了过去，睡前我又把日记放回冰箱。我本想早些起来的，醒的时候我发现自己和衣而睡，桌上的灯责备地瞪着我。过了一会儿，我才想起来自己在干什么，想起来为什么自己躺在被子上睡得像一个失去知觉的醉汉。外面光线昏暗，但是现在已经是上午了。房子里很安静，估计所有人都出去了。就连电视都是安静的。我向窗外看去，私家车道上没有车，我松了口气，我又有足够的空间了。天空很低沉，风很大。我接着干昨天的活，马上就要发现这本日记里的秘密了。但它们与我想的不大一样。

11月18日，星期四——疾病传到了我们家里。彼得和查理都发烧了。他们卧床休息，在毯子下发抖，有时候体温太高，他们会把被子踢掉。丽尔一直在用储藏室里挂着的药草给他们煎药，我相信他们很快就会好的。

11月21日，星期日——两个男孩都有好转的迹象，他们退烧了，但还是没什么精神，我们偶尔给他们喂点儿汤补充营养。我在给他们读儒勒·凡尔纳的故事——《海底两万里》。他们对这个故事很感兴趣。他们睡的时间比醒的时间更长。我现在开始担心双胞胎了。她们俩看起来无精打采的，我怕她们会染上病。

11月22日，星期一——伊丽莎白和埃米莉现在病得都很重。她们的小脸又烫又红，她们也不吃丽尔给她们做的东西了。我最担心埃米莉。她没有姐姐那么强壮。她那么瘦小，那么脆弱。

冷冻，吹干，铺上纸巾按压……

11月27日，星期六——姑娘们已经烧了五天了。她们越来越没精神。与那两个男孩不同，她们现在从头到脚都长着红疹。最近天气很差，不然我会开“甜豌豆号”带她们去阿瑟港找医生看看。丽尔竭尽所能，这段时间先是男孩们生病，然后是双胞胎，全家都很紧张。我竭尽全力帮助她。我更焦虑了。

11 月 28 日，星期日——埃米莉昨晚退烧了。她在康复，丽尔的草药发挥了作用。伊丽莎白还没好，她有时候会抽搐，呼吸短促，喘气声很大。

11 月 29 日，星期一——今天早上，伊丽莎白死了。日出后半个小时，她咽下了最后一口气。我把她从床上抱下来，没了她，埃米莉伤心欲绝。

我一边用吹风机吹着纸张，一边看日记上的文字。读到这里，我把电吹风关上了。死一般寂静。我并不感到惊讶。毕竟是很久很久之前的事情了。但是，我还是受到了触动。

我剥开下一页，把纸巾插到干页与它之间，然后又打开了吹风机。

11 月 30 日，星期二——丽尔上床休息了。她跟我保证说她只是觉得累，不是病了，但我还是很担心。我给伊丽莎白做了一个简单的木棺材，准备把她埋到船库旁边。埃米莉还在哭。她不吃东西，尽管丽尔想尽办法鼓励她进食，她也只能摄取很少的营养。别再让我失去第二个女儿了，我不敢想。难道我要挖两个坟吗?

12 月 2 日，星期四——冬天的风暴来了。狂风大作，湖面波涛汹涌，我向上帝祈祷不要有船在季末航行，但不管怎样，我还是点亮了灯。埃米莉还在哭。她的哭声和风声此起彼伏，撕扯着我的心。什么都不能安抚她。我们什么方法都试过了。她哭得就好像她的一部分死了。我很担心她。

我挪到了厨房的桌子上，这样我就可以离冰箱更近一些。我拿一个空金枪鱼罐头当烟灰缸，现在这个罐头都快装不下了。就算被抓到在房间里抽烟我也不在乎。

冷冻，吹干，铺上纸巾按压……

12 月 4 日，星期六——我对生活的各种奇妙组合、命运的机遇、灾难中神的眷顾感到不可思议。这件事实在是太不寻常了，我本充满愧疚，现在终于释然了。她是苏必利尔湖送来的礼物。她带来了生机。世上没有后悔药。我要在这页纸上写下这个故事，此后便翻篇，不再想这件事。

我的心脏加速跳动。这正是我找的那个日期。这里的字迹更难认。我知道看守人写得很快，字母全都连在一起了。我恨不得一下看完，但却不得不慢慢研究。

我唯一的女儿，我宝贝的埃米莉还在哭，我被逼得离开舒适的家。外面狂风大作，在这里我很久没有见过这么厉害的风暴了。或者我是被狼群吸引出来的——我不知道到底是什么原因。狂风的怒吼和女儿的恸哭像是一场对话，我带上枪，假装在东岸寻找它们。我爬上光滑的石头，发现一条小船在往岸边漂。船好像是空的，但我还是过去看了看，冰冷的湖水和大风雪混在一起，我整个人都被冻僵了。我抓住船首，把它往岸上拉，浪花用力地拍打着我。我把它拉到湖水打不到的地方。突然，我发现船里有一个人。是一个女人，她蜷缩在结冰的羊毛毯里。她的眼睛睁着——黑色的眼睛，眼神茫然，赤褐色的头发下是一张美丽但惨白的脸，她的嘴唇已经变成蓝紫色了。我立刻就明白，她已经死了，她已经漂了一阵子，风把她吹向了波菲利岬角。我迅速看了一眼沙滩和水面，寻找船的残骸，寻找其他船，但是我什么都没看到。我知道我不能就这么把她留在那里，于是我爬到船里，把她抱起来，想把尸体放到柴棚里，等风暴变弱再处理。我抱起她的时候，听到了一阵哭声，很弱，像是被闷住的声音。起初我以为是我弄错了，她可能还没死，于是便把她放到船舷上缘，但是她的眼神是那么空洞，的确是死了啊。那哭声是从她身上盖的毯子下面传出来的，和我亲爱的埃米莉的声音非常相似。我赶忙拿开毯子。是一个孩子，大概有两岁大。她很小，很柔弱，奄奄一息，头发是夜空的颜色。我赶紧把她抱起来，包在我的夹克里，回到灯塔。彼得和查理都睡着了。丽尔发烧了，我进门的时候，她睁开那双失去光彩的眼睛，什么也没发现。埃米莉睡在小床上，她哭累了，只是偶尔抽噎一下，我真怕她哪天也撑不下去。我得给抱着的这个孩子暖暖身子，死神可能就站在外面咆哮的狂风中。我脱掉这个孩子身上湿透的衣服，把她放到床上，放到埃米莉边上，不久之前，那里躺的还是伊丽莎白。不一会儿，埃米莉的抽噎声停了。她们两个慢慢靠在一起，埃米莉抓着那个孩子的头发，就好像她是自己死去的姐姐，她闭着眼，平静地睡着。但是，那个孩子却看着我。她没有哭，但是她的眼睛会说话。我真怕自己偷走了一个孩子的生命，让另一个活了下去。

这就说得通了。天啊，这就说得通了。伊丽莎白死了，被埋起来了。这点毋庸置疑。

但是似乎有哪里不对。我并不知道究竟是哪里不对。日记又被放回冰箱里去了，我已经失去耐心了。我在厨房里徘徊，焦急地等待着。

12月7日，星期二——两个女孩现在身体都不错。她们胃口很好。男孩们继续好转，彼得甚至可以下床玩耍了。我在岸边寻找大船的残骸，依然什么都找不到。小船上没有记号，我只能假定那艘大船在这一片水域失事，沉到了湖底。可能很多天后就会有报道了。我把那个女人和石头一起裹进帆布中，放到水里。我不确定自己为什么要这么做。我把伊丽莎白也埋了，但是不像我之前计划的那样。我把她埋到了哈德斯克莱勃岛上。她长眠于一个石冢下，没人会去打扰她，她可以一直看着这面湖，灯塔的光会扫过她睡觉的地方。没有人会找到那里。

接下来的文字使我极为震惊。我唯一能做的就是一直读完这一页，然后赶紧抓上我的东西冲进外面的暴风雨中，我把日记塞到背包里，胳膊下夹着我的小提琴。

我必须告诉利文斯通女士。

她不是伊丽莎白。

50

伊丽莎白

我站在莲蓬头下，手抓着瓷砖墙上的金属扶手。水冲了下来，仿佛有一千条小溪在我身上流淌。我闭上眼睛，抬起头，让那些水冲刷我的脸，我的头发光滑地贴在身上，水流在我的脚边形成漩涡排走。我能感觉到那只狼在潜行。它越来越有恒心，几乎每天都会来。它很有耐性，坐在那里观察着，等待着。我擦了擦眼睛，但很快又有水流了进去，没关系，我可以再擦一遍。我伸出一只手，在墙上摸索，终于，我摸到了水龙头，把它完全扭到了右边。凉水刺激着我的皮肤，我喘着气，这水像湖水一样冰冷。我的眼睛猛然一下睁开，但还是什么都看不见。我的皮肤觉得刺痛，脉搏加速跳动。

51

摩　根

天啊，下雪了。冷风像一只冰凉的手伸进我的夹克里。雪很潮湿，很厚重，吹到我的脸上，吹到我的脖子里。街上的雪已经积起来了，地面有些湿滑泥泞，很难走稳，汽车在拐弯时也会打滑。这个季节的第一场暴风雪总是这个样子。但是即便如此，我还是得承认，这场雪很棒，尤其是在一年的这个时候。

我的心怦怦直跳。我想赶快到博雷尔养老院去，但是公共汽车来得很慢很慢，我不得不在这鬼天气里等着，仿佛等了一辈子。终于来了一辆。车上没有多少人，司机把我放在正门口。我道了谢，奔下车去。

我走到入口处，感觉不大对劲。我按下对讲机上的呼叫按钮，站在那儿，冻得直发抖，雪花打到我的头上。无人应答。我试着开门，发现门是锁的。这很正常，它一直是锁的，但是也一直有人在对讲机那头发出嘈杂的声音啊，那个人会决定让不让门口的人进去。为什么现在没人了呢？我把脸凑到玻璃上，向里面张望。隔着大厅，我看见一些工作人员站成一团，他们在说话，其中一人挥着她的胳膊指了指门。但是他们没有看见我。

“嘿！嘿！”我拍着门，想让他们注意到我，但是他们仍然往走廊那头走去，我就这么站在外面。“讨厌！”

我绕了一圈来到这栋建筑的后面，经过那个围墙，我曾经在这里涂了好几个小时的油漆。现在那个围墙和风暴融合在一起，白上加白。我去开日光室和花园之间的门，却发现这个门也锁上了。这也是意料之中的事，但我还是想试试。我把脸贴到玻璃上，看见马蒂在里面。我拍着玻璃呼喊他，终于引起了他的注意。

马蒂没有问我为什么会在这里，只是把门打开。我走了进去，暂时离开呼啸的狂风和纷飞的大雪。

“摩根，你来得不是时候。”他说。

我把小提琴放下，掸了掸身上的雪。这里很暗，安静而舒适的表面下有一种紧张的氛围。我对这种氛围非常敏感。只有几盏灯是亮着的，灯光十分昏暗。马蒂穿上夹克，准备出去。看来有什么事情发生了。

“怎么了？”

“利文斯通女士不见了。”

我停下了手上的动作，感觉有一千个问题想问。但是我想到发生的这一切，还有我与她的最后一次对话，突然觉得没什么可问的了。

他整了整夹克，戴上一顶小圆帽，帽子快要遮到他浓密的眉毛了。“电源发生故障。结冰的树枝砸到电线上，停电了。灯灭之后没多久，她就溜出去了。警报没有响。”马蒂很少说这么多话，这让我觉得他有些自责。

“我能帮着做什么吗？”

“没什么，不过你可以出去看看。”他瞥了一眼外面大雪纷飞的世界，接着用我快要听不见的声音说，“就是在这样一个讨厌的夜里。”他耸了好几次肩，别的什么也没说，便走进暴风雪中。

我四下张望。前门现在来了几个警察。安妮 · 坎贝尔在那里迎接警察进门。我从后门出去，跟着马蒂的脚印。脚印正在逐渐消失，它们被风雪一点点吞噬。

* * *

公共汽车完全空了，司机居然看见我就停车让我上去，我很惊讶。他跟我说这是今天最后一班车，路况太差，他们决定停工，我说我去的地方不远。他的广播里放的都是 80 年代的摇滚乐，主持人在两首歌之间出来播报一下因天气取消的事件：路德教堂的音乐会、体育馆的游泳课，甚至嗜酒者互诫协会的碰面会。天气预报说，今夜降雪减少，明天雪会更大。风雪交加，能见度降低。通往尼皮贡的高速公路已经封上了。

我坐在车里，看着窗外。又过了几个街区。突然，我看到了她。她在路边走着，裹着一件黑大衣。她的头上没戴帽子，白色的长发迎风飘散。

“停！在这里停一下，让我下车！”我赶紧跑到门口，司机车还没停稳，我使劲儿拽着门。

雪下是冻成冰的地面，它被埋在下面，等待着。我没有料到这一点，跳下车的时候狠狠地摔了一跤，几乎要滑到车底下去了。我连忙把腿抽出来，要不然就要被车碾过去了。这该死的蠢天气。等我站起来以后，车门关上了，司机把车开走以后踩了好几次刹车。

我居然没有意识到我把小提琴落在座位上了。

她离我越来越远，在风中弓腰前行，她走得很慢，很小心。

“利文斯通女士！利文斯通女士！”我跑了过去，抓住她的肩膀，“你到底在干什么？外面这么冷！每个人都在找——”

她退缩了一下，转过身来。我的话堵在了嗓子眼儿里。这个女人的头发像雪一样白，披在肩膀上，这一点和伊丽莎白一样。但是别的地方就不一样了。是利文斯通女士，但不是伊丽莎白。她用充满灵气的灰色眼珠看着我。我以前见过它们，在照片里。它们让人难以忘怀。它们是湖水的颜色。

是埃米莉。

* * *

她用那双可以看穿一切的灰眼睛看着我，我往后退了一小步。她向我微笑，好像认识我，知道我是谁。然后她做了一件极其怪异的事。她伸出一只手来摸我的脸。她的一只手指抚摸着我的眉毛、鼻子、嘴唇。我想要推开她，但是我不能。她托起我的脸，嘴里发出一些声音，但我听不懂。

一辆车停在我们身边。这是一辆警车。我还站在那里。我们俩都站在那里。大雪在车头灯的光束中飞旋，就好像阳光在湖面闪闪发光。

52

伊丽莎白

他们说那女孩找到她了。她在这恐怖的暴雪中四处游荡。那些雪撕扯着我们的楼房，它们猛烈地拍打着窗户，像一群饿狼。现在，她回来了，待在自己的房间，暖和地躺在毯子下，但我知道她并不好。我很惊讶，她居然有力气爬下床找到一件大衣，还趁着停电的混乱找到大门溜进暴风雪中。是什么让她着了魔，做出这种事情？

我坐在她的床边。她的气息很粗，我握住她的手，她的手很干，很烫。太烫了。摩根也在这里。她静静地站在门边，我知道她没走。

“你不需要待在这里。”我跟她说。

“不，我……我想待在这儿。”

她能在这里我已经很高兴了。我更高兴的是，她发自内心地想要留下来。

她不知道埃米莉也住在这儿，她不知道埃米莉的房间就在另一条走廊上，那里禁止出入，护士时刻保持警惕。埃米莉需要的比我能给她的多得多。她常常发病。大多数情况下，我可以处理得了。但是我老了，也累了。我说苏必利尔湖在召唤我们回家，让我们告别托斯卡纳的隐居生活，其实部分原因是我不能继续给埃米莉她需要的照顾了。这个地方可以给我们提供我想要的隐私，靠近我渴望的那面湖。这个世界不知道埃米莉·利文斯通去了哪儿。她们无法接受她真实的样子，这一点我很确信。所以我把她藏了起来。我保护着她。我这一生都在做这件事。这是我的目标。

那女孩搬了一把椅子坐到埃米莉的另一边。我听见她在包里翻找着什么。

“有些事情我必须告诉你，”她说，“我觉得应该让你知道。”

我闻到一股发霉书本的味道。我知道，那是日记。湖水试图抹去那段记忆，但却被她找了回来。我不确定自己究竟想不想知道她要说的事情。但是她不等我阻止就开始说了。父亲的话从她的嘴里说了出来，就好像拍打悬崖的浪花，来的时候如此猛烈，去的时候如此狡黠，一波又一波。

它们真是令人着迷。

53

摩　根

这本日记现在比一开始还要厚，一层一层的，纸巾和原本的纸张交替。我小心地打开它，翻过那些潮湿的纸张，找到伊丽莎白和埃米莉出生的那一段。我不知道应该怎么开始。

利文斯通女士……伊丽莎白……握住她妹妹的手。埃米莉很脆弱。她呼吸不畅，我们把她带回来以后，她就没有睁开过眼睛。我和她一起回到房间。坐警车。我从没想过自己会因为这个坐在警车后排。警车慢慢驶在冰雪上，终于停在养老院前门。埃米莉在发抖，她双眼无神。即便如此，护士来带她回房间的时候，她还是不愿意让她们帮忙。但是她现在很平静，甚至可以说是平和。伊丽莎白和我在这里。

她的房间与伊丽莎白的不同。她们盖的被子很像，此外就没有相似点了。房间墙上挂满了画，窗边的桌上摆着铅笔、画纸和颜料。那些画都差不多，全都是一个主题：婴儿。新生的婴儿。

画作很精细。不用说，她画的一定是安娜。

我深吸一口气，开始读日记。

老太太听着我读她父亲的话。他说起双胞胎宝宝早产，说起那场疾病，先是照顾老大，然后孩子们一个接一个地得病，再然后是伊丽莎白的死。

她很沉默，一言不发，面无表情。于是我继续读。我读到那艘在风暴中漂上岸的船，读到一个赤褐色头发的女人，读到她衣服下包着的小孩被灯塔看守人放到埃米莉身边。在埃米莉的床上，她被埃米莉的身体焐热，生命得以延续。

故事还没结束。就在我准备翻页的时候，她打断了我。她的声音很小，有些发抖。

“我知道，”她说，“我一直都知道。”

54

伊丽莎白

我听到了莫扎特的旋律。一定是马蒂在放音乐。这旋律令人宽慰。我深吸一口气，用手指从发根开始梳理头发。我知道现在自己的头发已经全白了。雪一般的颜色。这说明我老了，但这不是真的。我的内心没有老。

我可以感觉到那个孩子——伊丽莎白。她被埋在冰冷的石头下面，风吹雨淋。她觉得孤单吗？有我和她一起。我陪着她在湖岸边行走。她与我同在。她就是我。我们是一个人。

埃米莉和我是一个整体的两个部分。我们是一块布上纠缠的棉线。我们共享着生命，就好像那个婴儿伊丽莎白和我共享着死亡。没有我她活不下来。而我为她而活。这是我们人生的真谛。

我开始说话。马上这个房间里就会有比埃米莉生产时更重的呼吸声，那些话将会萦绕在墙壁、天花板和角落里，久久不能散去。也许这样会阻挡狼群继续在我的心里出现。

“其实故事还没有说完。”我说。

* * *

安娜出生的第二天早上，我比埃米莉醒得早一些。天刚蒙蒙亮，夜色还舍不得散去。万籁俱寂，小鸟还没开始歌唱，它们要等到太阳从东边的地平线探出头时才会开始表演。外面的光足够让我看清这个世界了。埃米莉蜷缩在我身旁，她黑色的头发散在白床单上，一只手伸出床外，我猜是放在了那个小摇篮上。我突然感觉到有点儿不大对劲。太安静了。太平静了。

灯塔。

我在波菲利岛上这么多年，不管狂风暴雨、疾病肆虐还是其他灾难降临，没有一次，我们没有一次让灯塔停过工。那是唯一的一次。

我滑下床，努力推开房间里和心中的阴影。我知道他们干了什么，但我无法接受。这简直太过分了。这已经不是用残忍可以形容的行为了。我还是没有看透查理，即使认为他从战场回来，心上的伤比身上的更深，我也没想到他能做出如此卑鄙的事情。还有母亲，我们喝着她的乳汁长大，她怎么能和查理一起密谋这样的事情？

然后，我看见了母亲。她坐在椅子上。醒着。她看着我跪在粗糙的木地板上，那里曾经放着我们的小宝贝安娜。我徒劳地翻找着，掀起被子，拿起给埃米莉洗澡的浴盆，拉开另一张床边的窗帘——母亲和父亲睡过那张床。她看着我，眼神悲哀，充满同情，但还是抬着下巴，紧紧地抿着双唇。我突然想起了那个夏末的夜晚，那年查理去城里上学，灯塔的光扫过房间，她的声音飘到我的耳边："她们俩都毁了。埃米莉一辈子都不会正常的。"

我明白了。埃米莉哀悼她的双胞胎姐姐。她哀悼埋在长满青苔的那堆石头下的伊丽莎白。她不是个完整的人，她的一只脚已经踏入了死亡之地。埃米莉只是活在现实世界里的一个幽灵。我，一个可怜的替代品，这面湖把我当作一个祭品送过来。这么多年了。我怎么可能看不出来？埃米莉出去在岛上乱走了那么多次，危险那么多——悬崖、深水、野兽。还有男人。男孩们。

"你早该让她死了。"

母亲这辈子都不会接受埃米莉的孩子。

"你对她做了什么？"我本想小点儿声，但是我实在控制不住心中的愤怒，我的语气听起来十分凶狠，仿佛是从嗓子眼儿里挤出来的。埃米莉动了一下，她伸手摸索着。

"她会过得更好。"母亲的声音很平稳，很不屑。

"离开她的母亲会过得更好？"

母亲哼了一声。"她的母亲不称职。她连自己都照顾不了，更不要说去照顾一个孩子了。"

"她是埃米莉的孩子，也是我的孩子啊，埃米莉和我是一个整体。你怎么能把她从我身边抢走？"

她慢慢地站了起来，看起来有些痛苦。

“她不是你的孩子。”

她转过身去，毫不慌乱地爬上楼梯。已经无法挽回了。她决定在这个时候爬上灯塔，在太阳升起前回归她尽职尽责的本性，做一个警惕、负责的人。她的脚步很拖沓。

我没有动。我还蜷伏在床边的地板上。母亲的脚步声很沉重，她爬得越来越高。

“你错了。”这一次我没有放低音量，“她是我们的孩子，我和埃米莉共同的孩子。你没有权利这样做。”埃米莉醒了。她坐在床上，眼神在搜寻着什么，她看见我在地上，母亲在爬楼梯，灯塔死一般沉寂。炉子里的余烬散发出微弱的热量。她知道安娜不见了。她把膝盖抱在胸前，开始摇晃。

母亲还在继续上楼。“她在哪儿？”我在尖叫。我的声音划破黎明，在悬崖间的湖面上回响。她还在往上走。

我冲向楼梯。母亲爬楼梯的速度比我想象得快。等我赶上她的时候，她已经爬到顶了。她往一个容器里倒了一些燃料，放在地上。她要把灯塔点亮。她背对着我，从架子上拿下一盒火柴。

* * *

我停了下来。我连那个女孩是不是还在房间里都不知道。她很安静。她还在听吗？我以前从没有说过这些故事。说出来就仿佛它们又发生了一遍，这让我很害怕。我已经让它们沉入我心中最黑暗的深渊了。如果给了它们形和声，我就无法否认它们了。在这之前没有一个人听我说过这些。

我经常想起那一天的事情。它常常在梦里出现。我在心里无数次重演那个场景，我在上千个夜晚想到那个画面。我没有忘记。但我不确定我记的究竟是不是事实。它就像是一个梦，你很快就从梦中醒来，这场噩梦让你汗流浃背、心跳加速。然后，你躺在黑暗中，慢慢哄自己入睡，继续编织着你的梦，直到那个结局令你满意、不再纠缠你为止，唯有那时你才能平静地入睡，让剩下的杂念像晨雾般消失。我是不是创造了一个真相？一个让我可以承认的真相？我有没有扭曲事实，让我想象中的内容成为我理想中的事实？我必须诚实。我不知道。我不知道什么是事实。我不知道是谁把火柴点燃的。我不知道燃料是如何漏出来的。我不知道是我推了她还是她推了我。我不知道。

于是我继续说了下去。

* * *

母亲打开火柴盒，取出一根火柴，转了过来。我从头到脚都在颤抖，我嘴巴干涩，很难说出话来。

“她在哪儿？”

埃米莉在楼下发出了声音。我美丽沉静的埃米莉发出了极其诡异的声音，她在房间里跌跌撞撞地走路，通过楼梯梯井传来的声音，我可以想象出那是怎样一幅画面，就仿佛我在现场一样。椅子在木地板上发出咔嗒咔嗒的声音，父亲的书从架子上摔下来，碟子被打碎了，盆盆罐罐咣当作响。她在找东西，就像我刚刚那样。

“她在哪儿？”

我又走近了一些，抓住母亲的胳膊。她甩开我，在盒子一边的砂纸上划火柴。我在后面看到了火花，终于，火柴着了，闪着黄光，火苗慢慢稳定下来。母亲背对着我，我看不到她的脸。她根本不搭理我。全完了。我们完了。我们的未来一目了然。查理将会成为灯塔看守人，他要在苏必利尔湖上点亮伟大的灯塔，指示灾难与危险，为所有迷失于风浪中的船只照亮航道，这工作我们之前已经做了数千个夜晚。我们会埋葬死者，粉刷建筑，擦亮玻璃透镜。我们会钓鱼、打猎，还会在园子里种马铃薯。埃米莉四处乱走，我会找到她。我会一直找到她。她需要我。

而我需要安娜。这件事没有结束。我不能就这么算了。我又抓住了母亲，把她拉过来，让她看着我。我听见埃米莉爬楼的声音。她走得很稳，上每一级台阶的声音都很清晰。

“我们的女儿在哪儿？”我的声音在颤抖。

“她不是你的女儿。”母亲手里拿着火柴。火柴的光映在她的眼中，我迎着她挑衅的目光。“她和你甚至都没有血缘关系。”

这句话打击到了我。我知道她说的是实话。其实，一直以来我都知道这件事。然后，火柴掉了下去。它在酒精罐的边缘弹了一下，转了一圈，还没灭，然后掉到罐子里，浮在燃料上。我感觉自己盯着它看了很久很久。埃米莉走到楼梯最上一级。她站在我身边。埃米莉看到了那根火柴落下去的瞬间。她看到了它在罐子边缘转圈。

火焰从下面冒上来，我立刻向后跌去。我看见母亲在楼梯顶的身影，然后我就失去了知觉。

灯塔的墙是用干燥的杉木板建成的，它们很快就燃烧起来。接着，火焰蔓延到梁架上，父亲几十年来看的报纸全都被火焰吞噬了。火舌伸到窗外舔着父亲几年前种的丁香花，然后把雾站也点燃了。只有看守人助手的房子幸免于难。

我只记得一些琐碎的、没有关联的事情。我在飘浮，埃米莉的脸贴在我的脸上。火焰在低吼，岩石间的凤仙花就像火炬一般。查理在高声喊叫。我的头顶是“甜豌豆号”的白帆，蓝紫色的天空，呛人的烟味还留在我和埃米莉身上。远处，在湖的那边，整个灯塔燃烧着橙色的火焰，黎明即将到来，远方一片模糊。那是我与波菲利的最后一次相见。

* * *

“我在医院里住了几个月，背后和胸前烧伤严重，我简直想一死了之。我得用吗啡才能睡着，但他们跟我说，我会在熟睡中大声呼喊埃米莉的名字。我知道，在我内心深处，我知道我们没有血缘关系，我们其实不是双胞胎，但是这不能改变埃米莉和我是姐妹的事实，无论怎样都不行。于是，我活了下来。我是为了埃米莉才活下来的。”我闭上眼睛，我那逐渐失明的眼睛还是会不由自主地看见那些一直缠着我不放的回忆。“查理把她送到雷克海德精神病院，他们把她关了起来。”我顿了顿，“他们认为火灾是她引起的，说母亲的死是她造成的。”我的声音很轻很轻，“我从来没跟他们说过到底是怎么回事。”

那个女孩一句话都没说。她没有谴责我，也没有安慰我。

“等我可以出院时，查理已经走了。又过了一年，我写信给艾尔弗雷德和米莉，他们想办法把埃米莉救了出来。那时，我找不到关于安娜的任何线索。没人跟我说她究竟怎么样了。”

55

摩　根

我们静静地坐了一会儿，听着埃米莉困难的呼吸声。我知道，说出那些回忆让伊丽莎白元气大伤。但是灯塔看守人还有更多要说的。他的故事没有结束。事情并非她想的那样，我一直等着告诉她这些。

“我还有一些事情要说……”我说。

就在我准备重新开始朗读日记的时候，埃米莉动了一下，安德鲁·利文斯通的话被我咽了下去。那双灰色的眼睛睁开了，她拉着伊丽莎白的手，眼睛却看着我，我无法继续说话了，即使我想说也说不出口。她瘦削而苍白的手指碰到了我的手。她的眼皮越来越重，她又睡着了，两只手分别放在她姐姐和我的手中。

我没有继续读下去。

* * *

外面风暴肆虐，明明只是在窗外，但却感觉离我们很远。我们三个人手拉着手。那本日记静静地躺在我的腿上。

埃米莉在午夜之后咽下了最后一口气。她走得很平静，伊丽莎白和我都没有注意到她是什么时候走的。

* * *

埃米莉死后，我们在她的房间里坐了很久。我们俩谁都不想进行下一步：起身，离开。伊丽莎白跟我说了关于埃米莉患痴呆症的事情，在几个月甚至好几年中，她一直试图逃跑，只有少数几天里她才认识伊丽莎白。泪珠从她布满皱纹的脸颊上滚落，她感觉自己在很久以前就已经失去了埃米莉，但是说再见仍然很难。

护士过来盖上埃米莉的脸，扶伊丽莎白回床上休息，然后我便在伊丽莎白房间里的椅子上睡着了。我没忘记给劳丽打电话说我暂时不准备回家，我要陪着伊丽莎白。这听起来很没有说服力，好像我在为出门狂欢编一个很烂的借口。但我之前从没打过电话——无论有没有借口——所以我觉得她会相信我的。她说接到我的电话让她很高兴，她也很高兴知道我平安无事。她说她会给我留门，以防万一。

马蒂在夜里进来好几次看看我们是否还好。我没有看见他，也没有听见他进来，但是他给我盖了条毛毯。到了早上，暴风雪停了。我坐在伊丽莎白的房间里喝茶。

她说："其实，我一直都知道这件事。但是我不想被一个孩子的坟墓和母亲在临死前说的话纠缠一辈子，天天思考我是谁。"她把茶杯放在那一摞日记旁边。所有日记都在这里，除了我拿走的那一本——藏着真相的那一本。"只是，他们找到了'风之舞者号'，父亲的话再次响起，于是这些谜团又重新让我觉得好奇。但是这并不重要，对吗？我知道我是谁。我一直都知道。"她拿起放在日记上面的那个摇铃，手在微微地颤抖，摇铃发出轻柔的声音。"我这一生无怨无悔。我就是伊丽莎白。"

埃米莉明白，她或多或少都明白。她用她的方式让我不要说出来。

伊丽莎白把摇铃递给我，我翻转过来读出上面的名字。

安娜。拉金父子船运公司罗伯特·拉金的女儿。"基洛纳号"在波菲利岛附近出事的时候，她就在船上。她听过别人叫她的名字，在歌里唱她的名字。这是她的一部分。她是有印象的。

"你拿着吧。"伊丽莎白说，"这东西对我来说没有意义，这里面没有我的回忆。"

伊丽莎白不会有回忆的。它从来就不是她的。

* * *

已经过去四天了。四天前，我在暴风雪中找到四处徘徊的埃米莉。那天夜里，她死了。我站在 3 号码头末端的岩石上，心情低落。暴风雪只持续了一天，之后太阳就出来了，积雪融得脏兮兮的。不过，天仍然很冷。站在湖边实在是太冷了。但是我无所谓。

马蒂开车载我回家，街道得到了清理，汽车终于可以开出雪堆了。那时我才意识到，我的小提琴不见了。

第二天，我又去了一趟博雷尔养老院，马蒂把小提琴交给我。他给公交公司打了电话，他们帮我找到了。他去公交公司把小提琴拿回来。能重新拿回小提琴我十分感激。与我交流最多的就是音乐，而我很久都没有听到那段音乐了。我不能再失去它了。它是我的一部分。

马蒂让我在围墙上画点儿什么。我以为他在逗我，但他却是认真的。他说，能有一些壁画挺好的——白色的围墙可能在等待色彩。我们走出去看着围墙，风吹来一些雪花，我们静静地站着，看着我做的所有工作。天色很亮，在那白色下面，我可以看见模糊的蜻蜓线条——埃米莉的蜻蜓。

他说："你知道吗，当你在一样东西上面画画时，曾经存在的东西其实并没有消失。它还在那里。所有色彩、刮痕、凹陷，甚至是底下光秃秃的木头都影响着画作的样子，它们可能是灵感的来源，但却不是决定因素。一切都取决于画画的那个人。"他用那双天蓝色的眼睛看着我，那双眼睛在浓密的白眉毛下闪着光，"画家。"

我知道他不是在说围墙的事情。

我没有埃米莉那样的天分，但是我想和她做一样的事情，让她的故事存活于我的体内。我已经想好该怎么做了。我要画两只蜻蜓，一只稍大，一只稍小。《飞行的姐妹》。就是这样。

一只乌鸦栖息在一根木桩上，为了保暖，它立起羽毛，厚厚的黑色鸟喙保持沉默。它张开翅膀，飞到我的头顶，然后消失在城市上空，翅膀发出切割空气的声音。马蒂和伊丽莎白马上也要来到这里。马蒂建议我们把埃米莉和查理的骨灰撒到水中，我觉得他们会喜欢的。我希望琴弦在这样的温度下还能发出正常的声音。

今天的水是深蓝色的，像是液态冰。我带来了那本日记。我翻到讲述查理和他妹妹的那一页，最后一次读起了日记。

12 月 11 日，星期六——丽尔卧床快一个星期了，不过她已经退烧了。我知道这场流感现在已经得到了控制，我们的家人马上就要康复了，她很快就可以下地照顾一家人了，感谢上帝，没有人再死亡了。我没有跟她说关于那个孩子的事情，也没有说起被我葬在水里的那个女人。等她好了会有机会说的。另外，已经没有回头路了，我很感谢上苍让我的女儿继续完整地活下去，填补双胞胎姐姐去世给她带来的空白。彼得知道发生了什么。他在看她们的时候，我可以看出来。他知道那个小孩根本就不是他的妹妹。不过他什么都不会说的。他就是这样一个孩子。但是查理不记得伊丽莎白死了。他当时烧得神志不清，根本不知道我把伊丽莎白冰凉的身体从埃米莉身边拿开，也不知道我往伊丽莎白的位置上放了另外一个孩子。哦，她们俩太像了，她们都有乌黑的秀发，雪白的皮肤，而且都那么纤弱，真正的双胞胎也不一定有那么像。以前，伊丽莎白一直是两个孩子中更健壮、块头更大的那一个。现在，埃米莉的块头更大了。因此，查理今天习惯性地从床上过来看这两个女孩，和她们说话，吻她们脸颊的时候，把她们俩的名字弄混了。为了保守我们的秘密，为了确保这个年幼的小孩在平常聊天时不说起这件事，为了埃米莉，我不得不这样做。从今天起，埃米莉改用她死去的姐姐的名字，而她自己的名字将留给那个来自湖泊的孩子。

我把这一页从日记上撕了下来。天啊，这下终于说得通了。这一页解释了她们的母亲为什么从不真正地接受她。这一页解释了她到底是谁，她为什么一直没有归属感，一直四处徘徊，只在她自己创造的世界里活着，只在和风、树、动物说话时才不沉默。她总是望着湖出神，同时又很惧怕它。这面湖差点儿杀了她。“哈特内尔号”失事时，她一天一天地在岸边行走，搜寻着，她只是在重演那场悲剧。她甚至用自己的曾用名给孩子起名。埃米莉记得。她记得自己曾经当过安娜。

“你早该让她死了。”

她们母亲的话纠缠着伊丽莎白。这些话使她成为那个保护者，为自己的姐妹牺牲一切。一开始，并不是伊丽莎白为埃米莉而活，而是埃米莉为她而活。

但是最后，灯塔看守人不会让她们俩任何一个人死去。伊丽莎白、埃米莉、安娜。他用某种方式让她们全都活了下来。即便这意味着撒一辈子谎。

查理知道了真相。他一定早就知道了。所以他才会在“基洛纳号”被发现后回去拿日记。他准备在多年之后告诉伊丽莎白。他可能在战后回到小岛以后读到了父亲写的日记。他会不会因为这个秘密产生自责的心情？他那时候大概只有五岁。他病得太厉害，没看到灯塔看守人把死去的伊丽莎白带走，用另一个在风暴中被冲上岸的更小的婴儿代替。他并不了解真相。他本以为她们俩是双胞胎，是他的妹妹。他以为大一点儿的那个是伊丽莎白。他当然会这样想。他有什么理由往别的方面想呢？于是，那个曾经的埃米莉变成了她死去的姐姐伊丽莎白，而罗伯特·拉金的女儿——那个从湖里来的安娜失去了自己的生活，成为埃米莉。

我把这一页撕成碎片撒到湖里。它们在空中飞舞，在湖面上沉浮，形成了一圈圈涟漪。它们没有像雪花那样融化，但最终，它们还是带着真相漂走了。

56

阿尼·理查森

他把那条老狗留在车里，自己沿着加拿大国家电视台前的那条路散步。他拉紧脖子上的围巾，靠在手杖上。他看见他们站在3号码头，那位老太太坐在轮椅上。是伊丽莎白·利文斯通，他认识她。还有一个女孩在寒风中拉小提琴。这是一场冷清的仪式，与著名艺术家埃米莉·利文斯通去世的新闻给世人带来的震惊程度极不匹配。

他很了解她的作品。他一直关注着她，甚至还在锡尔弗岛上的房子里挂了一幅小小的画。想要找到她或找到她们，实在太难了。想要写信更难。最后他只是送出了一张字条，告诉她们，如果有一天回去，要如何找回自己的东西。他把字条寄给埃米莉的经纪人，寄到伦敦的那家画廊。他知道她们最终收到了字条，因为几年前那些东西被拿走了，她们回去了。他后悔自己没有在字条上说更多。

那个孩子没有和他一起生活很久。那个五月的夜里，天还没有亮，查理就狂敲他家的门，坚称他们得为那个孩子负责。他的父母照料着一切。他们没有问任何问题，这件事情就这样解决了。名声必须保护。几天后，他们去给孩子登记，波菲利岛上还有一些余烬。婴儿的母亲被关到精神病院了，无法养育孩子。而在父亲名字的那一栏，他们写下了戴维·弗莱彻，职业填的是灯塔看守人助手。阿尼没有纠正。后来，她被渥太华的一对夫妻收养了。阿尼的母亲给她起名为伊莎贝尔。他曾经在印有他公司抬头的信纸上打了一些问题，想了解她的近况，却发现多年前她就因癌症去世了。

他在那里站了一会儿，看着那几个人，听着风中微弱的琴声。他想走向他们，和伊丽莎白说说话。但最终他还是没有这样做。他叹了口气，转身回到车里。拉布在车里开心地等着他。

57

后记：摩根

直升机突然下降，贴近湖面，飞行员的声音从耳机里传来。

“前方就是波菲利岛。”

白色的高塔矗立着，红顶建筑散布在岬角。蓝绿色的湖面，岸边的浅水呈现出斑驳的绿色。我们从东边往停机坪飞，我看见了沉睡巨人，远处锡尔弗岛的紫色轮廓渐渐模糊。从这个角度看它感觉很奇怪，好像我在从镜子的另一边往外看。

我知道一切都不同了。她住过的房子和那时的灯塔都在大火中烧毁了。他们在60年代建的那座看守人助手的小房子也不见了。但是这如她所愿。

我把骨灰盒放在腿上。

自那个寒冷的十一月我们在水边碰面之后已经过去五年多了。天啊，感觉已经过去很久很久了。

我没能说服马蒂一起来。他跟我说他已经告过别了，还找借口说需要修理一件设备，但我知道主要是因为他根本就不敢坐直升机，他吓坏了。伊丽莎白在死前把一切都安排好了。有一次阅读周我从大学回家时，我们谈论过这个。她让我保证，但其实没有必要——我肯定会这样做的。我猜她知道。

直升机盘旋片刻便降落在停机坪上，旋翼开始减速转动。“慢慢来，不着急。”飞行员摆弄着各种按钮和手杆，帮我解开安全带。我拿下耳机，打开门，爬了下去。他们没有跟过来。只有我和伊丽莎白走在通往那些建筑物的石路上。

灯塔几年前就变成自动化的了，没人再住在这些房子里。但还是会有人来清理。这些建筑都重新粉刷过了，紫丁香盛开着，青草刚刚割过。

我坐在灯塔下的水泥基座上，眺望着湖面。远远地，我看到一艘货船。它正在向桑德湾驶来，船身划破了冰冷的水面，船尾拉出一条痕迹。我看见帕伊岛坐落在远方。

一切都如此熟悉，仿佛我来过这里。

几周前，我从学校回到家中。她好像在等我回来，等我结束所有考试，有时间和她坐在一起，告诉她关于同学、室友以及我现在组的乐队的事情。她给我买了一个毕业礼物。我知道其实是马蒂买的，但是买什么还是由她决定的。那是一把蓝色的电子小提琴。她说她永远无法理解我演奏的那种音乐，她说像她这样的老太婆还可以学习很多新事物，但并不能欣赏在帕格尼尼和巴赫的音乐里插入狂野尖锐的吉他和极具压迫感的打击乐的演奏。我给她展示我们是如何把古典乐嵌入作品里的，但她只是拼命揉脸摇头。我被她逗笑了。我知道她在逗我。我知道她一直感到很骄傲……蓝色小提琴就是最好的证明。

劳丽见到我很开心。我现在有了自己住的地方，但也经常会去看看她，去喝杯咖啡。她和比尔没有继续接收小孩。她说他们退休了。大概是凯莱布和我把他们累坏了。但她说不是这样的，还微笑了一下——一个疲惫的微笑。

几年前，伊丽莎白收到一封信。寄信的是阿尼·理查森，这封信是他在很久很久以前写的，但是一直没有寄出来。信封里有一些法律文件，包括一张埃米莉的女儿安娜褪色的出生登记表。他们给她取名为伊莎贝尔。她以为自己是外公的女儿而去找他。伊丽莎白和我不知道，当她出现在外公门前的时候，他能拼凑出多少故事。但他应该能猜到发生了什么，知道她是谁。所以他接受了她。他爱她。他爱我。不知道他有没有跟她说关于她母亲的事情，有没有说过他们一起在波菲利岛的时光。不知道他有没有给她看过那幅蜻蜓——那幅在他还是看守人助手的时候，她通过门缝塞进他房间里的画，那幅他藏在小提琴盒子里的画。

埃米莉知道我。她知道我是谁。我不知道她是怎么知道的，但是她就是知道，我不会看错。她能看到别人无法感知的东西。那一天，当我在暴风雪中找到她的时候，一切仿佛颠倒了一般，就好像是她找到了我。马蒂说我看起来和她有点儿像。我们有着同样的眼睛，眼中是湖水的颜色。

去船港的距离很遥远，蚊子像发了疯一般。我几乎要把伊丽莎白丢在路上不管了。老船库还一直挺立在那里。它稍微歪向了一边，不过也粉刷过了，码头也修了。我找到了岛东边那条通往沙滩的小路，把骨灰盒放到岩石岸边，在一旁坐下，望着无畏岛。我没把我的小提琴带来。我不需要。那旋律就盘桓在这里。它在风浪中，在鸟儿的歌声中。在我的回忆里。

我坐在这里，做了一个决定。我决定不去做她要求的事情。不完全照她说的去做。

门开着，我系着安全带坐在里面。第一次，海鸥飞上天空，我们不得不倾斜转弯，重新飞到哈德斯克莱勃岛上空。我打开骨灰盒，倾撒着里面的骨灰。它们飘在空中，在那堆长满青苔的石头上空飘着，那个风化的十字架说明那里是婴儿伊丽莎白·利文斯通的墓。一阵风吹来，其中一些骨灰在落到地面之前被吹到苏必利尔湖的水面上。这面湖在舞蹈，在闪烁，像是散发出千千万万缕光。

伊丽莎白和埃米莉。她们又在一起了。

| 作者后记 |

《灯塔守望者的女儿》受到了19世纪末20世纪初五大湖地区的加拿大灯塔看守人的经历的启发，不过故事本身纯属虚构。利文斯通家族的故事也是我杜撰的。

波菲利岛是从布莱克湾延伸出去的一串岛链中的最后一个，位于苏必利尔湖北岸。灯塔的作用是标记皇家岛北部的航道，那条航道通往以前的阿瑟港和威廉堡——也就是今天的桑德湾。这座灯塔是在加拿大这一边的苏必利尔湖上建造的第二座灯塔，也是1873年建造的照亮布莱克湾附近水域的第一座灯塔。1880至1910年，安德鲁·迪克担任这座灯塔的看守人，他留下了很多个人日记，这些日记的内容反映了那个年代的灯塔生活。他娶了一名当地女人卡罗琳为妻，他们生了十个孩子。多年后，人们在锡尔弗岛一个房子的阁楼上发现了那些日记，其中两卷现在收藏在桑德湾博物馆。这些日记成为本书灵感来源。原先的灯塔已不复存在，20世纪中期建了新的灯塔。关于灯塔，我在写作过程中做了一些改动。

20世纪早期，在苏必利尔湖上做航运工作是很赚钱的，装运铁矿石、木材、粮食的船沿湖南下，装载着设备、鞋和茶叶的船北上。那时候，科技还不发达，GPS定位、卫星、航海用无线电台都没有。船长在航海图上绘出线路，依靠地标确定位置，使用指南针指引方向，他们的航行日志计算着已航行距离。他们的工具是六分仪、滑尺，还会有一个值班人负责观察灯塔、浮标和其他船只。

灯塔在黑暗的水域上闪耀着，在苏必利尔湖有名的大雾中，雾号的声音最常用来为看不见的船只指示安全航道。在这个部分，我同样进行了一些演绎，原先的低音雾号在1908年就投放使用，而不是文中所说的1918年。

附近的锡尔弗岛社区在故事里有鲜明的特色，其历史悠久，充满悲剧及一些吸引人的角色。它形成于19世纪70年代，用来满足锡尔弗岛矿井的需求，该矿在1884年停止运营，那年冬天运送煤油的船只无法在航运季节结束之前到达。最终，燃料库存用光了，防止苏必利尔湖水泛滥的水泵停止了工作，湖水把矿井吞没了。银价下滑，矿井再也没有重新开放。几年后，聚集在水边的住宅和商业用楼被收购开发成供人们避暑的小别墅。

在冰冷的苏必利尔湖中，埋葬了许多船只的残骸，“基洛纳号”和“哈特内尔号”的故事是数起事件的汇编，为了故事发展，笔者将失事地点设定在波菲利岛附近。

苏必利尔湖具有象征意义，它广阔壮丽、喜怒无常、美丽忧郁。虽然说它很少放过沉入湖中的人，但是我很感激它愿意分享自己的故事。

| 致谢 |

大概没有哪本书是作者仅在孤立状态下完成的，尽管每一本书的作者似乎都干过这样的事情：把自己关在黑屋子里，只有故事里的人物陪伴左右。我对在创作《灯塔守望者的女儿》期间得到的所有支持表示感谢。

感谢安大略艺术委员会通过“作家储备和在创作品”项目给予我的资金支持。

感谢我优秀的经纪人詹妮·本特（她打电话说要给我提供代理，我问她有没有打错电话，那是她唯一一次笑），以及本特经纪公司里所有杰出的员工。

感谢哈珀柯林斯公司充满活力的编辑团队：艾丽斯·图普霍尔姆、埃米莉·格里芬、劳拉·多斯奇，他们挖掘出了我的长处，帮我雕琢语言，因此才能展现出这个故事最好的一面。感谢米兰达·奥特维尔对细节的关注。

感谢欢乐福克斯作家联盟及见证其早期发展的朋友们，你们也参与了创作，大家一起喝酒、吃比萨、读手稿，一起度过了很多开心的时光，最主要的是让我跨越了一大步，让我的作品从那里走出去，尤其是希瑟·迪克逊、唐娜·怀特、马里恩·阿格纽、凯西·格兰菲尔德以及霍利·哈格特。（如你们所见，手稿已经不在我的袜子抽屉里了。）

感谢初期的读者，露西·拉弗朗布瓦兹、克里斯汀·达尔泽尔、达雷尔·梅金、苏珊·维瑟和艾玛·特兰特，感谢你们的反馈。感谢所有提供信息的人，你们给我提供了关于五大湖灯塔看守工作、涂鸦，以及波菲利岛兰花种类的知识；拉里和帕特丽夏·赖特、特德·阿姆斯特朗、罗伯·福斯特、金姆·阿姆斯特朗、戴夫·普瓦松、约翰·奥米拉、米歇尔·贝克、莎拉·梅森和罗拉·诺斯韦——因为你们，这本书的内容才会更加丰满。感谢特蕾西·格里尔和加文·弗里塔格帮助我处理了一些商业方面的事务。

感谢我的丈夫理查德，还有我不可思议的孩子们——艾琳、科林和瑞安，即使在我失去自信的时候，他们依然对我抱有信心，给我诚恳的反馈，还提醒我吃午饭。

感谢我的父亲——克雷格·麦克唐纳，以及我记忆中的母亲——苏，他们在我小时候的每周末和每个暑假都会带我乘船游玩，让我逐渐爱上并且越来越敬仰苏必利尔湖；感谢我的姐妹芭芭拉·米切尔和已故的特丽萨·弗拉特，她们和我一起出游，给予我鼓励。感谢玛丽安妮·贝克威思再一次和我踏上旅途。

最后，感谢灯塔看守者，是他们的故事影响了这个作品，尤其是世世代代在苏必利尔湖上当灯塔看守人的麦凯家族。我的运气非常好，有机会和鲍勃·麦凯碰面，他是 1960 年至 1965 年波菲利岬角灯塔的看守人助手，和他的堂兄弟克利夫·麦凯一起工作。鲍勃在位于沃克尔深湾的家族捕鱼营地度过了童年，他和我分享了早期对波菲利岛的了解、他的个人经历，以及对灯塔看守工作的热爱。他极具幽默感，给我看了很多照片，对家族传统和历史充满敬意。我还很幸运地联系到了克利夫的妻子弗朗西丝。克利夫在 1959 年至 1979 年担任波菲利灯塔的看守人，弗朗西丝在岛上度过了很多个美好的夏天。九十四岁的弗朗西丝读了《灯塔守望者的女儿》的初稿，她给出了一名作家可以收到的最高赞扬——她说这部作品让她有一种重回波菲利的感觉。

感谢大家。